PRINZ DER KONTROLLE

BRATWA ERBEN REIHE
BUCH 2

RENEE ROSE

Übersetzt von
STEPHANIE KOTZ

Renee Rose Romance

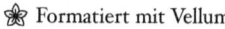 Formatiert mit Vellum

FAMILIENVERBINDUNGEN

Nachricht der Autorin:

Bratwa Erben handelt von den nun erwachsenen Kindern der Chicago Bratwa Reihe. Du musst die Reihe nicht gelesen haben, um Spaß an der Bratwa Erben Reihe zu haben. Falls du die Chicago Bratwa Reihe gelesen hast, versuche bitte nicht, das Alter der Personen auszurechnen, die in dieser Reihe vorkommen. Ich habe mir einige Freiheiten erlaubt. Stelle es dir wie das „Seifenopern-Schnellalterungssyndrom" vor :-)

Für Fans meiner Chicago Bratwa Reihe zeigt diese Auflistung die Familienverbindungen zwischen den Bratwa Erben und den Chicago Bratwa Charakteren. Leser, für die meine Bratwa-Männer neu sind, können diesen Abschnitt einfach überspringen. Ich wollte euch nicht mit zu vielen Informationen im Buch langweilen oder verwirren, weshalb ich stattdessen diesen Abschnitt erstellt habe.

Die Bratwa Erben

Ben "Baron" Baranov – Sohn von Lucy und Ravil (*Der Direktor*)

Liliya "Lili" Baranova – Tochter von Lucy und Ravil (*Der Direktor*)

Lennox Taylor - Sohn von Oleg und Story (*Der Vollstrecker*)

Jude Taylor - Sohn von Oleg und Story (*Der Vollstrecker*)

Tuesday Taylor - Tochter von Oleg und Story (*Der Vollstrecker*)

Leonid "Leo" Popov - Sohn von Maxim und Sasha (*Der Mittelsmann*)

Mila - Tochter von Pavel und Kayla (*Der Soldat*)

Zoya "Zoe" Novikova - Tochter von Dima und Natasha (*Der Hacker*)

Anya Novikova - Tochter von Dima und Natasha (*Der Hacker*)

Lara Turgeneva - Tochter von Adrian und Kat (*Der Reiniger*)

Darya Taylor - Tochter von Flynn und Nadia (*Der Spieler*)

Rustik Taylor - Sohn von Flynn und Nadia (*Der Spieler*)

Alexei "Alex" Petrov - Sohn von Kira und Maykl (*Der Torwächter*)

Feliks Petrov - Sohn von Kira und Maykl (*Der Torwächter*)

PROLOG

Nachricht der Autorin: Der Prolog wurde ursprünglich als Bonus-Epilog der Chicago Bratwa Reihe für meine Kickstarter-Unterstützer geschrieben. Mir wurde jedoch bewusst, dass er zu wichtig für die Bratwa Erben ist, um ihn wegzulassen. Daher füge ich ihn an dieser Stelle ein. Dies wird das einzige Kapitel aus Ravils Perspektive in diesem Buch sein.

Ravil Baranov

Meine Augen brennen, als meine Frau Lucy und ich das Freshman-Wohnheim der Thornecroft Universität verlassen.

„Unser Nest ist offiziell leer." Ich drücke ihre Hand.

Ben, unser Ältester, ist ein Senior hier auf Thornecroft, und wir haben gerade unserem jüngsten Kind, Liliya – deren Name wir häufig zu Lili abkürzen – geholfen, ins Wohnheim zu ziehen. Ich hängte ihre Pinnwände auf und hob Möbelstücke hoch, damit sie ihren Teppich dort positionieren konnte, wo sie ihn wollte. Und dann gab es nichts mehr zu tun, als zu gehen. Unsere Anwesenheit in dem Wohnheim, in dem jeder Student sein eigenes Zimmer hat, war nicht mehr hilfreich. Lili konnte die anderen Studenten nicht kennenlernen, während wir förmlich an ihr klebten.

Dennoch jagt es mir einen Stich durchs Herz, meine kostbare Tochter hier zurückzulassen. Es ist eine unerwartete Emotion. Ich empfand sie nicht bei Ben, aber er wirkte immer reif für sein Alter. Lili ist meine gut behütete *Printsessa*. Unser Baby.

Thornecroft, auch bekannt als ‚Harvard des Mittleren Westens‘, ist jedoch die sicherste Universität der Welt. Sie befindet sich am Stadtrand von Whisper Illinois und die Reichen, die Elite und die gefährlichsten Leute der Welt, wie ich, schicken ihre Sprösslinge bereits seit über zweihundert Jahren zum Studieren hierher. Die Söhne von Senatoren, die Töchter von Botschaftern und Mitglieder von Königshäusern aus aller Welt sitzen gemeinsam mit den Kindern superreicher Filmstars, von Kartellbossen und Mafia-Mitgliedern in einem Klassenzimmer.

Die Sicherheit ist hervorragend und Kanzler Ogden, der selbst ein gefährlicher Mann ist, schafft es irgendwie, zu verhindern, dass Kriege, Attentate oder Paparazzi die Blase der Sicherheit durchdringen, die er um den Campus erschaffen hat. Es gibt Gerüchte, dass er ein Mitglied einer gefährlichen Geheimverbindung ist, die die Welt regiert. Es gibt auch Gerüchte, dass er früher für die CIA arbeitete. Es ist möglich, dass an beiden Geschichten etwas Wahres dran ist.

Lucy holt lang und zittrig Luft, als würde sie Tränen zurückhalten, und ich drehe mich, um meine Arme um sie zu legen. Wir bleiben mitten auf dem Gehweg stehen, wodurch wir ein Hindernis für die Eltern und Studenten darstellen, die Wagen mit Dekorationen von ihren Autos zu den Freshman-Wohnheimen schieben.

Ich küsse meine Frau auf den Scheitel.

Eltern mit einem leeren Nest zu sein, bringt eine Leere

mit sich, die ich nicht erwartet habe. Ich dachte, der heutige Tag würde eher eine Feier sein. Eine Ziellinie. Wir haben zwei kluge, fähige Kinder zu Erwachsenen erzogen und haben jetzt Zeit, uns wieder auf unsere Beziehung zu konzentrieren. Doch es fühlt sich an, als würde mir ein Körperglied fehlen.

„Ich werde sie so sehr vermissen", schluchzt Lucy.

„Ich weiß. Ich auch." Ich lege meinen Arm um ihre Taille, um sie zu unserem Lucid Gravity SUV zu führen. „Wir werden uns von Ben verabschieden und dann werden wir uns ein Spa-Wochenende gönnen."

Lucy schaut mich an. Ihre braunen Augen schimmern hell wegen der Tränen, ihr Gesichtsausdruck ist jedoch warm und sanft. „Das werden wir tun?"

Ich bleibe wieder stehen und lege eine Hand an ihre Wange. „Ja, *Kotyonok*. Ich dachte, wir brauchen ein wenig Zeit, um einander wiederzufinden, bevor wir nach Chicago zurückkehren."

„Das klingt perfekt." Lucys Stimme klingt noch immer tränenerstickt. Das weckt den Wunsch in mir, ein Schwert zu ziehen und jedes Monster in ihrer Nähe zu erschlagen. Doch natürlich gibt es keine Monster, die erschlagen werden müssen.

Es sollte genau so sein. Kinder werden erwachsen und ziehen aus. Ihr Erwachsenenleben beginnt gerade erst, während wir uns dem mittleren Alter stellen. Es ist nicht so, als würde unser Leben ohne Kinder zu Hause langweilig werden.

Ich bin der *Pakhan* einer Bratwa-Dynastie, die sich jetzt auf zwei Kontinente erstreckt. Lucy zieht die Strippen unseres politischen Imperiums – sie kümmert sich um die Kampagnen unserer handverlesenen Senatoren, Gouverneure und Repräsentanten. Wenn man der Kopf einer Unterwelt-Dynastie ist, hilft es, Freunde in hohen Positionen zu haben.

Wir fahren zum Baranov Haus, einem ausladenden viktorianischen Haus am Rand des Campus. Ja, es wurde nach mir benannt. Ben bat mich, der Universität fünf Millionen zu spenden und es zu kaufen, damit er eine Festung hat, die noch sicherer ist als die Wohnheime und in der er seine Freunde beschützen kann. Die meisten jungen Männer schließen sich überstürzt einer Bruderschaft an oder versuchen, in einem der elitären Thornecroft-Gesellschaftshäuser aufgenommen zu werden. Mein Sohn sah eine Möglichkeit, sein eigenes Haus zu schaffen. Mitten in seinem Freshman-Jahr kam er mit einem Plan zu mir und erklärte mir, warum es wichtig war, dass er sein eigenes Thornecroft-Haus als Zuflucht für diejenigen hatte, die seinem Schutz unterstanden. Das Haus würde zu den Gesellschaftshäusern auf dem Campus gehören, zu denen man nur auf Einladung Zugang erhielt.

Thornecroft hat verschiedene Studentenverbindungen, doch wirklich bekannt ist es für seine Gesellschaftshäuser. Diese Häuser nahmen früher nur Studenten eines Geschlechts auf, mittlerweile sind manche jedoch gemischtgeschlechtlich. Es sind sehr exklusive und selektive Gesellschaften, denen man sich nur auf eine Einladung hin anschließen kann und die über eine Studentenverbindung hinausgehen. Bei diesen Gesellschaften geht es nicht nur um Bruderschaft und den Aufbau von Verbindungen. Bei Thornecrofts Gesellschaftshäusern geht es darum, die Art von Macht und Einfluss zu versammeln, die Wahlen auf der ganzen Welt entscheiden.

Ben versprach, mir jeden Penny der Spende zurückzuzahlen.

Ich sagte ihm, dass das nicht nötig sei – dass ich erwartete, dass er seine College-Zeit mit seinen Freunden genoss. Dass es mir egal war, wenn er das Haus zu einem *Animal House* machte wie in dem alten amerikanischen Film ‚Ich glaub', mich tritt ein Pferd'.

Stattdessen beeindruckten sie mich, indem sie aus dem Ganzen ein Unternehmen machten. Im Baranov Haus oder dem *Gulag*, wie es die Studenten auf dem Campus aus Gründen nennen, die ich vermutlich nicht kennen will, gehen Ben und seine Gruppe aus Brüdern – *und* Schwestern, da sich die Zeiten und Geschlechterrollen geändert haben – einer Vielzahl legaler und illegaler gewinnbringender Aktivitäten nach. Sie schicken mir jeden Monat eine Summe, als seien sie eine meiner Bratwa-Zellen.

Ich versuchte, Ben aus den Bratwa-Geschäften rauszuhalten, doch trotz allem ist er meinem Beispiel gefolgt. Er hat im Grunde genommen seine eigene Bratwa gegründet, auch wenn sie sich nicht so nennen.

Ich parke auf der Einfahrt in zweiter Reihe hinter Bens Range Rover. Daraufhin steigen wir aus und gehen zur Tür. Das Haus ist ein vierstöckiges Ungetüm mit 20 Schlafzimmern und offenen Gemeinschaftsbereichen, die Ben und seine Crew an den Wochenenden zu Tanzflächen und Partyräumen umfunktionieren.

Ich hatte auf ein Alarmsystem und kugelsichere Fenster bestanden, als sie es gekauft hatten, doch es sieht aus, als hätten sie neue Sicherheitsmaßnahmen hinzugefügt, seit ich zuletzt hier war. Türschlösser, die mit einem Daumenabdruck geöffnet werden. Kameras hängen von jeder Regenrinne und es gibt vermutlich einige, die ich nicht entdecken kann. Sie filmen jeden Zentimeter des Anwesens.

Ich drücke auf den Summer, weil die Sicherheitsvorkehrungen zu umfangreich sind, um das Haus einfach zu betreten. Im Haus fläzen junge Männer und einige junge Frauen auf Sofas, bequemen Sesseln und Barhockern. In der Vergangenheit hat Ben mir die wichtigsten Informationen über alle Bewohner verraten. Ihre unterschiedlichen Fähigkeiten sind beeindruckend.

Anders, Bens bester Freund, ein asiatischer Norweger, der

den Eventmanager für das Haus spielt und bei den meisten ihrer Aktivitäten der Strohmann ist, öffnet uns die Tür.

„Hei Hei!", ruft er die Begrüßung seines Landes. „Baron ist gleich dort drüben."

Baron ist Bens Spitzname, was die Abkürzung für Baranov ist und zu einem Mitglied des Bratwa-Adels passt. Soweit ich weiß, hat Phoenix, Bens Zimmergenosse aus dem Freshman-Jahr, ihm diesen Spitznamen gegeben.

Ben dreht sich von dort zu uns, wo er Zoya Anweisungen gibt. Sie hört auf den amerikanisierten Namen Zoe und ist einer der rothaarigen Zwillinge meines Hackers. Sie und ihre Schwester sind dieses Jahr Sophomores. Beide begannen in den Freshman-Wohnheimen wie Lili, um Freundschaften zu schließen, zogen jedoch innerhalb ihres ersten Monats auf Bens Drängen ins Baranov Haus. Er hat den zwanghaften Drang, seine Familie zu beschützen, und anscheinend sind Bratwa-Verbindungen sogar für die nächste Generation dicker als Blut.

„Ich kümmere mich darum", sagt sie zu Ben und winkt uns lächelnd. Ihre Zwillingsschwester Anya sitzt mit einem Laptop auf den Schenkeln auf dem Sofa. Ihre Haltung erinnert mich daran, wie ihr Vater Dima früher in meinem Penthouse herumsaß. Seine Finger flogen förmlich über die Tasten, während er sich in irgendeine Regierungsbehörde hackte und sich einen Actionfilm mit seinem Bruder ansah. Unsere Kinder wuchsen gemeinsam auf zusammen mit dem Sohn meines Mittelsmannes, Leo, und den Söhnen meines Torwächters, Alexei und Feliks, deren Altersunterschied nur sechzehn Monate beträgt und die beide wie Kühlschränke gebaut sind. Sie spielen jetzt Football für die Thornecroft Universität und werden vermutlich von der NFL gedraftet werden.

Der Rest unserer Freunde aus unserer ursprünglichen Bratwa-Zelle lebt mittlerweile in Los Angeles. Dimas Zwillingsbruder Nicholai ist dorthin gezogen, weil seine Frau die PR-Managerin für die Grammy-gekrönte Band The Storytellers ist, die Freunde von uns sind. Er, mein ehemaliger Vollstrecker und Soldat führen für mich ein legitimes Immobilienimperium in Hollywood. Ihre Kinder wuchsen durch die Storytellers im Rampenlicht von Ruhm und Reichtum auf. Die Frau und die neunzehnjährige Tochter Mila meines ehemaligen Soldaten Pavel sind jetzt beide berühmte Schauspielerinnen.

Anya und Zoe kommen zu uns, um uns zu umarmen und zu küssen.

Die ganze Crew bestehend aus unseren älteren Kindern blieb diesen Sommer in Whisper, um ihre Unternehmen am Laufen zu halten.

„Hey Ravil. Hey Lucy." Leo grinst mich an, als er herbeikommt und Lucy umarmt. Er ist achtzehn Monate jünger als Ben, die zwei stehen sich auf dem College jedoch genauso nahe wie als kleine Kinder.

Ich gebe ihm die Hand.

„Fahrt ihr zwei los?", fragt Ben. Gestern Abend aßen wir mit der ganzen Gang zu Abend. Wir hatten uns auf dieser Reise also schon Zeit für ein Treffen mit ihm genommen.

Lucy umarmt Ben und er schlingt seine Arme um sie. Er ist mittlerweile größer als ich und breitschultrig. Er hat sandblonde Haare und Lucys braune Augen. Er küsst sie auf den Kopf, wie ich das stets tue, und meine Brust schnürt sich vor Stolz zusammen.

Ich bereue den Ernst in seinem Blick – dass seine Augen viel älter wirken als die anderer junger Menschen in seinem Alter. Dass er so wachsam, kontrolliert und stets auf der Hut ist, damit er sofort bemerkt, wenn etwas in seiner Welt seiner Kontrolle entgleitet.

Das ist meine Schuld. Ich bemühte mich, meine Familie vor der Gewalt meines Berufs zu schützen, aber sie sickerte trotzdem durch. Ben bekam bereits in einem jungen Alter unter grässlichen Umständen Blut an die Hände.

Um seine Welt zu kontrollieren und einen weiteren Vorfall zu vermeiden, wurde er ein Anführer. Er lernte, immer zu wissen, welche Motive Leute hatten, und immer alle Perspektiven zu bedenken, um diejenigen in seinem Umfeld zu beschützen.

Ich gebe ihm die Hand und ziehe ihn in eine kurze Umarmung. „Pass auf deine Schwester auf." Ich klopfe ihm auf den Rücken, doch meine Stimme klingt ernst.

Ben passt sich meinem Ton an. „Das werde ich tun." Sein Blick ist intensiv und ernst. „Ich wünschte, sie würde hier einziehen."

„Ich weiß, aber sie will ihre Freiheit. Ich habe ihr Wohnheim überprüft und die Sicherheit ist hervorragend. Sie wird klarkommen, wenn sie wachsam bleibt."

„Ich habe ihren Kursplan und weiß daher immer, wo sie ist und wo potenzielle Gefahren lauern könnten." Ben schaut zu Anders. „Ich habe mich bereits um den einen Professor auf dem Campus gekümmert, der dafür bekannt ist, dass er es auf Studentinnen abgesehen hat."

Ich ziehe die Augenbrauen hoch. Das ist das erste Mal, dass ich davon höre. Ich unterdrücke das Gefühl der Sorge, dass ich hätte wissen sollen, was geschehen war, und ihn hinsichtlich seiner Vorgehensweise hätte beraten sollen. Ich habe ihm viel beigebracht, doch er weiß möglicherweise nicht, wie man legale Konsequenzen meidet. Oder wo man einen Körper in Whisper entsorgt.

Allerdings hat er die Angelegenheit wahrscheinlich nicht auf diese Art geregelt. Er kann sich allein um die Geschäfte kümmern, auf seine eigene Art. Auch wenn ich herbeieilen und helfen will, muss ich ihn fliegen lassen.

Dennoch kann ich einfach nicht anders, als ihn zu erinnern: „Du weißt, wenn du jemals Hilfe bei *irgendetwas* brauchst, kann ich jemanden herschicken oder selbst kommen. Es ist nur ein Anruf nötig." Vor Lucy kann ich nicht sagen, was ich meine – dass ich einen Mittelsmann schicken werde. Oder einen Vollstrecker. Einen Reiniger. Was immer er braucht.

„Ich weiß." In Bens Stimme schwingt die Autorität eines Anführers mit. Ich sehe, dass das Gewicht der Verantwortung für seine gesamte Crew – alle, die mit ihm in diesem Haus leben – und möglicherweise für den ganzen Campus auf seinen breiten Schultern ruht.

Ich kenne das Ereignis, wegen dem er so ist. Es sucht mich noch immer genauso heim wie ihn.

Doch er trägt die Bürde wie ein König. Er besitzt die Kraft und Stärke, um die bleierne Krone zu tragen, die auf seinem Kopf ruht.

Der junge Prinz ist erwachsen geworden.

Mein Handy vibriert wegen einer neuen Nachricht und ich werfe einen Blick auf das Display. Es ist mein Moskauer *Pakhan* Adrian Turgenev mit unserem Notfall-Code.

„Entschuldigt mich", sage ich zu Lucy und Ben. „Ich muss einen Anruf machen." Ich gehe durchs Haus und die Glastür in den gewaltigen, gepflegten Garten, den das Baranov Haus für seine regelmäßigen Campus-Partys nutzt.

Ich drücke auf den Knopf, um Adrian anzurufen.

Er war einst mein bester Reiniger. Vor achtzehn Jahren schickte ich ihn und seine Frau Kat nach Moskau, damit sie unseren Arm der Bratwa dort übernahmen und leiteten.

„Was gibt's?"

„Ich habe ein Problem. Ein großes Problem." Ich höre kaum unterdrückte Gewalt in Adrians Stimme, wie ich sie nicht mehr gehört habe seit den Jahren, als er zu mir kam und um meine Hilfe bei der Suche nach seiner Schwester und den Sexhändlern bat, die sie entführt hatten.

„Erzähl es mir."

„Es geht um Lara."

Ich erstarre. Lara ist Adrians und Kats einziges Kind, das in Paris aufs College geht.

Das Geschäft ist das Geschäft, doch alles, bei dem es um unsere Kinder geht, ist eine schwerwiegende Angelegenheit. Wir verletzten den Bratwa-Kodex, als wir heirateten und Kinder bekamen. Ich tat es als Erster und erlaubte dem Rest meiner Zelle, meinem Beispiel zu folgen. Eine Ehe ist im Bratwa-Kodex verboten, weil Frauen und Kinder als Druckmittel gegen uns eingesetzt werden können.

Deswegen habe ich mich so angestrengt, ein Imperium aufzubauen und Einfluss zu gewinnen. Alles, was ich getan habe, tat ich, um unsere Familien zu beschützen.

„Anatoli Rostovs Sohn, Abrasha, ist hinter ihr her. Er hat mich angerufen, um ein Bündnis zwischen uns mit einer Hochzeit zu besiegeln."

Anatoli Rostov ist eines der reichsten und gefährlichsten Mitglieder der russischen Oligarchie. Er hat Häuser in der Türkei, den Arabischen Emiraten und der französischen Riviera. Er kontrolliert den Großteil der politischen Welt in Russland. Ben hatte Streit mit seinem Sohn in dem Jahr, als er in der Schweiz aufs Internat ging.

Wir mussten uns gewaltig anstrengen, um genug Macht zu versammeln und getrennt von Rostovs schmutzigen Geschäften zu bleiben. Um unser Imperium aufzubauen, ohne in seines einzudringen. Ich musste beweisen, dass wir so viel Macht – sowohl politische als auch Waffenmacht – hatten, dass wir es nicht wert waren, angegriffen zu werden.

Ich dachte, wir hätten es geschafft, sie hinsichtlich der Macht in Russland zu übertrumpfen, doch wenn Rostov versucht, Adrian auf seine Seite zu ziehen, haben wir ein Problem.

Rostov ist bekannt für sadistische Folter und grausame Morde. Er benutzt Furcht, um Macht zu gewinnen. Ben berichtete, dass sein Sohn ein ausgewachsener Psychopath ist.

„Hat er sie entführt? Hält er sie als Geisel fest?"

„Nein. Anscheinend waren sie auf einigen Dates. Als ich Lara nach Abrasha fragte, klang sie gleichgültig. Doch laut Rostov sind sie bereits ein Paar. Er ist darauf aus, unsere Häuser mit einer Ehe zu vereinen."

Ich mahle mit den Backenzähnen. „Was hast du ihm gesagt?"

„Ich sagte ihm, dass ich das nicht tun könnte, weil meine Tochter eine vor langer Zeit arrangierte Ehe mit deinem Sohn eingehen wird."

Ich verstumme und verarbeite das.

„Es war das Einzige, was mir einfiel, um sie vor seinen Fängen zu schützen. Er wird keinen Streit mit dir anzetteln, vor allem nicht, wenn es sich um eine Ehe handelt, die schon bei der Geburt arrangiert wurde."

Ich drehe mich um und schaue durch die Glastür, hinter der mein Sohn noch immer bei seiner Mutter steht. Ben sieht, dass ich ihn anschaue, und fasst das als Aufforderung auf, herzukommen. Er nickt und geht zur Tür.

Blyad'. Er würde es tun. Ben besitzt die gleichen Beschützerinstinkte wie ich. Er schützt die Schwachen und Verletzlichen. Das ist der Grund, aus dem Thornecroft das einzige College war, auf das ich Lili mit gutem Gewissen schicken konnte. Ich weiß, dass er auf sie aufpassen und jegliche Gefahren eliminieren wird.

Würde ich ihn darum bitten, würde er bei der Lüge mitspielen, die Adrian erzählt hat, und Lara heiraten, um sie zu beschützen.

Doch das würde sein gewähltes Leben beenden. Er ist bereits viel zu reif für sein Alter. Will ich wirklich, dass er mit zweiundzwanzig Jahren heiratet?

Andererseits könnte es eine Ehe sein, die nur auf dem

Papier besteht. Er könnte noch immer sein eigenes Leben führen, solange er Lara hier in diesem Haus beschützt und so tut, als sei sie seine Frau.

Lucy wird mich umbringen. Sie wollte nie, dass ihre Kinder in das Geschäft verwickelt werden. Andererseits würde sie auch nicht wollen, dass Kats und Adrians Tochter in einer Ehe mit einem Mann gefangen ist, der schon als Junge alle quälte, die schwächer waren als er.

Mein Verstand rast. Es müsste nicht für immer sein. Vielleicht fünf Jahre, bis Rostov vergisst, Lara als Schachfigur in seinem Spiel zu benutzen.

Ich atme geräuschvoll aus. „Setz sie in den nächsten Flieger nach Whisper."

Adrians erleichtertes Ausatmen ist durch das Handy zu hören. *„Spasiba, Pakhan.* Du ehrst mich."

„Du bist mein Bruder. Ich würde niemals zulassen, dass einem der Deinen ein Leid geschieht."

Ich beende das Telefonat, stecke das Handy in meine Tasche und betrachte die gepflegten Hecken, als würden sie eine perfekte Art und Weise enthüllen, wie ich meinem Sohn beibringen kann, dass ich ihn gerade möglicherweise für den Rest seines Lebens an eine Frau gebunden habe.

Die Glastür öffnet sich und Ben kommt nach draußen. „Brauchst du etwas?"

„Ja." Ich fahre mit einer Hand über mein Gesicht. „Ben, es gibt da etwas, um das ich dich bitten muss."

KAPITEL EINS

Drei Tage später

Baron

Ich bin kein Mann ‚großer Gefühle', dachte jedoch immer, dass ich *etwas* an meinem Hochzeitstag fühlen würde.

Ich stellte mir vor, dass ich die Frau kennen würde, die ich heirate. Und dass ich das College bereits abgeschlossen haben würde.

Ich sitze in meinem Range Rover, der auf der Landebahn eines privaten Flugplatzes steht, und trommle mit den Fingern auf das Lenkrad, während ich darauf warte, dass der Jet mit meiner Braut landet.

Die Frau, die ich beschützen kann, indem ich einen Ring an ihren Finger stecke, was mir mein Vater erst vor drei Tagen mitteilte.

Lara Turgeneva hat keine Social Media Konten, die ich durchstöbern kann. Vermutlich, weil sie eine Bratwa-Prinzessin ist und man ihr, wie dem Rest von uns, beigebracht hat, sich unauffällig zu verhalten.

Ich ließ Anya das Internet durchforsten, doch sie fand nichts, bis sie sich bei der russischen Regierung einhackte und ein Reisepass- und Führerscheinfoto ausgrub. Es ist schwer, sich anhand dieser Fotos ein Bild von ihr zu machen. Sie könnte hübsch sein; sie könnte es nicht sein.

Niemand sieht auf diesen Fotos gut aus.

Angeblich kannten wir uns als Kleinkinder, bevor ihre Familie von Chicago nach Moskau zog. Ich erinnere mich an nichts. Ich wünschte, ich wüsste etwas über sie. Sie hat vermutlich Angst. Ich habe nicht vor, eine echte romantische Beziehung mit ihr einzugehen, werde jedoch mein Bestes geben, um ihr Leben angenehm zu gestalten. Das hier wird für uns beide seltsam sein. Ich werde ihr jedoch deutlich erklären, dass ich nicht erwarte, dass sie die Ehe vollzieht oder mein Bett teilt.

Sie kann ausgehen, mit wem sie will, wenn sie vorsichtig ist und es geheim hält.

Das Brüllen von Jetmotoren veranlasst mich dazu, durch die Windschutzscheibe zu spähen. Ein kleiner Jet gleitet herbei und landet elegant. Ich warte, bis sich die Türen geöffnet haben und der Landungssteg angebracht wurde, bevor ich aus dem Range Rover steige.

Ich trage einen Anzug. Nicht, um meine Braut zu beeindrucken, sondern um meinen guten Willen zu zeigen. Um ihr zu zeigen, dass ich das hier nicht will, mich jedoch anstrengen werde, damit es funktioniert. Ich werde die Anweisungen meines Vaters befolgen: sie abholen, heiraten und im Baranov Haus unterbringen, wo ich sie beschützen kann. Allerdings können wir erst vierundzwanzig Stunden, nachdem wir die Heiratserlaubnis abgeholt haben, heiraten.

Ich tue das nicht, weil mein Vater es von mir verlangt hat, auch wenn ich es für ihn getan hätte. Obwohl ich mir sicher bin, dass er ein gnadenloser Mörder ist, und ich weiß, dass er der Kopf einer internationalen Verbrecherorganisation ist, empfinde ich bloß Liebe und Respekt für ihn.

Wie ich bereits sagte, hätte ich das hier auch ohne seine Bitte getan. Als ich hörte, wer versucht, Lara zu heiraten, und warum sie meinen Schutz braucht, konnte ich nicht ablehnen.

Brash Rostov ist ein Psychopath. Ich war ein elendes Jahr lang mit ihm auf einem Internat in der Schweiz. Er ist der Sohn des berüchtigten russischen Oligarchen Anatoli Rostov. Wenn er bloß arrogant und eingebildet wäre wie der Rest der reichen Arschlöcher, mit denen ich jenes Jahr verbringen musste, hätte ich Lara ihrem Schicksal mit ihm überlassen. Doch es gibt keine Frau – nicht einmal eine, an die ich mich nicht erinnere – die ich diese sadistische Bestie heiraten lassen würde, wenn ich ihr bloß meinen Nachnamen geben muss, um sie zu retten.

Ich wurde von dem Internat geworfen, weil ich Brash nach Strich und Faden verprügelt hatte.

Er ist alles, was an der russischen Oligarchie niederträchtig und falsch ist – ein gehässiger Sadist, der dem Hörensagen nach Lehrer, Tiere und jüngere Jungs quälte.

Die Mädchen fanden ihn charmant, wenn ich mich richtig erinnere, weil er gut darin war, diese Seite von sich vor ihnen zu verbergen. Allerdings erwischte ich ihn dabei, wie er die Tochter der Bibliothekarin würgte, und das war das Ende des Privatinternats für mich.

Wenn ich gewusst hätte, dass es so einfach war, rausgeworfen zu werden, hätte ich schon früher einen Streit mit ihm vom Zaun gebrochen. Ich hasste es, mit diesen arroganten *Svolochs* vom alten Geldadel zu leben, auch wenn mich jenes Jahr erfolgreich auf meine Zeit in Thornecroft vorbereitete.

Wenn es Brash und sein Vater auf Lara abgesehen haben,

greife ich gerne ein und stelle das Hindernis dar, an dem sie nicht vorbeikommen. Soweit Brash weiß, hat Laras Dad mir ihre Hand bei ihrer Geburt versprochen, und er konnte dieses Arrangement nicht auflösen, ohne einen Krieg mit meinem Dad zu riskieren.

Ich nähere mich der Treppe, als eine schlanke Gestalt in der Tür des Flugzeugs erscheint.

Lara trägt schwarze Loungewear, als würde sie unsere bevorstehende Eheschließung betrauern. Sie hat ihre Haare zu einem unordentlichen Dutt auf ihrem Kopf getürmt. Eine große Handtasche hängt über einer Schulter und als ihr Blick auf mir landet, spannt sich ihr Arm über dieser an, als hätte sie Angst, ich würde sie ihr stehlen.

Ich zerbreche mir den Kopf über diese Geste, als wir aufeinander zugehen.

Sie hat eine selbstbewusste Haltung, ihre Schultern sind gestrafft und ihr Kinn ist gereckt. Gut. Sie ist nicht irgendeine verängstigte Maus, die ich trösten muss. Je weniger wir uns emotional aufeinander einlassen müssen, desto besser. Das wird eine Scheidung erleichtern, wenn die Ehe nicht mehr notwendig ist.

Als sie näher kommt, kann ich ihr Gesicht mustern. Sie ist umwerfend. Dunkle, zerzauste Haare, die dicht und wild sind. Ihre Haut ist blass, ihre Augen stehen weit auseinander und sind hellblau. Dunkle Sommersprossen bedecken ihre Nase. Sie trägt wenig oder kein Make-up – ihre Schönheit ist natürlich. Sie betrachtet mich ebenfalls, indem sie unter ihren dichten, natürlichen Wimpern zu mir aufblickt. Ihre Lippen sind voll, jedoch zu einem schmalen Strich zusammengepresst, als wäre sie sauer.

Das ist der Moment, in dem ich von meinem weißen Ross falle. Ich sah mich als der Ritter in der glänzenden Rüstung – der hier ist, um die Dame in Nöten zu retten.

Doch die Dame sieht aus, als wolle sie mir die Faust ins Gesicht rammen.

Ich bleibe stehen und lasse sie zu mir kommen. Ich hatte vorgehabt, sie auf die Wange zu küssen. Vielleicht eine kurze Umarmung, falls sie der Typ ist, der auf Umarmungen steht. Da sie eher wie der Typ aussieht, der anderen ein Knie in die Eier rammt, gebe ich jegliche Pläne auf, sie zu berühren.

„Lara."

Sie hat etwas Vertrautes an sich, obwohl ich keine Erinnerungen aus unserer Kindheit an sie habe. Wir gingen noch in die Preschool, als sie wegzog.

Ihre großen blauen Augen verengen sich zu Schlitzen und sie bleibt vor mir stehen, wobei sie nach wie vor die Handtasche fest an ihre Seite presst. „*Da.*" Ihr Ton ist schneidend. Sie reckt das Kinn, spreizt ihre freie Hand und deutet an ihrem Körper hinab. „Hier bin ich − wie von deiner Familie bestellt, um deine Frau zu werden", sagt sie auf Russisch. „Ich hoffe, ich bin, was du erwartet hast."

Ich blinzle und achte darauf, eine ausdruckslose Miene zu machen, während mein Gehirn versucht, mitzukommen.

Dann verstehe ich. *Man hat ihr eine Lüge erzählt.*

Aus irgendeinem Grund hat ihr Vater ihr nicht die Wahrheit anvertraut. Entweder denkt er, sie ist nicht in der Lage, eine Ehe vorzutäuschen, oder sie war tatsächlich in Brash verliebt.

Falls Letzteres der Fall ist, bin ich raus. Sie kann ihn haben. Ich muss nicht die Abscheu einer Frau ertragen, die denkt, meine Familie würde ihre Zukunft kontrollieren, als wäre sie ein Gegenstand.

Doch noch während ich darüber nachdenke, sie zu ihm zurückzuschicken, rebelliert etwas in mir. Es ist nicht nur mein Beschützerinstinkt, obgleich ich sie immer noch gegen jeden Mann verteidigen würde, der versucht, sie zu verletzen. Es ist nicht nur der ehrgeizigste Teil von mir, der jeden Wettbewerb mit Brash gewinnen muss. Es geht darüber hinaus, es ist eine Besitzgier, die in mir aufsteigt und ich noch nie so gefühlt habe.

Während ich die wütende Frau anschaue, die mich böse mustert, gebe ich meinen vorherigen Plan auf, nur eine Scheinehe zu führen. Sie gehört zu mir. Wir gehören zusammen. Ich bin mir nicht sicher, warum ich das glaube, doch es liegt irgendwie daran, wie vertraut sie wirkt. Es ist nicht, als würde ich sie von früher kennen. Es ist eher so, als hätte ich mein ganzes Leben darauf gewartet, sie kennenzulernen. Alles an ihr törnt mich an. Unter anderem auch, dass sie eine Herausforderung darstellt.

Tatsache ist, dass Lara mir gehört.

Sie wurde mir zum Schein versprochen, doch wir werden rechtlich miteinander verheiratet sein, und das bedeutet, dass ich der Kerl – der *einzige* Kerl – bin, der sie bekommt.

Ist sie das, was ich erwartet habe? Ich antworte in trockenem Ton auf Englisch: „Nicht wirklich."

Ihre blasse Haut läuft rot an. Wenigstens weiß ich jetzt, dass sie Englisch spricht.

Ich strecke die Hand aus. „Komm. Wir müssen eine Eheerlaubnis abholen."

———

Lara

Benjamin Baranov sieht nicht so bedrohlich aus wie mein Vater und der Großteil seiner Partner, doch ich habe das Gefühl, dass er gefährlich ist. Blonde Haare fallen auf die lässige Art eines Surferboys in seine Stirn, doch seine Augen, die von dichten, dunklen Brauen gerahmt werden, wirkten uralt in seinem jungen Gesicht.

Er trägt einen teuren Anzug, sieht damit allerdings nicht wie ein Student aus, der sich bloß verkleidet hat. Er trägt ihn mit lässiger Eleganz. Seine Haltung hat nichts Aggressives an sich. Er strahlt eine stille Macht aus, die daran zu erkennen ist, wie er seine Schultern hält. Als würde er sein Königreich mit Kontrolle und kühlen, kalkulierten Entscheidungen regieren.

Ich drücke meine Handtasche fester an mich, als die Flugbegleiter uns mit den fünf riesigen Koffern zu Benjamins glänzendem schwarzen SUV folgen, in denen all meine Habseligkeiten verstaut sind, die ich in der Stunde packen konnte, die mir mein Vater gab, bevor er mich in den Privatjet setzte.

Erst gestern war ich erschöpft von einem Tag voller Kurse an der Académie Internationale des Langues de Paris gefolgt von einer dreistündigen Schicht bei meinem neuen Praktikum nach Hause gekommen. Das Praktikum, für das ich mir zwei Jahre lang auf dem College den Arsch aufgerissen hatte, damit ich es bekam. Ich öffnete die Tür und entdeckte meinen Vater, der mit einer tiefen Furche zwischen den Augenbrauen an meinem Küchentisch saß.

Er hatte mir nicht gesagt, dass er Moskau verlassen hatte, um nach Paris zu fliegen. Als ich ihn fragte, ob er meine Mom mitgebracht hatte, antwortete er, dass sie zu wütend auf ihn wäre.

Wie dumm von mir.

Ich hatte gedacht, er wäre gekommen, um mir mitzuteilen, dass sie sich scheiden ließen.

Nie in einer Million Jahren hätte ich das hier vorhersehen können.

„Pack deine Sachen, Lara. Ich schicke dich nach Illinois."

Ich blinzle. Mein Gehirn stellt seine Funktion ein. „Was?"

Er nickt mit einem ernsten Blick. „Es gibt etwas, was ich dir schon vor langer, langer Zeit hätte erzählen sollen."

Mein Herz klopft wie wild gegen meine Rippen. „Was meinst du? Wovon sprichst du?"

„Ich habe einen Vertrag mit Ravil Baranov geschlossen, als du ein Baby warst."

Ich starre ihn an. Nichts davon ergibt Sinn. Ravil Baranov ist der mächtige Pakhan der Chicago Bratwa, wo mein Vater ein Mitglied der Bruderschaft geworden war. Sie sind enge Verbündete. Freunde.

„Du wirst seinen Sohn Benjamin heiraten."

Ich schwanke und mir ist plötzlich schwindlig. „Das … das ist absurd."

„Das war vor langer Zeit und ich wusste nicht, dass er vorhatte, sich an den Vertrag zu halten. Ich wusste definitiv nicht, dass es so früh geschehen würde, während ihr beide noch studiert."

Ich weiche vor meinem Dad zurück. „Nein." Mein Kopf schüttelt sich wie von selbst. „Das werde ich nicht tun. Ich kann nicht. Ich habe gerade erst mein Praktikum angefangen. Ich habe noch ein Jahr an der Uni. Das ist verrückt. Warum soll ich einen Fremden heiraten?"

„Es muss jetzt geschehen. Ravil hat es verlangt und er ist ein viel zu gefährlicher Mann, um ihn zu verärgern."

„Aber … warum?"

Es ergibt einfach keinen Sinn. Wir leben nicht im Mittelalter. Die Patriarchie stirbt. Ich sollte nicht ein Pfand bei irgendwelchen Bratwa-Machenschaften sein.

„Ich weiß nicht, warum es jetzt sein muss, nur, dass er seine Gründe hat. Ich habe Vorkehrungen getroffen, damit du nach Thornecroft wechseln kannst, wo Benjamin studiert, und deinen Abschluss machen kannst. Es ist eines der renommiertesten Colleges der Welt."

Meine Nase brennt. Zornestränen fluten meine Augen. Das ist verrückt!

„Und wenn ich mich weigere?" Meine Stimme zittert, obwohl ich mich bemühe, ruhig zu sprechen.

Die Miene meines Dads wird noch grimmiger. „Dann ist keiner von uns sicher."

Wie kann das sein? Mein Vater, einer der mächtigsten Männer

Russlands, kann seine Frau und Tochter nicht vor der Bratwa auf einem anderen Kontinent beschützen?

Das ist schlimmer, als wenn sich meine Eltern scheiden lassen würden. Meine gesamte Welt zerbricht.

Kein Wunder, dass Mom wütend auf ihn ist.

Eine Träne rinnt über mein Gesicht und ich sehe einen Hauch von Verzweiflung auf dem Gesicht meines Dads.

Er greift nach mir, doch ich reiße mich los.

„Es tut mir leid, aber Benjamin Baranov zu heiraten, ist die einzige Möglichkeit, dich zu beschützen."

Vor was beschützen?

Ich habe keine Ahnung, was die Baranovs oder die Chicago-Bratwa von mir wollen. Ich kann noch immer nicht fassen, dass mein Vater mich hierhergeschickt hat – *allein*. Ich könnte in eine Falle marschieren. Vielleicht haben sie vor, mich als Geisel zu nehmen, um Papa zu zwingen, zu tun, was sie wollen.

Vielleicht *ist* es wegen einer Ehe und ich werde den Rest meines Lebens eine Geisel sein. Immerhin ist eine Ehe eine der ältesten Methoden, um ein Bündnis mit einem anderen Königreich zu sichern.

Ich werfe dem Bratwa-Prinzen, der neben mir läuft, einen verstohlenen Blick zu. Wird er erwarten, dass ich ein Bett mit ihm teile? Diese Ehe vollziehe? Seine Erben auf die Welt bringe?

Es rumort in meinem Magen, der sich zu einem festen Knoten zusammengezogen hat, seit ich meinen Vater in meiner Wohnung fand.

Benjamin nimmt den Flugbegleitern mein Gepäck ab und hebt die schweren Koffer mühelos in den Kofferraum seines Fahrzeugs. Ich sehe Tattoos auf seinen Handrücken und Handgelenken. Also gehört er dazu. Ich frage mich, ob er bereits ein Mitglied der Bruderschaft ist, obwohl er noch aufs College geht.

Natürlich ist er das.

Ich wünschte, ich hätte gelernt, was die Tattoos bedeuten. Hat mein Bräutigam schon getötet? Gefoltert?

Mein Mund wird trocken. *Vergewaltigt?*

Wird er sich mir aufzwingen?

Meine Handflächen werden klamm vor Schweiß. Diese Leute sind so gefährlich, dass sie *meinen Vater* in Angst und Schrecken versetzt haben – und er ist selbst ein Monster. Er hätte mich nicht vom College in Paris geholt, wenn er eine andere Wahl gehabt hätte. Meine Mom hätte das nicht zugelassen. Die Entscheidung musste ihm abgenommen worden sein.

Benjamin bringt mich zur Beifahrerseite des SUVs und öffnet die Tür.

Oh gut. Es ist schön, zu wissen, dass der Mörder, dem ich versprochen wurde, gute Manieren hat.

Wie ein Chauffeur wartet er, bis ich einsteige. Ich weigere mich, ihn anzuschauen, bis ich realisiere, dass er seinen Unterarm oben auf das Auto gestützt hat und auf mich hinabblickt.

„Steckt in deiner Handtasche eine Pistole, Lara?" Seine Stimme klingt neckend.

Meine Fingerknöchel treten auf meiner Handtasche weiß hervor und mein Blick schnellt dorthin, wo er über mir aufragt. Ich sehe Belustigung in seinen braunen Augen und dass sich seine Lippen leicht nach oben biegen.

Kälte schwappt durch mich. Er ist so selbstbewusst, dass er keine Angst vor einer geladenen Pistole hat.

Mir fällt keine Antwort ein. Ich presse meinen Kiefer zusammen, während ich ihn böse anfunkle.

„Hast du vor, mich zu erschießen?" Erneut ist er völlig entspannt. Er wirkt belustigt von mir.

Oh, schau dir nur meine niedliche Braut an, die mit einer Pistole erschienen ist, um mich zu töten.

Ich versuche vergeblich, zu schlucken. Mein Gesicht brennt. Meine Beine zittern und sind bereit, wie eine Gazelle vor dem Löwen wegzurennen, der mich jagt.

Er streckt die Hand aus. „Gib mir die Pistole, *Printsessa.* Wir werden einander nicht auf diese Weise verletzen."

Auf welche Weise werden wir einander verletzen, Benjamin?

Bei diesem Gedanken stelle ich mir einen wohlüberlegten Schmerz vor. Den der Sorte Lustschmerz.

Warte, nein.

Ich stelle mir *nicht* vor, wie Benjamin Baranov mich fesselt und mit einer Reitgerte schlägt.

Das ist ... irre. Daran habe ich kein Interesse.

Ich mustere seine tätowierten Fingerknöchel und frage mich, wie es wohl wäre, wenn sie sich beim Sex um meine Kehle schließen würden.

Wird er mich zwingen?

Warum stelle ich mir vor, wie er mich zwingt?

Ich will das nicht. Natürlich will ich das nicht.

Ich bewege mich nicht, weshalb er eine lockende Geste mit den Fingern macht. „Die Pistole, Lara." Der neckische Ton in seiner Stimme verschwindet. Ich höre kalte Autorität.

Ich sitze dort und überlege, was passieren wird, wenn ich ablehne. Oder wenn ich sie ziehe und auf ihn richte.

Ich realisiere, dass seine Haltung zwar entspannt, sein Blick jedoch intensiv ist. Fokussiert. Wenn ich die Pistole auf ihn richte, müsste ich gewillt sein, den Abzug zu betätigen.

Als könne er meine Gedanken lesen, schüttelt er den Kopf. „Du bist keine Mörderin, *Printsessa.* Und du bist bei mir in Sicherheit. Oder du wirst es sein, wenn du dich benimmst."

Etwas daran, dass er mich so sachte zu überreden versucht, bricht mich. Tränen brennen in meinen Augen.

Ich will nicht, dass er sie sieht, weshalb ich ihm die ganze

Handtasche in die Hand drücke und den Blick abwende, als er sie öffnet, die Pistole herausnimmt und wie ein Profi in seinen Hosenbund steckt.

Als er sich auf den Sitz neben mir schiebt, frage ich: „Bist du ein Mörder, Benjamin?"

Er dreht sich um und mustert mich. Bei der Intensität seines Blicks halte ich die Luft an.

„Ich habe getötet."

Ich kann nicht atmen.

Er lässt den SUV an und legt den Gang ein. „Und ich würde wieder töten – für dich."

Sämtliche Luft entweicht meiner Lunge. Mir ist plötzlich schwindlig. Ich bin schockiert und ein wenig erregt.

„Warum?", will ich wissen.

Seine Schultern wirken leicht angespannt. Als er antwortet, sind die Worte flach und emotionslos. „Du bist meine Frau."

KAPITEL ZWEI

Baron

Nachdem wir beim Gerichtsgebäude waren, um unsere Eheerlaubnis abzuholen, bringe ich meine Braut zum Baranov Haus, das auf dem Campus auch Gulag genannt wird. Lara hat mir den Großteil der Fahrt die kalte Schulter gezeigt und ich habe nicht versucht, sie für mich zu erwärmen.

Ich bin nicht der charmante Typ – das sind Anders oder Leo.

Ich bin derjenige, der Strategien entwickelt und den Mund hält. Der Kerl, der allen anderen fünf Schritte voraus ist, damit ich die Ereignisse um mich herum kontrollieren kann. Meine Mom nennt es PTBS. Ich nenne es, ein Anführer zu sein.

Im Moment habe ich eine Menge mentale Pläne, die ich neugestalten muss. Ich muss herausfinden, wie ich eine unwillige Braut beschützen kann. Ich muss sie kontrollieren, um sie zu beschützen, habe jedoch das Gefühl, dass sie sich mit Händen und Füßen dagegen wehren wird.

Ich ziehe kurz in Erwägung, sie dauerhaft im Dungeon des Hauses unterzubringen.

Ja, wir haben im Keller einen Dungeon. Deswegen ist das Baranov Haus auf dem Campus als Gulag bekannt. Die Gerüchte über den Dungeon sind wild und ich ermutige jedes einzelne. Manche sagen, es sei eine Bratwa-Folterkammer – der Ort, an den wir unsere Feinde bringen, um Rache zu nehmen.

Andere wissen – es ist ein Sexclub.

Wir lassen fast niemals Außenseiter rein, was das Geheimnisvolle des Hauses auf ein episches Level hebt. Beinahe jeder Partygast verbringt die gesamte Zeit mit dem Versuch, in den Dungeon eingeladen zu werden. Das ermöglicht es mir, exorbitante Summen an den Nächten zu verlangen, an denen wir den Zugang auf Einladung gewähren.

Diejenigen, die eingeladen werden, unterschreiben Verschwiegenheitserklärungen und werden mit verschleierten Drohungen zur Geheimhaltung verpflichtet.

Ich finde, dass die Vorstellungskraft der Leute viel besser dazu benutzt werden kann, um ihr Verhalten zu kontrollieren, als irgendeine Drohung oder Versprechen, die ich machen könnte.

Ich stelle mir vor, wie ich Lara ausziehe und ihre Handgelenke und Knöchel am Andreaskreuz befestige. Wie ich sie mit der perfekten Menge unregelmäßiger Lust necke, bis sie verrückt wird und mich um Erlösung anbettelt.

Oder noch besser, bis sie eine echte Beziehung verlangt.

Doch ich werde mich mit ihrem Orgasmus zufriedengeben.

Das ist ein fantastischer Gedanke.

Sie gegen ihren Willen einzusperren, wird natürlich nicht funktionieren. Ich werde Lara auf die gleiche Art in den Dungeon locken müssen wie den Rest der Welt – indem ich ihr den Zugang verwehre.

In der Zwischenzeit werde ich sie in meiner Nähe behalten, damit ich auf sie aufpassen kann. Mein ursprünglicher

Plan sah vor, einen Handwerker zu engagieren, damit er mein großes Schlafzimmer in zwei Zimmer teilt. Jetzt bin ich froh, dass ich keine Zeit hatte, dieses Telefonat zu machen.

Meine Braut wird an keinem anderen Ort als in meinem Bett schlafen.

Wenn ihr Vater denkt, dass sie in so großer Gefahr ist, dass er sie innerhalb von Tagen nach meiner Zustimmung hergeschickt hat, muss ich ihren Schutz ernst nehmen. Das bedeutet, dass sie stets in meiner Nähe sein muss.

Dass diese Ehe für jeden echt wirken muss, der uns beobachtet.

Ich denke nicht über die persönlicheren Gründe nach, aus denen ich sie in meinem Bett haben will.

Ich parke auf der Einfahrt neben Leo. „Das ist unser Haus."

Sie bedenkt das Haus mit einem argwöhnischen Blick, als könnte es plötzlich lebendig werden und sie angreifen. „*Unser Haus?*"

„Nicht nur für uns. Das Haus hat zwanzig Mitglieder. Einundzwanzig mit dir. Komm mit. Ich stell dich allen vor."

Ich nehme zwei ihrer Koffer und trage sie zur Eingangstür, deren Schloss ich mit meinem Daumenabdruck öffne.

Die Hälfte der Hausmitglieder hängt im Wohnzimmer herum. Dies ist meine Version der gemeinschaftlichen Bruderschaft, die mein Vater in dem Hochhaus in Chicago unterhielt, in dem viele von uns aufwuchsen.

Wir sind die Bratwa Erben. Die Generation, die in das Königreich meines Vaters geboren wurde. Eine Gruppe Brüder und Schwestern mit ihren eigenen Regeln: Bleibt schlau. Beschützt einander und das, was uns gehört, um jeden Preis. Verteidigt die Schwachen vor Bullys. Entreißt den Autokraten des Campus die Macht. Knöpft den Treuhandfonds-Babys das Geld ab, um unser Unternehmen zu finanzieren.

Als wir reinkommen, starren uns alle an und bemerken die Koffer. Dass meine Hand leicht auf Laras Kreuz liegt. Meine subtile Ankündigung, dass sie zu mir gehört. Sie steht unter meinem Schutz und sie werden sie akzeptieren, so wie sie jeden akzeptieren, den ich in unsere Mitte bringe.

Zoe sitzt im Schneidersitz auf dem Sofa neben Phoenix und ihrer Zwillingsschwester Anya, die mit einem Laptop auf dem Schoß über der Ecke des L-Sofas liegt. Ihr Vater Dima ist ein Hacker für die Zelle meines Dads. Es gibt keine Firewall, die er nicht durchdringen kann, und letztes Jahr, als sie ins Baranov Haus zog, verbesserte Anya ihre Fähigkeiten nicht nur im Hacken, sondern lernte auch mehr über komplexe Geldwäsche.

Das ist einer der vielen Dienste, die wir gegen eine gewaltige Gebühr anbieten. Zusammen mit mehreren anderen illegalen Unternehmungen.

Mein Dad versuchte, mich aus der Bratwa rauszuhalten – er ging sogar so weit, mich auf ein Internat zu schicken, als ich davon besessen war, mich anzuschließen, doch er erlaubte mir, zuzuschauen. Nachdem ich schon in einem jungen Alter Blut an den Händen hatte, ließ er mich jede Form der Selbstverteidigung trainieren – von MMA bis hin zum Schießen. Ich saugte die Lebensweise auf jede Art auf, die sich mir bot. Man könnte sagen, dass der Apfel nicht weit vom Stamm gefallen ist.

„Hey, alle miteinander." Mir kommt der Gedanke, dass ich sie bezüglich der ganzen arrangierten Ehe hätte vorwarnen sollen, bevor ich Lara herbrachte. Ich schätze, ich habe die Augen vor der Wahrheit verschlossen, was für eine gewaltige Auswirkung ihre Anwesenheit auf unsere Haus-Dynamiken und Aktivitäten haben wird.

Hätte ich sie vorgewarnt, hätte jetzt möglicherweise einer von ihnen etwas darüber gesagt, dass die Ehe eine Farce ist, was Lara nicht wissen darf.

„Das ist Lara Turgeneva, meine Verlobte."

„Deine ... wie bitte?" Phoenix legt den Gamecontroller weg und starrt vom Sofa zu uns, wo er mit Zoe gespielt hat.

Ich deute mit dem Kopf zur Tür. „Es sind noch zwei weitere Koffer im Kofferraum."

Er springt auf. „Ich kümmere mich darum."

Als er an Lara vorbeigeht, gibt er ihr die Hand. „Ich bin Phoenix. Es freut mich, dich kennenzulernen." Er wirft mir einen *Was-Zum-Henker?*-Blick zu, als er nach draußen geht.

Anders und Leo werfen mir ähnliche Blicke zu, doch Anders erhebt sich, um Phoenix zu helfen. Er bleibt auf dem Weg stehen, um Lara die Hand zu geben und sich vorzustellen.

Phoenix war während des Freshman-Jahres mein Zimmergenosse. Da er ein transgender Student aus North Carolina ist, schlug ihm in der ersten Woche auf der Uni einiges an Hass entgegen, bis ich die Leute zurechtstutzte. Seine Sicherheit war der Impuls, dieses Haus zu kaufen. Ich brauchte einen Ort, an dem ich die Art von Gemeinschaft aufbauen konnte, in der ich aufgewachsen war, und an dem ich meine Freunde beschützen konnte.

„Du hast eine Verlobte?", fragt Anya und steht auf.

„Wann ist das passiert?", will Zoe wissen, die sich ebenfalls erhebt. „Ich bin so verwirrt."

Ich blicke zu Lara, die steif neben mir steht und sich weigert, in meine Richtung zu schauen. Ich räuspere mich. „Unsere Eltern haben unsere Ehe bei der Geburt arrangiert."

„*Deine* Eltern", wiederholt Anya ungläubig.

„Ja."

„Wow. Okay." Sie und Zoe kommen zu uns und Zoe schlingt die Arme um Lara. „Willkommen auf Thornecroft."

Lara versteift sich und erwidert die Umarmung nicht, doch etwas an ihr wird weicher. Ich werfe Zoe einen dankbaren Blick zu, als sie zurückweicht.

„Das sind Anya und Zoya. Aber sie hört auf den Namen Zoe." Ich stelle sie auf Russisch vor, damit Lara weiß, dass sie hier Freunde haben wird, die Russisch sprechen, obgleich ihr Englisch perfekt ist. Natürlich ist es das. Sie hat die ersten Jahre ihres Lebens hier verbracht und sie hat eine Tante, einen Onkel und Cousins in Los Angeles, die sie vermutlich regelmäßig besucht.

„Freut mich, euch kennenzulernen", sagt Lara.

„Leonid. Nenn mich Leo." Leo stellt sich auf Russisch vor und gibt ihr einen Kuss auf die Wange, was Lara akzeptiert.

Ein Teil von mir ist Leo dankbar für seine ungezwungene Art, doch der Großteil von mir will ihm eine runterhauen, weil er sie berührt hat.

„Meine Eltern hatten eine arrangierte Ehe", verkündet Leo.

„Warte ... was?" Zoe schaut von Leo zu Anya. „Tante Sasha und Onkel Maxim hatten eine arrangierte Ehe?" Zoe ist die Social Media/ Publicity Managerin. Sie kündigt die Partys an, die wir abhalten, und erhält im Gegenzug einen Teil der Eintrittsgelder.

Leo nickt. „Mein Großvater lag im Sterben und meine Mom sollte all seine Erdölquellen erben. Er musste sie beschützen und mein Dad war der einzige Mann, dem er vertraute."

Anya richtet ihren Blick auf mich. „Warum wurde eure Ehe arrangiert?"

Zum Teufel mit ihr.

„Das geht nur meinen Vater und ihren etwas an." Mein Ton sagt *halt dich zurück*.

Anya lässt das Thema fallen. *„Pozdravleniya"*, gratuliert sie uns auf Russisch.

„Leo, du musst ihren Daumenabdruck in die Tür einprogrammieren." Ich beginne, Befehle zu erteilen, wie es meine Art ist. „Anya, hacke dich ins Melderegister ein und schau nach, ob sie schon einen Kursplan für sie haben." Die Kurse beginnen morgen früh.

Anders und Phoenix erscheinen mit den zwei anderen Koffern. Ich wechsle auf Englisch, weil sie kein Russisch sprechen. „Mein Zimmer", weise ich sie an. Anders nimmt einen der Koffer, die ich reingebracht habe, und trägt einen in jeder Hand die Treppe hoch. Phoenix folgt ihm mit dem dritten.

„Hast du Hunger?", frage ich Lara.

Sie schüttelt den Kopf. Sie wirkt zutiefst erschüttert. Ich verstehe es. Das Baranov Haus und seine Bewohner sind viel zu verarbeiten, sogar für diejenigen, die nicht jäh entwurzelt und weggeschickt wurden, um einen Fremden zu heiraten. „Dann bringen wir dich ins Bett – du hattest einen langen Tag."

Lara bewegt sich keinen Zentimeter, als ich versuche, sie zur Treppe zu führen, und wirft mir einen wütenden Blick zu.

Ich erwidere ihn mit milder Miene.

Ihr Mund verzieht sich zu einem rebellischen Strich, doch sie strafft die Schultern, geht zur Treppe und marschiert hinauf.

Ich nehme den letzten Koffer und bewundere, wie wundervoll ihr Hintern hin und her schwingt, während ich hinter ihr die Treppe erklimme.

Sei so wütend, wie du willst, Printsessa. Du gehörst jetzt mir.

———

Lara

Ich weiß nicht, wohin ich gehe, was meinen dramatischen Abgang viel weniger dramatisch macht. Ich weiß bloß, dass ich es nicht mag, von dem zweiundzwanzigjährigen Gangster kontrolliert zu werden, der arroganter ist als die Hälfte der Männer meines Dads.

Was ... *war* das alles?

Mein Gehirn hat Schwierigkeiten, alles zu begreifen, was hier vor sich geht.

Auf den ersten Blick wirkt das hier wie eine normale College-Wohnsituation mit gewöhnlichen Collegestudenten. Natürlich war ich noch nie auf einem amerikanischen College, doch ich habe Filme gesehen. Seit wir nach Russland zogen, bin ich im Lauf der Jahre viele Male zu Besuch in die Vereinigten Staaten zurückgekehrt. Meine Tante Nadia und Onkel Flynn leben in Los Angeles.

Ich lasse alles auf mich wirken. Es ist ein großes Haus – wie die Verbindungshäuser in den amerikanischen Komödien, die mit freundlichen, gut aussehenden, jungen Leuten gefüllt sind. Das alte Haus aus der viktorianischen Zeit ist in einem perfekten Zustand, als wäre es frisch renoviert worden. Eine *Menge* Geld wurde in dieses Haus gesteckt. Und die Daumen-abdruck-Security? Warum ist das nötig? Die Möbel sind von hoher Qualität und das Haus ist picobello sauber – weitere Faktoren, die meiner Meinung nach nicht zu einem Studen-tenhaus passen. Am seltsamsten ist jedoch, dass die anderen Studenten Benjamins Befehle befolgen, als sei er ihr *Pakhan*. Ein Blick von ihm und sie springen auf, um ihm zu gehor-chen. Mehrere von ihnen sprechen Russisch, was bedeutet, dass sie möglicherweise in das Ganze hineingeboren wurden. Wie er. Wie ich.

Ein Schauder durchläuft mich.

Ich bin hier in Gefahr. Ich kann es spüren.

Ich verstehe noch immer nicht, was hier los ist. Es gibt einen größeren Zusammenhang, den ich nicht sehen kann, und der Unterton von Geheimniskrämerei und Gewalt macht mir Angst.

Auf der Treppe gehe ich an dem Asiaten mit einem norwegischen Namen und Akzent – Anders, glaube ich – und dem zart gebauten Phoenix vorbei, der möglicherweise trans ist. Ich bin also auf dem Weg in die richtige Richtung. Ich bleibe auf dem zweiten Treppenabsatz stehen.

„Geh weiter, *Malyshka*", murmelt Benjamin hinter mir.

Ich erröte und wirble herum. „Ich bin nicht dein Baby."

Er schaut mich emotionslos an – ich bemerke nur einen Hauch von Belustigung. Von Macht. Ich hasse es, wie sehr mich seine ausdruckslose Miene verunsichert. Er sagt nichts, sondern sieht mich nur an. Das ist irgendwie einschüchternder als jede Antwort, die er hätte geben können.

Plötzlich bin ich atemlos, drehe mich wieder zur Treppe um und gehe weiter nach oben. Auf dem nächsten Absatz bleibe ich erneut stehen.

„Noch eins weiter."

Am Ende des letzten Treppenabschnitts befindet sich ein gewaltiges Schlafzimmer. Das ist eindeutig das Gemach des Prinzen. Es ist so hübsch wie der Rest des Hauses mit Eichenhartholzböden, die poliert wurden und mit einem dicken, flauschigen, orangefarbenen Teppich aus grober Wolle bedeckt sind. Es gibt große Fenster an den drei Wänden. An der vierten Wand befinden sich ein Schrank und ein angeschlossenes Badezimmer mit einem kleinen Fenster.

Es ist überraschend fröhlich für die Höhle eines Kriminellen.

Es gibt ein breites Himmelbett, das mit einer dicken Gänsefederdecke in einem taubengrauen Seidenüberzug bedeckt ist. Wie Benjamin zeigt die Bettwäsche bemessene Kontrolle. Das Bett ist gemacht, doch die großen Federkissen liegen als Haufen am Kopfteil des Betts.

Benjamin stellt den Koffer, den er getragen hat, mit der Seite auf einen Hocker und öffnet den Reißverschluss. „Ich werde eine zweite Kommode für deine gefalteten Kleider besorgen. Fürs Erste gibt es im Schrank genug Platz und Bügel."

Er geht in den Schrank und zieht die Pistole aus seinem

Hosenbund, die er mir abgenommen hat. Er öffnet einen Safe und ich erblicke mehrere Geldbündel, als er sie hineinlegt.

Ich bin zu müde zum Auspacken. Ich will einfach nur duschen und ins Bett gehen.

„Wo schlafe ich?"

Ich bin mir nicht sicher, warum ich mir überhaupt die Mühe mache, zu fragen. Es ist offensichtlich, wo ich schlafen soll. In seinem riesigen Bett.

Bei ihm.

Obwohl ich so erschöpft bin, wird mein Körper heiß bei dem Gedanken daran, mit ihm unter dieser Decke zu liegen.

„In meinem Bett."

Etwas daran, wie deutlich er jedes Wort ausspricht, veranlasst mich dazu, herumzuwirbeln und in sein Gesicht zu schauen. Meine Lippen teilen sich und ich atme tief ein, als ich sehe, wie er mich mustert.

Wie ein Jäger, der gerade seine Beute gefangen hat. Wie ein hungriger Löwe, der seine nächste Mahlzeit betrachtet.

Sein Blick sendet ein elektrisches Knistern geradewegs zwischen meine Beine. Meine Pussy verkrampft sich. Mein Kitzler pocht.

Doch ich weigere mich, mich von der Vorstellung antörnen zu lassen, dass er Anspruch auf mich erhebt.

„Ich schlafe nicht mit dir in diesem Bett." Ich vermute, dass dies ein Kampf ist, den ich bereits verloren habe, doch ich hätte keinerlei Selbstachtung, wenn ich meinen Widerstand nicht deutlich machen würde.

Benjamin schüttelt gespielt reumütig den Kopf. „Meine Frau schläft nicht auf dem Boden."

„*Du* könntest es tun." Vielleicht nicht mein bestes Argument. Wie ich bereits sagte, habe ich keine große Hoffnung, diesen Kampf zu gewinnen.

„Nicht in meinem Haus. Nicht mit meiner Frau im Zimmer."

„Ich bin noch nicht deine Frau", erwidere ich steif.

Seine Augen glitzern erwartungsvoll. „Morgen, *Printsessa*."

Ich stehe auf zitternden Beinen da und starre ihn an. Aus irgendeinem unerfindlichen Grund ist mein Höschen feucht und ich kann nicht aufhören, mich zu fragen, was morgen passiert, wenn wir in dieses Schlafzimmer zurückkehren.

„Handtücher und Waschlappen sind im Bad. Brauchst du sonst noch etwas?"

„Einen Rückflug nach Paris." Meine Stimme zittert und ich verfluche mich, weil ich ihm meinen Schmerz zeige.

Er überwindet die Distanz zwischen uns und ich finde mich plötzlich in seinen Armen wieder.

Ich drücke mich von seiner Brust weg, doch er packt meinen Hinterkopf und neigt mein Gesicht nach oben. „Ich weiß, dass du das hier nicht gewollt hast." Er fängt meinen Blick auf und hält ihn. „Genauso wenig wie ich. Doch wir werden das Beste daraus machen."

Ich will mit ihm streiten, aber Tränen lassen sein Gesicht verschwimmen.

„Gemeinsam, *Malyshka*. Wir sind jetzt ein Team."

Er hat Erbarmen mit mir, entlässt mich aus seinem Blick und zieht mein Gesicht an seine Brust.

Ich will seinen Trost nicht annehmen. Ich hasse das Schluchzen, das meine Kehle emporsteigt, doch als er meinen Scheitel küsst, kommt es als Schnauben heraus. Ich kneife die Augen zu und Tränen durchnässen sein Hemd.

Sein Daumen massiert meinen Nacken. Es fühlt sich wundervoll an.

Nein. Ich werde nicht auf dieses Netter-Kerl-Getue reinfallen. Ich weiß, dass er alles andere als das ist.

„Nicht", würge ich hervor, stoße ihn von mir und er erlaubt es.

„Wir sind kein Team. Ich bin deine Gefangene. Und ich werde mich mit Händen und Füßen gegen dich wehren." Ich eile zum Bad. Als ich mich umdrehe, um die Tür zu schlie-ßen, sehe ich, dass er noch immer dort steht und mich beob-achtet. Das winzige Lächeln, das seine Lippen umspielt, verrät mir, dass meine Instinkte richtig lagen.

Benjamin Baranov ist *kein* netter Kerl.

Er ist der Teufel.

KAPITEL DREI

Baron

Ich gehe nach unten und stelle fest, dass alle auf mich warten.

Richtig. Rasch ändere ich erneut meine Pläne und beschließe, alle einzuweihen.

Wenn ich ein Geheimnis vor meiner Braut wahren muss, möchte ich es lieber nicht auch noch vor meinem Team wahren. Vor meinen besten Freunden. Ich brauche ihre Unterstützung.

„Meeting in einer halben Stunde im Dungeon", verkünde ich. Der Dungeon ist schalldicht und mit Fingerabdruck-Sensoren versehen. Leute im Rest des Hauses – hauptsächlich meine widerwillige Braut – können nicht hören, was wir dort unten tun oder sagen. „Sind Alex und Feliks vom Training zurück?"

Leo überprüft die Kameramonitore auf seinem Handy. „Sie kommen gerade zum Haus."

„Gut. Erzählt ihnen von dem Meeting. Oh, außerdem bekommt Melinda Tracy dieses Jahr keinen Zutritt zum Baranov Haus. Sorgt dafür, dass alle Bescheid wissen."

Anders' Kopf schnellt in die Höhe, als ich eine unserer regelmäßigen Dungeon-Besucherinnen erwähne. Sie ist eine Typ-A-Persönlichkeit, die Schmerz zur Entspannung benutzt. Ich glaube, Anders steht auf sie, doch da sie normalerweise zu mir kommt, damit ich ihr Schmerzen bereite, hat sie das noch nicht bemerkt. „Wegen ihres Dads?"

Ich nicke. Ihr Dad hat gerade seine Kandidatur für das Amt des Vizepräsidenten angekündigt. Falls er gewinnt, wird Melinda den Secret Service auf den Campus bringen und den kann ich nicht in der Nähe unseres Unternehmens gebrauchen.

Ich zücke mein Handy, um Lili, meiner Schwester, eine Nachricht zu schicken, damit sie sich uns anschließt. Sie muss es auch wissen.

Ich wollte nicht, dass Lili vom Dungeon erfährt oder ihn zu sehen bekommt. Als ich dachte, dass sie bei uns einziehen würde, wollte ich ihn schließen. Wenn es nach mir ginge, würde sie hier im Baranov Haus leben, wo ich sie beschützen kann, aber sie hat irgendwie unsere Eltern überredet, ihr diese Freiheit zu gewähren.

Ich hasse das und ließ Leo einen Peilsender in ihrer Wohnheim-Schlüsselkarte und ihrem Handy installieren und zusätzliche Sicherheitskameras ringsum ihr Wohnheim-zimmer anbringen, damit wir für ihre Sicherheit sorgen können.

Da ich den Dungeon nicht dichtmachte, ist es unvermeid-lich, dass sie davon erfährt. Sie würde ohnehin irgendwann auf dem Campus davon hören und mich oder die Zwillinge, denen sie nahesteht, so lange nerven, bis wir ihr alles verraten.

Ich gehe zur Küche, um schnell etwas zu essen. Nachdem wir unsere gewinnbringenden Unternehmungen im Baranov Haus optimiert und ausgedehnt hatten, stellte ich zusätzlich zu der Reinigungstruppe eine Köchin ein. Emma, eine junge alleinerziehende Mom aus Whisper, kommt an fünf Tagen in der Woche, um Lebensmittel zu kaufen und Abendessen zu kochen. Sie mag den Job, weil sie ihre dreijährige Tochter May mitbringen kann.

Ich mag die Erinnerung daran, dass alles, was in diesem Haus herumliegt, so harmlos wirken muss, dass Außenseiter es sehen können, einschließlich einer Dreijährigen.

Dreißig Minuten später versammeln wir uns im Lounge-bereich des Dungeons, wo die luxuriösen Ledersofas, Zweier-sofas und Kapitänsstühle so arrangiert werden können, dass man entweder die Action beobachten oder ein Gespräch an einem der niedrigen Tische führen kann.

Momentan sind sie für ein Gespräch positioniert.

„Ihr seid echte Perverslinge." Lili kommt mit großen Augen zusammen mit Zoe die Treppe herab.

Ich zucke zusammen. Sie wusste das nicht über mich. „Du darfst niemandem erzählen, was du hier heute Abend siehst", warne ich sie, nachdem ich sie kurz umarmt habe.

„Oh bitte", schnaubt sie. „Das Gulag ist buchstäblich das Einzige, worüber das gesamte Freshman-Wohnheim spricht, vor allem, wenn sie meinen Nachnamen hören. Alle wollen wissen, was im Keller ist und warum ich nicht hier wohne. Es geht bereits ein Gerücht um, dass zwischen uns irgendein großes Drama herrscht und wir einander hassen."

Ich wackle mit den Augenbrauen. Ich habe die Faszina-tion vom Gulag mithilfe des Campus-Tratschs geschürt, weshalb mich das nicht stört. „Belehre sie keines Besseren. Die wilden Gerüchte sind das, was die Leute zum Haus lockt."

Lili schüttelt den Kopf, während sie mich mustert. „Du bist genau wie Dad."

„Ich werde das als Kompliment auffassen. Ich weiß, dass du noch deine Orientierungswoche hast, aber du musst diese

Woche zu unserem Fitnessstudio kommen, damit du dich in Selbstverteidigung üben kannst", sage ich.

Sie schaut mich ausdruckslos an und ich realisiere, dass sie nicht von dem strengen Training weiß, das ich den Hausmitgliedern abverlange. Alle hier haben eine umfassende Krav Maga Ausbildung erhalten und wir halten wöchentliche Übungskämpfe im Fitnessstudio des Hauses ab.

„Wovon sprichst du?"

„Ich werde dir den Trainingsplan schicken", sagt Leo. „Du kannst mit mir üben."

Lili sieht sauer auf mich aus. Sie dachte, sie hätte auf dem College mehr Freiheiten, als ich ihr geben werde.

„Wie war die Orientierungswoche?", frage ich, als mir einfällt, wie sich ein normaler Bruder benehmen würde. Ich weiß bereits, wo sie war und was sie getan hat, weil ich jede ihrer Bewegungen verfolgt habe. Es hilft mit den Albträumen, wenn ich das Gefühl habe, als hätte ich die Kontrolle über jedes mögliche Ereignis. Jetzt muss ich auch noch Lara auf meine Sorgenliste setzen. „Es hat Spaß gemacht", antwortet sie fröhlich. Lili hat das gleiche Trauma durchlebt wie ich, doch es hat sie nicht auf die gleiche Art beeinflusst. Vielleicht war sie zu jung und die Gefahr hat sich nicht in jede ihrer Fasern eingeprägt. Oder vielleicht setzt sie zu viel Vertrauen in meine Fähigkeit, sie vor allem zu beschützen.

Ich glaube ihr, denn sie sieht fröhlich aus. Glücklich. Das ist gut, denn ich würde jedes ihrer Probleme lösen oder jeden töten wollen, der ihr wehtut, doch sie würde mich dafür hassen. „Ich habe schon Freunde gefunden. Meine Zimmergenossin ist cool. Es ist gut. Also was ist der große Notfall?"

„Ich heirate."

Lili starrt mich mit offenem Mund an, so wie es die anderen taten, als ich Lara ins Haus brachte. Ich erkläre allen die Situation, einschließlich des Teils, dass Laras Vater Anatoli Rostov die Lüge aufgetischt hat, dass wir schon bei unserer Geburt miteinander verlobt wurden, und dass Lara nicht weiß, dass es eine Lüge ist.

„Also muss ich im Grunde genommen für ihre Sicherheit sorgen, während sie mich für den Feind hält."

Leo nickt, als ergäbe das absolut Sinn. Alex und Feliks sind wie Steinmänner, die sich alles anhören, ohne eine Miene zu verziehen, und auf ihre Befehle warten. Es gibt keinen Kampf, bei dem ich sie nicht an meiner Seite haben wollen würde. Anders und Phoenix sehen zweifelnd aus. Den Frauen gefällt die Situation eindeutig nicht, wenn man nach ihren verkniffenen Mienen geht.

„Was, wenn du es ihr einfach erzählst?", fragt Lili.

„Ja. Du bist nicht der Feind. Sie sollte das wissen", sagt Zoe.

„Ich kann nicht. Wenn ihr Dad es ihr nicht erzählt hat, liegt das daran, dass das Ganze echt aussehen muss, oder dass er ihr nicht vertraut, weil sie zu Brash Rostov zurückrennen könnte."

„Stimmt", pflichtet mir Leo bei. „Denkst du, sie ist in ihn verliebt?"

Ich zucke mit den Achseln und unterdrücke den Anflug von Wut, den dieser Gedanke bei mir auslöst. Falls sie in ihn verliebt ist, wird es noch schwieriger werden, sie zu beschützen, und sie wäre in noch größerer Gefahr, als ihr Dad vermutet.

Fuck sei Dank, dass ihm sein Bauchgefühl gesagt hat, dass er sie so schnell wie möglich von Brash fortschaffen muss.

„Das muss ich herausfinden. Anya, wenn ich dir heute Nacht ihr Handy bringe, kannst du etwas einrichten, damit ich sie überall aufspüren und all ihre Anrufe und Nachrichten nachverfolgen kann?"

Lili macht ein empörtes Geräusch. „Das kannst du nicht machen. Das ist eine Verletzung ihrer Privatsphäre."

„Mir wurde die Aufgabe übertragen, sie zu beschützen. Ich werde tun, was immer nötig ist."

Es liegt nicht daran, dass sich eine hässliche Eifersucht um meine Kehle schlingt bei der Vorstellung, dass meine reizende Braut in einen anderen Mann verliebt sein könnte.

Überhaupt nicht.

„Ich brauche ihr Handy nur zwanzig Minuten lang", verspricht Anya.

„Perfekt. Ich werde es dir bringen, wenn sie eingeschlafen ist." Ich schaue meine Schwester an. „Lili, du musst die Geschichte bestätigen. Dad hat meine Ehe vor Jahren arrangiert. Wir wussten es beide die ganze Zeit."

Lili verdreht die Augen und atmet geräuschvoll aus, nickt jedoch. „Wann ist die Hochzeit? Ich denke, ich sollte dabei sein, da ich deine Schwester bin. Sollte ich keine Brautjungfer oder so etwas sein?"

„Ich will Brautjungfer sein!", ruft Zoe, die sofort munter wird. Anya schnaubt.

„Es ist nur ein Ausflug zum Gericht nach dem Unterricht." Ich schaue Anya an. „Apropos ..."

„Hier ist der Kursplan." Anya reicht mir einen Ausdruck mit Laras Kursen. Ich werfe einen kurzen Blick darauf. Es sind hauptsächlich Kurse, die mit Sprachen zu tun haben. Anscheinend studiert meine Braut moderne Sprachen. Ich schätze, das erklärt, warum sie auf ein College in Paris gegangen ist.

Ich mache ein Foto von dem Plan und schicke es an alle. „Behaltet sie im Auge. Gebt mir Bescheid, falls ihr sie mit jemandem seht, der nach Ärger aussieht. Ich werde ein Foto von Brash raussuchen und euch schicken."

Alex räuspert sich, als wolle er etwas sagen. Ich ziehe meine Brauen hoch.

„Ich weiß nicht, ob das der richtige Zeitpunkt ist, aber ..."

Meine Kontrollprobleme melden sich zu Wort. Falls es

ein Problem in meinen Systemen, unserer Security oder unseren Unternehmen gibt, muss ich das wissen. „Erzähl es mir."

„Ich habe einige der Jungs aus der Mannschaft vor dem Training reden hören. Sie wussten nicht, dass Feliks und ich dort waren."

Blyad'. „Was haben sie gesagt?"

„Ich habe nicht alles gehört, aber ich hörte definitiv, *wir müssen das Baranov Haus dieses Jahr fertigmachen.*"

Feliks nickt zustimmend. „Wir haben die Partys des Titan Hauses letztes Jahr lahm aussehen lassen." Das Titan Haus ist ein Gesellschaftshaus, zu dem nur Männer Zutritt haben. Die Hälfte der Mitglieder ist in der Footballmannschaft und der Rest hat seine Mitgliedschaft geerbt – ihre Mitgliedschaft wird durch Blutlinien gesichert, die bis zu den Ursprüngen der Universität zurückgeführt werden können.

Bevor Baranov Haus Thornecrofts soziale Landschaft übernahm, regierten sie die Universität mit Alphamann-orientierten-Elitepartys, die die beliebtesten Mädchen aus den Studentenverbindungen anlockten.

Ich nicke. Ich kann mit allem umgehen, was sie uns entgegenschleudern werden. Ich rechnete mit Ärger und habe bereits einen Plan geschmiedet. „Okay. Versucht, herauszufinden, wie sie uns treffen wollen. Ich werde vor unserer Party die richtigen Räder schmieren."

„Also zurück zur Hochzeit. Hast du einen Ring?", will Lili wissen.

Ich verziehe das Gesicht. Ein Ring. Das wäre ein guter Plan für eine Hochzeitszeremonie. Vor allem bei einer, die echt aussehen soll.

Ich meine, sie wird echt sein. Morgen Abend wird Lara Turgeneva meine Ehefrau sein.

Dunkle Befriedigung durchströmt mich bei diesem Wissen, doch ich zügle sie. Lara gesetzlich an mich zu binden, ist bloß der erste Schritt in diesem Kampf. Es gibt zu viele unbekannte Variablen, als dass ich bereits meinen Sieg feiern könnte.

„Ich werde einen Ring besorgen. Und ich werde an der Feier teilenehmen", verkündet Lili bestimmt. „Wie bezahle ich dafür? Soll ich Dads Amex benutzen?"

„Nein." Ich greife in meine Tasche und ziehe meine Gold Card aus meiner Handyhülle, um sie ihr zu geben.

Lili inspiziert sie und schüttelt den Kopf. „Du hast deine eigene Gold Card. Ich ... will nicht einmal wissen, was hier abläuft."

„Nein, das willst du nicht", sagt Leo, der genauso sehr auf die Sicherheit meiner kleinen Schwester bedacht ist wie ich.

„Ich hole dich ab, damit du zur Zeremonie mitkommen kannst", informiere ich sie.

„Ich komme auch mit", sagt Leo.

„Ich auch", sagt Zoe.

Anya hebt die Hand, als würden wir zählen, wer mitkommt. Phoenix und Anders heben ebenfalls die Hände.

„Wir haben Football-Training", erklärt Alex entschuldigend und deutet mit dem Kopf zu seinem jüngeren, jedoch noch größeren Bruder.

„Keine Sorge", versichere ich ihnen. „Es sollte eigentlich nichts Großes werden."

„Aber ist es das nicht?", stellt mich Lili infrage. „Du *heiratest*. Und ich weiß, dass du dein stoisches, schwer-zu-lesen Ding abziehst, aber es wirkt auf mich, als ..." Sie hält inne, zieht die Augenbrauen hoch und baut Spannung auf.

„Als was?", blaffe ich, als sich die Pause zu sehr in die Länge zieht.

„Als würdest du darauf stehen."

KAPITEL VIER

Lara

Als ich aufwache, ist es draußen noch dunkel, und kurz weiß ich nicht, wo ich bin. Dann fällt mir alles wieder ein und Übelkeit breitet sich in mir aus.

Ich bin in den Vereinigten Staaten. Im Schlafzimmer des Mannes, den ich heiraten soll.

Meine Augen fliegen auf und ich lasse den Blick über das Bett schweifen. Ist er hier im Bett – bei mir? Wegen des Jetlags bin ich gestern Abend sofort eingeschlafen und habe wie eine Tote geschlafen. Doch jetzt hat mein Körper beschlossen, dass es an der Zeit ist, aufzuwachen. Ich habe Benjamin nicht reinkommen hören, falls er das getan hat.

Ich halte die Luft an und lausche, kann jedoch nicht feststellen, ob ich allein bin. Ich greife dorthin, wo ich mein Handy neben dem Bett ans Ladekabel gehängt habe. Ein Zettel befindet sich darunter. Ein Zettel, der dort nicht wahr, als ich ins Bett ging.

Ich drücke auf einen Knopf meines Handys, das mir zeigt, dass es hier vier Uhr morgens ist. Kein Wunder, dass ich wach bin – in Paris wäre ich schon längst auf den Beinen. Der

Zettel unter meinem Handy ist ein Ausdruck meines Kursplans.

Denn das ist nicht übergriffig. Überhaupt nicht.

Ich meine, es ist hilfreich, aber es hat auch etwas Gruseliges und Kontrollierendes an sich.

Hat Benjamin mein Handy ebenfalls bewegt? Hat er versucht, meine Nachrichten zu überprüfen?

Nun, viel Glück dabei – ich habe eine Bildschirmsperre.

Mit dem Licht des Displays beleuchte ich das Bett und mein Puls beschleunigt sich, sobald ich die große Gestalt auf der anderen Seite des Betts entdecke.

Wenigstens hat er mir Platz gelassen. Ich hatte letzte Nacht ein wenig Angst, dass er etwas versuchen würde.

Ich betrachte wieder mein Handy. Ich habe einige Nachrichten bekommen. Zwei Sprachnachrichten von meiner Mom.

Seit mein Dad aufgetaucht ist, habe ich sie nicht angerufen. Ich weiß nicht, ob ich auf sie sauer bin oder nicht. Es klang so, als wäre das alles das Werk meines Dads. Jedenfalls bin ich noch nicht bereit, mit ihr zu reden. Wenn sie so aufgebracht ist wie ich, wird mich das bloß brechen.

Ich habe eine Reihe Nachrichten von Brash erhalten, dem russischen Kerl, mit dem ich auf einigen Dates war, bevor ich Paris verließ. Er ist der Sohn eines reichen Oligarchen. Ich fand ihn viel zu eingebildet, doch obwohl er so egozentrisch ist, hatte er Interesse an mir. Ich weiß nicht, ob das daran lag, dass ich Russin bin, und er, anders als bei den französischen Frauen, eine Verbindung zu mir spürte. Jedenfalls war er ein Gentleman auf unseren Dates – aufmerksam, aber nicht zu aufdringlich. Ein Kuss an der Tür, aber kein Druck, Sex zu haben.

Wir waren gestern Abend zu einem Date verabredet, das ich nicht abgesagt habe.

Uups.

So wie ich sein Ego kenne, wird er bestimmt verärgert sein.

Nicht, dass es eine Rolle spielt. Es trifft mich wie ein Schlag gegen die Brust. Ich werde nicht dorthin zurückkehren. Mein Leben in Paris ist vorbei. Mein Praktikum und meine zukünftigen Jobaussichten sind gerade gestorben. Ich werde heute heiraten.

Ich öffne die Nachrichten und verziehe das Gesicht. Anscheinend ist er zu meinem Apartment gegangen, hat eine halbe Stunde gewartet und ist schließlich gegangen. Dann hat er mir noch ein paarmal geschrieben, um zu fragen, ob es mir gut geht.

Ich schreibe auf Russisch zurück:

Es tut mir sehr leid, dass ich vergessen habe, unser Date abzusagen. Ich war in einem Flugzeug nach Amerika.

In einer verrückten Wende der Ereignisse habe ich herausgefunden, dass ich einen Amerikaner heiraten muss. (Ich mache keine Witze).

Ich werde nicht nach Paris zurückkehren und kann mich nicht mehr mit dir treffen.

Die große Gestalt auf der anderen Seite des Betts schreckt aus dem Schlaf. Benjamin setzt sich auf und eine Hand greift nach seinem Nachttisch, als würde er nach einer Pistole suchen.

Mein Ehemann ist schreckhaft, wenn er aufwacht. Gut, zu wissen.

Ich drehe das Handy mit dem Bildschirm nach unten, damit er das Licht nicht sieht, doch Benjamin dreht sich um, schaut mich an und reibt mit einer Hand über sein Gesicht.

„Der Jetlag hat dich früh aufgeweckt, hm?" Seine Stimme

ist ein tiefes, verschlafenes Grollen. Es ist sexy. Oder vielleicht liegt es auch nur daran, dass ich mich mit einem Mann im Bett wiederfinde, wegen dem sich meine Brustwarzen zusammenziehen.

Ich drehe mich, um ihn über meine Schulter anzuschauen, und erlaube dem Licht wieder, das Bett zu erhellen.

Oh, verdammt. Seine sandblonden Haare sind leicht zerzaust und hängen in seine Stirn. Er ist oberkörperfrei und seine Brustmuskeln zeichnen sich wundervoll ab. Ist er nackt?

Warte – warum denke ich darüber nach? *Gospodi*, ist er es? Ist er letzte Nacht nackt zu mir ins Bett gestiegen?

Oder hat er den Anstand besessen, seine Unterhose zu tragen? Und was für eine Unterhose trägt er? Die der kleinen, engen Sorte? Oder Boxershorts?

Wah. Erneut frage ich mich, warum ich ihn mir jetzt in seiner Unterwäsche vorstelle.

Mein Handy klingelt.

Ich blicke nach unten. Es ist Brash, der mich anruft.

Blin, fluche ich innerlich. Normalerweise schickt er Nachrichten. Ich will jetzt definitiv kein Gespräch mit ihm führen. Vor allem nicht, während ich mit meinem Verlobten im Bett bin.

Ich lehne den Anruf ab und bemerke, dass Benjamins Blick auf dem Display meines Handys ruht.

„Wer war das?" Sein Tonfall ist lässig, als wären wir ein altes Ehepaar, das diese Art von Dingen miteinander teilt. Als würden wir dieselben Leute kennen und mögen. Als würden wir einander kennen.

„Das geht dich nichts an."

Es ist vermutlich zu früh am Morgen, um mit meinem zukünftigen Ehemann zu streiten, aber ich muss Grenzen setzen. Ich verstehe noch immer nicht, warum ich hier bin oder was er von mir will, aber ich weiß, dass es kein guter Grund sein kann.

Im Nu finde ich mich auf dem Rücken wieder und werde von Benjamin fixiert, der sich auf mich gerollt hat. Wie sich herausstellt, *trägt* er Boxershorts. Durch den Stoff hindurch kann ich jedoch seinen steif werdenden Schwanz spüren, der sich zwischen meine Beine drängt.

Ich bin sofort feucht, da mein Körper auf seine Dominanz reagiert. Auf seine Nähe. Er riecht sauber, nach Seife und seinem einzigartigen Männerduft.

„Oh, *Malyshka*", schimpft er und blickt mit glitzernden Augen auf mich hinab. Seine Hände halten meine Handgelenke gefangen und fixieren sie neben meinem Kopf auf dem Bett. „Du bist meine Ehefrau." Unsere Blicke verhaken sich. Sein Blick ist so eindringlich, dass ich schwören würde, dass er in meine Seele sehen kann. „Alles an dir geht mich etwas an."

Ich drehe das Gesicht zur Seite, um den Blickkontakt zu unterbrechen, als er fortfährt: „.... von der Wahl deines Verhütungsmittels bis dahin, wie du deinen Kaffee am Morgen trinkst." Er senkt seine Lippen, als würde er die Seite meines Halses küssen.

Mein Herz hämmert. *Welches Verhütungsmittel ich benutze? Gospodi!* Hat er vor, mich zu schwängern? Geht es bei dieser Sache darum?

Und – werde ich mich so von ihm verführen lassen?

Nein. Auf keinen Fall. Das kann ich nicht. Nicht einmal, wenn er wie ein griechischer Adonis aussieht. Nicht einmal, wenn mein Körper auf ihn reagiert, als besäße er ihn.

„Nicht."

Er erstarrt sofort. Sein Mund ist meiner Haut so nah, dass ich seinen warmen Atem spüre. Er verharrt dort einen Augenblick, dann stemmt er sich von mir, rollt weg und lässt mich los.

Ich bin teilweise erleichtert, teilweise enttäuscht.

Ich freue mich, zu wissen, dass ich die Kontrolle über meinen Körper habe. Dass er aufhören wird, wenn ich Nein sage. Oder zumindest hat er es dieses Mal getan.

Mein Körper betrauert jedoch den Verlust seiner Hitze an meiner Haut. Dass ich nicht herausfinden werde, wie es sich anfühlt, seinen Mund auf meiner Haut zu haben. Dass ich nie wissen werde, was er nach dem Kuss tun wollte.

Nicht, dass ich glaube, er wäre einem Plan gefolgt.

Seine Dominanz fühlte sich instinktiv an, was wahnsinnig antörnend wäre, wenn wir miteinander ausgehen würden. Wenn ich nicht seine Gefangene wäre.

„Wie *trinkst* du deinen Kaffee am Morgen?"

Ich bin verblüfft, wie schnell er von intensiv zu lässig wechselt. Als hätten wir nicht gerade einen Moment erlebt, in dem unsere Herzen gemeinsam schlugen, während sein Körper meinen bedeckte.

Ich zwinge mich zu einem genauso lässigen Ton. „*Cafe au lait.*"

Er beginnt, aus dem Bett zu rollen, dann hält er inne, um zu fragen: „Stehst du jetzt auf oder wirst du versuchen, noch einmal einzuschlafen?"

Ich schwinge die Beine über den Matratzenrand. „Nein, ich stehe auf."

Ich schaue nicht hin, bin mir jedoch stark bewusst, dass er hinter mir seine Hose anzieht. Der Fremde, mit dem ich mir letzte Nacht ein Bett geteilt habe, zieht sich an. Jede Faser meines Körpers ist sich seiner Nähe bewusst. Des halbbekleideten Zustandes, in dem wir uns beide befinden.

„Ich werde den Kaffee machen und dann kann ich dir vor deinem ersten Kurs den Campus zeigen."

Das klingt so rücksichtsvoll. Es *ist* rücksichtsvoll. Allerdings vertraue ich ihm genauso wenig wie dieser Situation.

Dennoch habe ich nicht die geringste Ahnung, wo ich

hingehen muss oder wie man zum Campus gelangt, und ich bin nicht so stolz, Hilfe abzulehnen, wenn sie mir das Leben erleichtern wird.

„Okay", stimme ich zu, betrete den großen begehbaren Kleiderschrank und schalte das Licht an. Aus einem Grund, über den ich nicht näher nachdenken will, schließe ich die Tür nicht hinter mir, um beim Anziehen Privatsphäre zu haben. Ich könnte schwören, dass die Geräusche von Benjamin, der sich anzieht, aufhören, als ich meine Schlafshorts nach unten schiebe.

Beobachtet er mich?

Will ich, dass er mich beobachtet?

Ich schätze, das will ich, andernfalls hätte ich die Tür geschlossen. Das ist verrückt.

Ich meine, er *ist* attraktiv. Ich hätte nicht gesagt, dass er mein Typ ist, doch ich weiß, warum ich auf ihn reagiere. Er besitzt das gleiche Selbstbewusstsein und den Hauch von Gefahr wie mein Dad. Die Gewalt meines Dads fühlt sich an, als wäre sie näher an der Oberfläche. Beide haben jedoch etwas an sich, was die Leute dazu bringt, ihrer Führung zu folgen.

Scheiß darauf. Ich bin gerade stinksauer auf meinen Dad. Ich werde nicht irgendeinen Kerl bewundern, der so tödlich ist wie er.

Ich ziehe einen Rock an und drehe mich, um über meine Schulter zu schauen.

Benjamin starrt unverhohlen meinen Hintern an.

„Gefällt dir, was du siehst?", will ich wissen, während ich den Reißverschluss hinten hochziehe.

„*Malyshka*", grollt er und reibt mit einer Hand über seinen Kiefer. „Du hast keine Ahnung."

Meine Brustwarzen ziehen sich zusammen und bohren sich durch das dünne Schlafanzugoberteil, das ich trage.

Benjamins Blick sinkt zu ihnen und er bemerkt es.

Ich verabscheue es, dass wir als Frauen, die in der Patriarchie groß wurden, das Gefühl haben, darauf warten zu müssen, von einem Mann erwählt und für sexy oder hübsch oder was auch immer befunden zu werden. So war ich nie. Ich kenne meinen Wert. Ich habe nie die Bestätigung anderer, vor allem nicht von Männern, gebraucht oder gewollt. Dennoch erröte ich vor Befriedigung.

Benjamin will mich.

Nach seinem Gesichtsausdruck zu urteilen, ist er geradezu *begierig* auf mich.

Nun, das hasse ich nicht.

Ich kehre ihm wieder den Rücken zu, doch ein winziges Lächeln umspielt meine Lippen, als ich aus meinem Schlafanzugoberteil schlüpfe und einen BH anziehe.

Ich bin zwar wegen einer Laune der Baranovs hier, doch ich bin nicht vollkommen machtlos. Es gibt immer die Währung Sex. Ich habe nicht vor, sie zu benutzen, es ist allerdings gut, zu wissen, dass sie ein Werkzeug in meinem Repertoire ist.

Baron

Ich halte Lara die Eingangstür auf, damit sie nach draußen gehen kann. Die Dämmerung bricht über Whisper herein und der Himmel färbt sich von schwarz zu metallisch grau. Der süße Geruch von Gras hängt in der Luft. Der Campus liegt still da und die Luft ist reglos. Dies ist die Zeit, zu der ich normalerweise joggen gehe oder Schießübungen absolviere. Dafür zu sorgen, dass sich meine neue Braut wohlfühlt, hat heute jedoch die höchste Priorität.

Lara schiebt sich in einem rostfarbenen Faltenminirock und dazu passenden weichen Lederstiefeln an mir vorbei, die bis zu ihren Knien reichen. Ihr cremefarbenes Oberteil hat einen rechteckigen Ausschnitt, rahmt ihr Dekolleté perfekt, schmiegt sich an ihre Brüste und lässt ihre Taille winzig wirken. Sie riecht nach dem Kaffee, den sie gerade getrunken hat, und nach warmem Buttertoffee, das ich von ihr lecken will.

Ich brenne darauf, meine Hände auf ihre Taille zu legen. Mein Gesicht wieder an ihren Hals zu senken und ihren Geruch einzuatmen.

Ich *liebte* es, sie letzte Nacht in meinem Bett zu haben. Der kontrollierende Teil von mir – vermutlich der gleiche Teil, der mich im Dungeon so dominant macht – will sie wie einen Schatz hüten. Ich hatte eine Menge Frauen, wollte jedoch noch nie eine zur Meinen machen. Trotz der Anzahl an jungen Frauen, die sich mir an den Hals werfen, hat mich nie eine genug interessiert. Nicht einmal diejenigen, die sich vor mir entblößt haben – sowohl im übertragenen als auch im wahrsten Sinne des Wortes – um zu meinen Füßen zu knien und Schmerz und Demütigung anzunehmen. Ich empfand Zärtlichkeit für sie. Ich will sie beschützen. Doch ich wollte sie nie erobern und verzehren, wie ich es bei Lara tun will.

Liegt das nur an der Herausforderung? Der Tatsache, dass sie die Meine ist, es aber nicht sein will?

Oder hat sie etwas Besonderes an sich? Als wäre das alles hier vorherbestimmt und ein Stück meiner Seele erkennt, dass sie mein Schicksal ist?

„Baranov Haus befindet sich auf der südöstlichen Seite des Campus", informiere ich sie. Ich strecke die Hand aus, um dorthin zu zeigen, wo der Rest des Campus liegt. „Der Großteil deiner Kurse findet in dieser Richtung statt." Ich drücke meinen Daumen auf den Scanner neben der Garage und das Tor gleitet hoch. Lara bleibt auf der Veranda und beobachtet mich zweifelnd.

Die Garage ist voll mit den Fahrrädern, Rollern und Motorrädern der Hausmitglieder – alle eignen sich dazu, sich auf dem Campus von A nach B zu bewegen. Mein Motorrad ist elektrisch, weshalb es beinahe lautlos ist, was so früh am Morgen schön ist. Ich setze einen Helm auf und hole noch einen für sie, bevor ich das Motorrad anlasse und zu ihr fahre.

„Man kann die Kurse zu Fuß erreichen, aber wir nehmen heute mein Motorrad, weil es praktischer ist. So kann ich dir den ganzen Campus zeigen." Ich reiche ihr den Helm.

Weil es praktisch ist und damit ich ihr nah sein kann.

Ich strecke meine Hand aus, um ihr dabei zu helfen, hinter mir aufzusteigen.

Sie bewegt sich nicht.

Ich warte. Ich werde nicht darauf bestehen. Lara ist die Meine, ob sie sich das nun ausgesucht hat oder nicht. Ich muss nicht den großen Macker markieren.

Ihr Kiefer spannt sich an, aber nach einem Augenblick ignoriert sie meine Hand und setzt den Helm auf. Als sie ihr Bein über das Motorrad schwingt, rutscht ihr Minirock ihre Schenkel hoch und gewährt mir einen kurzen Blick auf ihr Höschen.

Mein Schwanz wird hart. Ich kann nicht anders – ich schmiege meine Hand auf einen ihrer entblößten Schenkel und drücke zu.

Sie erstarrt, doch bevor sie reagieren kann, entferne ich meine Hand und beschleunige.

Sie hält die Luft an und ihre Hände schnellen vor, um mich an der Taille zu packen. Ich liebe es, ihre Hände an mir zu spüren. Ich blicke nach hinten, als ich die Straße entlangfahre. Ihre dunklen Haare, die sie heute in stufigen Wellen trägt, flattern hinter ihr. Ihre vollen Lippen teilen sich.

Anya hat alles so eingerichtet, dass ich sämtliche Nachrichten und Anrufe von Lara erhalte. Es war Brash, der ihr heute Morgen geschrieben hat. Ich war angenehm überrascht, dass sie ihm bis heute Morgen nicht erzählt hatte, dass sie die Stadt verlassen würde. Das bedeutet, dass sie sich nicht besonders nahestehen. Wenn sie in ihn verliebt wäre, hätte sie sich persönlich von ihm verabschiedet. Andererseits hat das Adrian vielleicht verhindert. Dennoch war ihre Nachricht nicht besonders persönlich.

Das bedeutet allerdings nicht, dass Brash aufhören wird, sie zu umwerben. Sie hat viele Vorzüge, die sein Vater in seinem Arsenal haben will. Vielleicht sieht Brash sogar selbst etwas in ihr, obwohl er ein Soziopath ist. Ich kann nicht fassen, dass sie ihm jemals am Herzen liegen könnte.

Vielleicht sieht er das Gleiche in ihr wie ich.

Bei diesem Gedanken knirsche ich mit den Zähnen. Selbst wenn Lara mich nie akzeptiert und unsere Ehe nicht mehr als eine Täuschung bleibt, werde ich tun, was nötig ist, um Brash Rostov daran zu hindern, sie jemals wieder zu berühren oder auch nur an sie zu denken.

Ich fahre das Motorrad durch die kühle Morgenluft und genieße es, dass Laras weiche Kurven an mich geschmiegt sind. „Das ist das Gebäude für moderne Sprachen." Ich fahre vor das hundert Jahre alte, dreistöckige Backsteingebäude. „Dein erster und dritter Kurs finden dort drin statt."

Sie nickt, sagt jedoch nichts. Ich setze meine Führung fort und zeige ihr, wo jeder ihrer Kurse stattfinden wird. Dabei mache ich sie auch auf die Hauptbibliothek, den Food-Court und das Fitnessstudio aufmerksam. Die Sonne steigt langsam über den Horizont und erwärmt den Himmel zu einem hellen, pfirsichfarbenen Leuchten, als ich den Campus eine halbe Meile hinter uns zurückgelassen habe.

„Wohin fahren wir?", fragt Lara, die zweifellos bemerkt hat, dass wir uns von den alten Backsteingebäuden der Universität entfernt haben und zum Stadtzentrum von Whisper fahren.

„Ich wollte dir die beste Bäckerei zeigen." Ich fahre vor *The Velvet Crumb*, eine lichterfüllte Bäckerei/Café, die um sechs Uhr morgens öffnet. „Es ist kein parisisches Café, aber die Scones sind unglaublich." Ich halte an und Lara stolpert sofort vom Motorrad, als wäre sie erpicht darauf, von mir wegzukommen. Sie reißt ihren Rock nach unten, als ich die Tür der Bäckerei öffne. Der Geruch frisch gebackenen Brotes wabert uns entgegen, als wir durch die Tür treten.

Die Bäckerei hat eine Gewölbedecke mit alten Deckenfliesen aus der viktorianischen Zeit. Weiße Fliesen bedecken den Boden und die fünfeinhalb Meter hohen Wände, wodurch das Innere hell und luftig wirkt.

„Hast du Hunger?"

Lara betrachtet die Auslage mit den köstlichen Backwaren – Zopfbrot, das mit Kräutern und Käse gefüllt ist, eine große Auswahl verschiedener Scones, Croissants und Tartes – und nickt.

Ich trete an die Theke, wobei ich meine Hand leicht in Laras Kreuz lege. Das Mädchen, das hinter der Theke arbeitet, eilt herbei. Als sie aufschaut und mein Gesicht sieht, erschrickt sie und errötet unter ihrer weißen Bäckermütze. „Ähm, hi, Baron."

Ich kenne sie nicht, aber sie ist anscheinend eine Thornecroft-Studentin.

Lara dreht sich um und sieht mich fragend an.

„Hey", erwidere ich lässig und ignoriere, dass sie mich erkannt hat. Auf Thornecroft kennen mich fast alle. Das ist der Vorteil, wenn man sich einen Badass-Status erarbeitet hat.

„Wir hätten gerne ein paar *Cafe au laits* und ..."

„Meinst du Lattes?", unterbricht sie mich.

„Klar." Ich weiß, dass es nicht genau das Gleiche ist, weil ich es heute Morgen gegoogelt habe, damit ich Laras Kaffee richtig zubereiten konnte. Doch es ist nah dran. Sie wird in diesem Land nicht viele Cafés finden, die *Cafe au lait* servieren.

„Zum Essen nehmen wir ..." Ich drehe mich fragend zu Lara um: „Was möchtest du?"

„Ich probiere den Kürbismuffin mit Schokostückchen", antwortet sie.

„Und ich nehme den Walnussscone mit Ahornsirup. Zum Hieressen, bitte."

Die Kassiererin nickt und tippt die Bestellung in die Kasse. „Ich, ähm, habe gehört, dass am Freitag im Baranov Haus eine Semesteranfangsparty stattfindet", wagt sie sich vor, als ich mein Handy zum Bezahlen an das Gerät halte.

Ah. Deswegen sieht sie ein wenig nervös und aufgeregt aus. Ich habe das Baranov Haus unter anderem zu einem gewinnbringenden Erfolg gemacht, indem ich veranlasst habe, dass man unsere Partys nur mit einer Einladung besuchen kann. Das bedeutet nicht, dass es kleine und intime oder kostenlose Partys sind. Ganz im Gegenteil. Sie sind riesig.

So riesig, dass die Studentenverbindungen, die lange die einzige Quelle sozialer Aktivitäten auf dem Campus waren, einen Rückgang bei ihren Partys erleben.

Es bedeutet, dass wir ein Gefühl von Mysterien und Exklusivität erschaffen haben, wegen dem alle an den Partys teilnehmen wollen. Die Gerüchte über den Dungeon im Keller helfen dabei, diesen Ruf zu zementieren.

„Ja, das stimmt", bestätige ich. „Kommst du zur Party?"

Ihr Gesicht nimmt eine dunkelrote Farbe an. „Ähm, nein. Ich habe keine Einladung."

Ich greife in meine Tasche und hole eine der Einladungskarten heraus, die Zoe hat drucken lassen. Jede muss von einem Hausmitglied unterschrieben worden sein, damit man am Eingang reingelassen wird. Ich nehme einen Stift in die Hand. „Wie heißt du?"

„Tori."

Ich schreibe „Tori + 1" und unterschreibe auf dem Strich,

dann schiebe ich die Karte über die Theke. „Betrachte dich als eingeladen."

Tori nimmt die Karte, steckt sie in ihre Tasche und öffnet den Mund, zögert jedoch.

Was noch? Ich ziehe meine Brauen hoch.

„Ähm, komme ich mit dieser Einladung auch in den Dungeon?"

Ich schaue sie vollkommen ausdruckslos an. „Welcher Dungeon?" Die Mysterien und Exklusivität aufrechtzuerhalten, ist das, was die Gerüchteküche in Whisper zum Brodeln bringt.

Sie errötet. „Schon gut. Ich habe nur gehört ... richtig. Schon gut." Sie wedelt mit den Händen in der Luft. „Ich weiß von nichts."

„Es gibt nichts, zu wissen. Tori, das ist meine Frau Lara. Sie ist gerade von einem College in Paris hierher gewechselt. Ich möchte, dass du dich jedes Mal gut um sie kümmerst, wenn sie herkommt, okay?"

Tori nickt eifrig. „Selbstverständlich. Freut mich, dich kennenzulernen, Lara. Willkommen auf Thornecroft."

„Danke." Lara richtet ihre elektrisierenden blauen Augen auf mich und starrt mich an, als Tori geht, um unseren Kaffee zuzubereiten.

Ich ziehe ein fettes Bündel Geldscheine aus meiner Tasche und stecke es in Laras. „Du hast vermutlich keine US-Dollar. Das sollte dir eine Weile reichen."

„Du bist genau wie mein Dad", stellt sie fest. Verachtung schwingt in ihrem Ton mit.

„Ich schätze, das ist etwas Schlechtes?" Ich führe sie zu einem Tisch für zwei Personen neben dem großen Schaufenster und ziehe den Stuhl für sie raus.

„Du benimmst dich, als würden alle deinem Befehl unterstehen."

Ich lasse mich ihr gegenüber nieder und bewahre eine

ausdruckslose Miene. Sie hat recht. Ich *glaube* tatsächlich, dass alle meinem Befehl unterstehen. Ich glaube, dass es bei allen Menschen einen Druckpunkt gibt, den man sich zu Nutzen machen kann. Bei Tori war das eine Einladung zu einer Party. Manche Leute wollen sich einfach nur zugehörig fühlen. Bei manchen Leuten ist es Angst.

Ich bin gewillt, alle Druckpunkte auszunutzen, um mein gewünschtes Ergebnis zu erhalten.

„Ich tue das nicht aus Spaß an der Freude", erwidere ich milde.

„Aus Spaß an der Freude?", wiederholt sie. Das ist offensichtlich ein Ausdruck, den sie noch nicht gehört hat. Ihr Englisch ist perfekt und akzentfrei, doch sie hat nicht in Amerika gelebt, seit sie ein Kleinkind war.

„Zum Spaß. Zu meiner Unterhaltung."

Dass sie ihre Brauen senkt, verrät mir, dass sie mir kein Wort glaubt. „Warum tust du es dann?", will sie wissen.

„Ich tue, was nötig ist, um zu beschützen, was mir gehört."

Sie schnaubt. Ich will ihre Schmolllippen küssen und ihr zeigen, wie gut ich mich um sie kümmern werde. „Und ich gehöre dir?"

Ich halte ihren Blick. „Ja."

KAPITEL FÜNF

Lara

Kurse an einer Universität zu besuchen, von der ich vor einer Woche noch nicht einmal wusste, dass ich sie besuchen würde, ist eine außerkörperliche Erfahrung. Ich habe nicht die Energie, Brashs Nachrichten oder Anrufe zu beantworten.

Er spielt keine Rolle mehr. Er ist kein Teil dieses Lebens.

Benjamin – oder Baron, wie ihn andere nennen – hat mir beim Frühstück Fragen über mich gestellt. Er wollte wissen, weshalb ich moderne Sprachen studieren wollte. Wie viele Sprachen ich spreche. Welchen Beruf ich zu ergreifen hoffe.

Ich fand es relativ einfach, mit ihm zu sprechen. So einfach wie es war, hinter ihm auf einem Motorrad zu sitzen und mich an seine steinharten Bauchmuskeln zu klammern. Er ist attraktiv – das lässt sich nicht leugnen.

Allerdings falle ich nicht darauf rein. Ich bin eine Schachfigur in einem Spiel, das sie spielen, und habe keine andere Wahl. Das werde ich ihm nicht verzeihen, ganz gleich, wie charmant er auch sein mag.

Ich bringe den Tag hinter mich, indem ich mich einfach

nur darauf konzentriere, die richtigen Kurse zu finden und mich auf dem Campus zurechtzufinden.

Ich habe keine Kapazitäten, um über Benjamin – oder ,Baron', wie ihn das Mädchen im Café nannte – und seine Ankündigung nachzudenken, dass ich ihm gehöre. Wie ein Gegenstand.

Ein winziger Teil von mir liebt es, wie er sich um mich kümmert, doch ich will dieses Stück meines Herzens auf dem Gehweg platttreten und unter meinem Stiefelabsatz zermahlen. Ich darf nicht zulassen, dass ich mich zu ihm hingezogen fühle. Ich darf mir nicht erlauben, mich von seiner Höflichkeit verführen zu lassen.

Allerdings bin ich in Bezug auf ihn möglicherweise so besitzergreifend wie er bei mir, denn als das Mädchen im Café errötete und seinen Namen aussprach, dachte ich kurz, er hätte mit ihr geschlafen, und wollte ihm die Augen auskratzen.

Ist er ein Player? Und was ist mit dieser Party, von der alle sprechen? Was ist der Dungeon? Ich wollte ihn beim Frühstück danach fragen, vergaß es jedoch.

Ich verlasse meinen Kurs und gehe um eine Ecke, woraufhin ein kleiner, runder, junger Mann in mich reinläuft und seine Bücher fallen lässt.

„*Blyad'*." Er schaut unter einem Mopp zerzauster Haare zu mir auf. Dann sagt er mit starkem Akzent auf Englisch: „Es tut mir leid."

„Es ist alles in Ordnung", beruhige ich ihn auf Russisch und bücke mich, um ihm dabei zu helfen, seine Bücher und die Blätter aufzuheben, die in alle Richtungen geflogen sind.

Sein Gesicht hellt sich auf. „Du bist Russin?"

Ich reiche ihm die Blätter, die ich eingesammelt habe. „*Da. Ya iz Moskvy.*"

„Ich bin Denis", stellt er sich vor, als wir uns beide

aufrichten. Er verschiebt das Durcheinander aus Büchern und Blättern auf einen Arm und streckte eine Hand aus.

Ich ergreife sie. „Lara. Freut mich, dich kennenzulernen."

„Ich habe gerade erst hier angefangen. Es ist eine Erleichterung, zu wissen, dass ich nicht der einzige Russe auf dem Campus bin."

„Das bist du nicht. Ich habe tatsächlich auch erst heute hier angefangen." Ich hole tief Luft und lasse sie mit einem Seufzer ziehen.

Es war ein anstrengender Tag. Da ich so früh aufgewacht bin, könnte der Tag jetzt gerne enden. Ein Jammer, dass ich noch eine Hochzeit durchstehen muss.

„Tatsächlich gibt es hier auch einen Haufen russischstämmiger Amerikaner", informiere ich ihn und denke an die Bewohner von Baranov Haus.

„Das ist nicht das Gleiche." Er lehnt die anderen mit einer Handbewegung ab. „Ich schätze, ich habe Heimweh." Sein entschuldigendes Lächeln ist schief.

Mein Magen verdreht sich. „Ich auch."

„Ich will nicht zu forsch sein, aber ich würde gerne mit dir einen Drink oder Kaffee trinken gehen." Er sieht mich mit einem hoffnungsvollen Dackelblick an. „... nur als Freunde", fügt er rasch hinzu. „Ich weiß, dass ich nicht in der gleichen Liga spiele wie du."

Aw, der Kerl ist ein schräger Vogel, aber absolut sympathisch. Ich zögere. Was kann es schon schaden? Denis hat Heimweh und braucht jemanden, mit dem er reden kann. Ich vermute, dass es Baron nicht gefallen wird. Aber das ist sein Problem, oder?

„Klar", sage ich. „Das können wir gerne machen."

„Heute Abend? Im Whisper's End?" Er nennt eine Eckkneipe, die ich heute Morgen in der Nähe der Bäckerei sah.

„Nicht heute Abend. Wie wäre es mit morgen?", schlage ich vor.

Er strahlt mich an. „Dann morgen. Fünf Uhr?"

„Klar. Wir sehen uns dort."

Ich biege um die Ecke und entdecke dort Leo, der mit dem Rücken an der Wand lehnt. Er betrachtet sein Handy, doch mir läuft es kalt über den Rücken. Er stand dort bestimmt die ganze Zeit und hat zugehört.

Er schenkt mir ein breites Lächeln. „*Privet*, Lara."

Ich starre ihn an. Mir fällt keine Erwiderung ein, denn mein Verstand ist noch mit der Tatsache beschäftigt, dass mir nachspioniert wird.

„Wie läuft dein erster Tag? Brauchst du Hilfe, um irgendetwas zu finden?"

„*Nyet*", blaffe ich, recke den Kopf und marschiere so schnell davon, wie ich es kann, ohne zu rennen.

Meine Augen brennen, als ich die Tür aufstoße und nach draußen stolpere, da ich erpicht darauf bin, frei zu sein. Nicht von dem Gebäude, sondern von meinem Leben.

Dieser verrückten Situation.

Von Benjamin Baranov und seinen teuflischen Plänen für mich.

KAPITEL SECHS

Baron

„Hier sind die Ringe." Lili reicht mir zwei winzige Plastiktütchen. In einem befindet sich ein schmaler Goldring, in dem anderen ein breiterer.

Lili, Zoe, Anya, Leo, Phoenix und Anders sind alle im Wohnzimmer von Baranov Haus versammelt, das ich zum Treffpunkt für diejenigen erklärt habe, die zum Gericht mitgehen wollen. „Fürs Erste habe ich Ringgrößenversteller besorgt, bis du Ringe in der richtigen Größe kaufen kannst. Oder bis du deine Braut gut genug kennst, um ihr etwas zu kaufen, was ihr tatsächlich gefällt. Wo ist deine Braut eigentlich?"

Ich überprüfe die App auf meinem Handy, die ihres verfolgt. „Fast hier. Danke, Lils." Ich ziehe sie in eine halbe Umarmung und küsse sie auf den Scheitel.

„Wie war dein erster Tag auf Thornecroft?", erkundigt sich Zoe.

„Klasse. Allerdings glaube ich, dass mich mein Matheprofessor aus irgendeinem Grund hasst."

„Vasiliev?", frage ich, obwohl ich ihren Kursplan und ihre Professoren bereits kenne. Professor Vasiliev ist das größte Ärgernis meiner Zeit auf Thornecroft.

Sie wirft mir einen überraschten Blick zu. „Ja. Ich dachte, er würde vielleicht nett zu mir sein, da er offensichtlich Russe ist. Ist das deine Schuld?"

Ich zucke mit den Achseln. „Nein, aber du bist geliefert. Ich habe ihn dieses Jahr wieder in Statistik. Ich glaube, er weiß, dass wir zur Bratwa gehören, und deshalb hält er uns für Verbrecher. Dad kennt ihn nicht persönlich. Ich habe ihn gefragt, als ich Vasiliev im Freshman-Jahr hatte, denn ich dachte, vielleicht gäbe es zwischen den beiden Streit oder so etwas. Pass auf – er wird nach jeder Ausrede suchen, um dir Punkte bei deinen Tests abzuziehen. Also achte darauf, alles super akkurat auszufüllen."

„Nun, das ist beschissen."

„Das ist es."

„Lara hat sich mit irgendeinem russischen *Mudak* morgen um fünf Uhr auf einen Drink verabredet", berichtet Leo.

Ich erstarre. Wie es meine Art ist, lasse ich mir nichts anmerken, während Chaos mein Inneres in Fetzen reißt. „Wer?"

Leo zeigt mir sein Handydisplay. Darauf ist ein Foto zu sehen, das er im Gebäude für moderne Sprachen von einem kleinen, nerdigen Kerl gemacht hat, der sich mit Lara unterhält. „Dieser Typ. Sie haben sich auf Russisch unterhalten. Er sagt, er ist ein Studienortwechsler."

„Schick das Foto zu Anya", blaffe ich, drehe mich um und schaue meine Hackerin an. „Anya, finde heraus, wer er ist und ob er irgendwelche Verbindungen zu den Rostovs hat."

„Alles klar, *Pakhan*."

„Nenn mich nicht so", sage ich reflexartig, da mein Verstand noch mit dem neuen Studienortwechsler beschäftigt ist. Das klingt für mich nach Ärger. Wie groß ist die Wahrscheinlichkeit, dass ein russischer Studienortwechsler genau zu dem Zeitpunkt auftaucht, an dem Lara Turgeneva Brash Rostovs Fängen entwischt?

„Warum nicht? Wir sind Bratwa. Wir sind im Grunde genommen unsere eigene Zelle und du bist der Boss."

Ich ignoriere die Frage und mache ein finsteres Gesicht. Ich bin noch tief in Gedanken versunken, als die Tür piept, da sich das elektronische Schloss öffnet, und Lara herein-kommt. Leo hat ihren Daumenabdruck heute Morgen einprogrammiert, bevor sie zum Unterricht aufgebrochen ist.

Lara bleibt in der Tür stehen und starrt uns an.

Ich bin mir sicher, wir sehen wie eine Horde aus, die darauf wartet, sie anzugreifen. Ich wünschte, sie wäre nicht so überzeugt, dass ich der Feind bin.

Ich deute mit dem Kopf auf die Gruppe. „Sie wollten alle zu der Zeremonie mitkommen. Ist das okay für dich?"

Ihre Nasenflügel blähen sich. „Und wenn ich Nein sage?", will sie wissen.

Sie testet mich. Sie will sehen, wie einschränkend ihre goldenen Handschellen wirklich sind. Sie hat mich heute Morgen getestet, als sie mich daran hinderte, sie zu küssen. Jetzt will sie wissen, wie viel Mitspracherecht sie beim Ablauf der Dinge hat.

Ich will ihren Test bestehen, obwohl ich glaube, dass das Erlebnis wahrscheinlich für uns beide besser sein wird, wenn meine Freunde mitkommen.

Lili greift nach Lara und berührt sie am Arm. „Hi! Wir haben uns noch nicht kennengelernt. Ich bin Lili Baranova, Bens Schwester."

„Oh." Lara schaut sie an, ohne sich zu bewegen. Ich merke, dass sie Lili ebenfalls hassen will, doch meine Schwester ist so liebenswürdig und unschuldig, dass man sie nicht hassen kann.

„Das hier ist irgendwie meine Schuld." Lili deutet mit der

Hand auf die Ansammlung. „Wir haben beide gerade erst von der plötzlichen, ähm, Beschleunigung der Ehepläne erfahren und ich habe Ben gesagt, dass ich mitkommen möchte. Ich meine, wir werden eine Familie werden." Sie wirft ihr einen entschuldigenden Blick zu. „Und als ich sagte, dass ich mitkommen will, wollten auch alle anderen mitkommen. Aber wenn du uns nicht dabeihaben willst, ist das okay. Wir können hier mit dem Sekt auf euch warten."

Lara lässt den Blick über die Gesichter der Gruppe schweifen und kommt schließlich bei Anders an, der aus dem Karton, den er heute gekauft hat, eine Sektflasche zieht, um sie ihr zu zeigen.

„Warum fangen wir nicht jetzt schon mit dem Sekt an?", fragt Lara.

Die Spannung löst sich auf. „Aha! Das hört sich schon besser an!", ruft Anders, schaut jedoch nach Bestätigung heischend zu mir.

„Bring ihn mit", erlaube ich ihm. „Wir müssen vor 16:30 Uhr beim Gericht sein."

Wir teilen uns auf und steigen in meinen Range Rover und Leos BMW X7. Lara entscheidet sich dazu, bei Lili und Anders auf der Rückbank zu sitzen, und überlässt es Anya, vorne bei mir mitzufahren.

Ich höre das Knallen eines Korkens. „Wenn ihr das verschüttet, werdet ihr meine Polster schrubben", knurre ich vom Fahrersitz, obwohl ich bereits das Geräusch einer Flüssigkeit hören kann, die auf den Boden plätschert, und Lilis Kreischen.

„Uups", lacht Anders.

Ich werfe einen Blick in den Rückspiegel und sehe, dass er versucht, den Sekt in ein Glas zu schütten. Lara streckt die Hand aus, nimmt ihm die Flasche ab und trinkt direkt aus deren Öffnung.

„Okay! Die Braut beruhigt ihre Nerven. Daran ist nichts verkehrt", meint er.

„Gib sie mir." Lili nimmt die Flasche von Lara entgegen.

„Äh ... soll ich deine minderjährige Schwester trinken lassen?", fragt Anders.

Lili macht einen ploppenden Laut, als sich ihre Lippen von der Flasche lösen. „Fick dich, Anders."

„Ich vertraue darauf, dass sich Lili verantwortungsbewusst benimmt."

Das stimmt nicht. Ich vertraue Lili nicht und ich vertraue niemandem *mit* Lili. In meinem Kopf ist sie noch immer die Sechsjährige, der eine Pistole an den Kopf gehalten wurde. Diejenige, die ich davor bewahren musste, ermordet zu werden.

Deswegen ist mein Beschützerinstinkt jetzt so gewaltig.

Doch ich kann ihr keine Einschränkungen auferlegen, weil ich sie sonst noch mehr vertreibe. Sie hat sich entschieden, nicht im Baranov Haus zu leben, was mich bereits in den Wahnsinn treibt.

Also sage ich, dass ich ihr vertraue, damit sie versteht, dass ich Erwartungen an sie habe. Sie ist klug und ehrgeizig. Das erste Mal von zu Hause weg zu sein, kann jedoch berauschend sein. Ich will nicht, dass sie eine dumme Entscheidung trifft, die sie in Gefahr bringt. Doch ich darf nicht vergessen, dass Thornecroft einer der sichersten Orte ist, an dem sie sein könnte. Und dass ich nicht zulassen werde, dass ihr jemals wieder etwas Schlimmes zustößt.

„Siehst du?" Lili sieht Anders an und zieht ihre Brauen hoch. „Er vertraut darauf, dass ich mich verantwortungsbewusst benehme."

Lara nimmt Lili die Flasche wieder ab und trinkt noch mehr Sekt, bevor sie sie zurückgibt.

„Trinkt nicht alles auf", mischt sich Anders ein und nimmt selbst einen großen Schluck.

„Also warum musste ich von meinen Freunden erfahren, dass nächsten Freitag eine Party im Baranov Haus stattfindet?", will Lili wissen.

Ich antworte nicht.

„Sie wollen Einladungen", verkündet sie.

Ich wusste, dass das passieren würde. Ich will meine Schwester nicht bei unseren Partys haben – dort laufen Dinge ab, in die ich sie nicht hineinziehen möchte. Doch wenn ich ihr verbiete, auf die Partys zu gehen, wird das nur weitere Probleme erschaffen. Außerdem will ich, dass meine Schwester von meinem Ruf als gefährlicher Killer beschützt wird. Wenn wir uns so benehmen, als stünden wir uns nicht nahe, hat sie diesen Schutz nicht.

„Du bist eine Baranov, also ist es natürlich auch dein Haus. Du brauchst keine Einladung, um durch die Tür zu kommen. Du darfst mitbringen, wen du willst, aber diejenigen müssen mit dir ankommen. Niemand, der an der Tür deinen Namen nennt, wird reingelassen werden. Verstanden?"

„Darf ich *so viele* Leute mitbringen, wie ich will?"

„Ja. Aber sie müssen mit dir kommen." Ich schaue ihr im Rückspiegel in die Augen und sie nickt. „Und du übernimmst die Verantwortung für jeden deiner Gäste."

„Was bedeutet das?"

„Kein Alkohol, wenn sie minderjährig sind. Keine Drogen. Kein schlechtes Benehmen."

„Das klingt nicht nach einer Party."

„Dann komm nicht."

Lili verdreht die Augen.

Whisper ist eine Kleinstadt, weshalb wir in sieben Minuten beim Gericht sind, und in dieser Zeit leeren die drei auf der Rückbank die erste Sektflasche. Ich steige aus und öffne Lara die Tür, die mich überrascht, indem sie meine angebotene Hand ergreift, um nach unten zu springen.

Ich trage einen Anzug, um Respekt für den Tag zu zeigen.

Sie bedenkt mich mit einem abschätzenden Blick, als hätte sie das jetzt erst bemerkt. Als sie an ihrem Outfit hinabblickt, betastet sie ihre cremefarbene Bluse. „Nun, ich schätze, ich trage immerhin ein bisschen Weiß."

Ich ziehe an der Hand, die sie mir gegeben hat, um sie näher zu mir zu bringen, dann lege ich einen Arm um ihren Rücken. „Das ist nur Papierkram", informiere ich sie sanft, da ich nicht möchte, dass die anderen uns hören. Sie reagieren auf den Hinweis und gehen ins Gerichtsgebäude. „Wir werden die Zeremonie später wiederholen. Du bekommst den Ring, den du möchtest. Und das Kleid, das du aussuchst. Blumen. All deine Freunde und Familie, damit sie mit uns feiern können."

Ihre Augen schimmern hell vor Tränen, woraufhin sich mein Magen verknotet.

„Heute ist einfach nur ..." Ich schaue an ihr vorbei, denn ich habe Probleme, die richtigen Worte zu finden. „Heute ist Papierkram. Wir unterschreiben den Vertrag. Die Zukunft können wir zu der machen, die wir wollen."

————

Lara

Mein Ausatmen wird zu einem Schluchzen.

Ich habe meine Emotionen in Schach gehalten, indem ich meine Furcht und Kummer mit meinem Zorn und meiner moralischen Überlegenheit gezügelt habe.

Dass Baron in Worte fasst, wie falsch diese Zeremonie ohne ein Kleid oder Blumen oder Freunde ist, sorgt jedoch dafür, dass alle Emotionen an die Oberfläche stürmen.

Da ich mich zusammenreißen muss, bis wir den ‚Vertrag' unterschrieben haben, stoße ich ihn von mir und marschiere zum Gerichtsgebäude.

Leo hält mir die Tür auf und begegnet Barons Blick über meinem Kopf.

Ich sauge die Luft tief in meine Lunge und verdränge die Tränenflut, die hervorzubrechen droht.

Lili schaut mir ins Gesicht. „Ein Jammer, dass wir den Sekt nicht hierher mitnehmen konnten, oder?", murmelt sie mit einem schiefen Lächeln.

Ich stimme ihr mit einem wässrigen Lachen zu.

Wir gehen zu dem Gerichtsraum, der uns zugewiesen wurde, und warten darauf, dass wir vom Richter aufgerufen werden. Lili und Leo erklären sich bereit, unsere Zeugen zu sein. Zoe drückt mir einen Strauß weißer Rosen in die Hand, die mit einem Band umwickelt sind.

Wir stehen vor dem Richter, während er die Papiere durchgeht und uns schließlich mustert. „Möchten Sie den Namen Ihres Ehemannes annehmen?"

Ben nickt, doch der Richter sieht mich an. Ich schaffe es, zu nicken. Mir ist schwindlig, weil ich Sekt auf leeren Magen getrunken habe.

„Haben Sie Ringe?"

Benjamin nickt.

„Werden Sie sich küssen?"

Benjamin wirft mir einen kurzen Blick zu. „Selbstverständlich."

Mein Magen rumort.

Der Richter beginnt. „Benjamin Baranov, nehmen Sie Lara Tur ... Tour-Geneva", er verhunzt meinen Nachnamen, sodass er wie der englische Name für die Stadt in der Schweiz klingt, „zu Ihrer rechtmäßig angetrauten Ehefrau, versprechen Sie, sie zu lieben, zu ehren und ihr in Krankheit sowie Gesundheit beizustehen, versprechen Sie, treu zu sein und nur ihr zu gehören, bis das der Tod Sie scheidet?"

„Ja."

Der Richter wendet sich an mich. „Lara ..."

„Turgeneva", unterbricht Baron ihn, damit mein Nachname richtig ausgesprochen wird.

Der Richter wiederholt es: „Lara Turgeneva, nehmen Sie Benjamin Baranov zu Ihrem rechtmäßig angetrauten Ehemann, versprechen Sie, ihn zu lieben, zu ehren und ihm in Krankheit sowie Gesundheit beizustehen, versprechen Sie, treu zu sein und nur ihm zu gehören, bis das der Tod Sie scheidet?"

Ich betrachte meinen Bräutigam elend. Mein Herz hämmert wild gegen meine Brust.

Barons Miene ist unleserlich. Seine braunen Augen betrachten mich ruhig unter seinen unbändigen blonden Haaren.

Was, wenn ich Nein sage? Ich bin in das Flugzeug gestiegen, weil mein Dad mich hineinverfrachtet hat, doch er ist jetzt nicht hier, um sicherzustellen, dass ich die Hochzeit durchziehe.

Allerdings fällt mir wieder sein verkniffener Gesichtsausdruck ein. Er war stets überbehütend, doch ich sah noch nie dieses Ausmaß an Sorge bei ihm. Wenn ich Nein sage, bringe ich dann sein Leben in Gefahr? Oder das meiner Mom?

Baron wirkt gelassen, Lilis Anspannung ist jedoch greifbar, als würde sie für Baron die Luft anhalten.

Ich räuspere mich. „Ja." Meine Stimme klingt eingerostet.

„Kraft des mir vom Staate Illinois verliehenen Amtes erkläre ich Sie zu Mann und Frau. Sie dürfen die Ringe wechseln."

Baron zieht ein Paar Ringe aus seiner Tasche und schiebt einen dünnen Goldring auf meinen vierten Finger, bevor er sich selbst einen dickeren ansteckt.

„Okay." Baron spricht das Wort mit Endgültigkeit und legt den Arm leicht in meinen Rücken. Als würde er sagen: *das wäre abgehakt. Ehefrau erworben.*

„Sie dürfen Ihre Frau küssen."

Seine Frau. Ich bin jetzt jemandes Frau. Das ist verrückt.

Baron blickt auf mich hinab und ich spanne mich an. Muss ich ihm einen Kuss erlauben, da wir vor einem Richter stehen und er nicht will, dass der Richter weiß, dass diese Ehe gegen meinen Willen geschlossen wird?

Als würde er spüren, dass ich den Kuss ablehnen werde, hebt Baron mich in seine Arme, wobei er einen in meinem Rücken platziert und einen in meinen Kniekehlen. Seine Freunde lachen und jubeln.

Der Eroberer hat erobert. Ich bin eindeutig eine Kriegsbeute. Ich gehöre ihm, er kann mich davontragen und ...

Ich werfe einen Blick auf sein gut aussehendes Gesicht, das mir viel zu nah ist.

Er beginnt, aus dem Gerichtsraum zu laufen.

„Warten Sie", ruft der Gerichtsdiener. „Sie müssen die Urkunde unterschreiben."

Baron wirbelt mich im Kreis, was ein zusätzlicher Aufwand für ihn ist. Er tut das so schnell, dass meine Arme um seinen Hals fliegen und meiner Kehle ein widerwilliges Lachen entweicht. Dann trägt er mich zurück.

Wir unterschreiben beide die Urkunde. Leo und Lili setzen ihren Unterschriften hinzu und es ist erledigt.

Ich bin mit Benjamin Baranov verheiratet.

„*Pozdravleniya*", sagt Lili.

„*Pozdravleniya*", rufen Zoe, Anya und Leo.

„Ich schätze, das bedeutet herzlichen Glückwunsch", meint Phoenix. „Also schließe ich mich ihnen an."

„*Gratulerer*", fügt Anders auf Norwegisch hinzu.

Ich ertappe Baron dabei, wie er mich ansieht, und der Atem verlässt meine Brust. Er streicht mir die Haare mit der Rückseite seiner Finger aus dem Gesicht und legt eine Hand an meine Wange. „Darf ich dich küssen?", raunt er auf Russisch.

Ich will aus Prinzip verneinen. Doch mein Körper sagt Ja.

Mein gebeuteltes, einsames Herz sagt Ja. Ich sehne mich nach einer menschlichen Verbindung, selbst wenn es mit dem Mann ist, der all diese Probleme verursacht hat. Ich neige mein Gesicht nach oben, um meine stillschweigende Zustimmung auszudrücken, und er senkt seinen Mund auf meinen.

Seine Lippen gleiten leicht über meine und berühren sie kaum.

Meine öffnen sich.

Er küsst mich heftiger und seine Hand verlässt mein Gesicht, um sich auf meinen Hinterkopf zu legen.

Ich *will* den Kuss nicht mögen. Ich will mich ihm oder diesem Moment nicht hingeben, doch es fühlt sich zu gut an. Er ist ein meisterhafter Küsser, selbstbewusst, jedoch nuanciert. Mein Körper wird unter seiner Berührung warm, meine Brustwarzen ziehen sich zusammen und jede Zelle ist wie elektrisiert. Der Gerichtsraum dreht sich. Ich fliege im freien Fall in Baron. In etwas Fremdes. Ich kann dieses neue Kapitel meines Lebens nicht daran hindern, sich zu entfalten, muss allerdings zugeben, dass es nicht so schrecklich ist.

Zumindest noch nicht.

Baron hebt mich wieder in seine Arme und trägt mich nach draußen, wobei er mich noch immer küsst.

„Baron", unterbricht Leo uns mit leisem, jedoch drängendem Ton.

Baron beendet den Kuss und schaut seinen Bratwa Soldaten an, der leicht das Kinn in Richtung eines schnittigen, grauen Elektroautos auf der anderen Straßenseite hebt.

Barons Blick folgt dem Wagen, als dieser vom Straßenrand davonfährt und verschwindet. Er und Leo stellen kurz Blickkontakt her und verständigen sich stumm.

Jemand hat uns beobachtet.

Jemand hat unsere Ehe bezeugt. Ein Mitglied der Chicago Bratwa, das überprüft hat, ob Baron die Tat vollbracht hat? Höchstwahrscheinlich.

Ein kalter Schauder holt mich in die Realität zurück.

Ich habe gerade einen Mann wie meinen Vater geheiratet. Einen goldenen Käfig in der Gestalt eines Soldaten. Eines zukünftigen *Pakhans*. Kein Charme dieser Welt oder gutes Aussehen oder perfekte Küsse werden das ändern.

KAPITEL SIEBEN

Baron

Sie hat mir erlaubt, sie zu küssen.

Das rufe ich mir immer wieder ins Gedächtnis, während Lara im Wohnzimmer des Baranov Hauses ein Glas Sekt nach dem anderen leert.

Ungefähr fünf Minuten, nachdem dieses *Svoloch* weggefahren war, das sie zu einem Drink eingeladen hatte, begann ihr Handy, wegen Anrufen von Brash zu klingeln. Er ist Brashs Spion, dessen bin ich mir sicher.

Sie nahm Brashs Anrufe nicht an, wurde danach jedoch wieder kalt und weigerte sich, auf der Heimfahrt vorne bei mir zu sitzen. Phoenix bot an, zu fahren, damit ich bei ihr auf der Rückbank sitzen konnte, was ich widerwillig annahm. Es gefällt mir nicht, der Kerl zu sein, der hinten mitfährt und den Fahrkünsten eines anderen ausgeliefert ist, aber die Situation schien das zu verlangen. Ich öffnete eine weitere Flasche Sekt und Lara trank ihn – begierig.

Als wir nach Hause kamen, hatte Emma ein Buffet mit kleinen Häppchen aufgebaut – anscheinend hatte ihr jemand erzählt, dass ich heiraten würde – und die restlichen Hausbe-

wohner hatten sich mit weiteren Sektflaschen und richtigen
Gläsern für eine Mini-Feier versammelt.

Ich knirsche mit den Zähnen, da ich sie nach oben zu
unserem Zimmer tragen und herausfinden möchte, wie ich sie
wieder in den Zustand versetzen kann, indem sie sich von mir
küssen lässt. Dieser Moment ist jedoch vorbei und die Ausge-
lassenheit meiner Freunde scheint ihr eine willkommene
Ablenkung zu sein.

Leo beugt sich zu mir und flüstert mir ins Ohr: „Melinda
Tracy ist vor der Tür."

Fuck. Das brauche ich jetzt nicht. Melinda schrieb mir
heute Morgen, während ich Lara auf dem Campus herum-
führte, und ich machte mir nicht die Mühe, ihr zu antworten.

Sie ist nicht meine Freundin. Ich schulde ihr nichts.

Ich schüttle den Kopf. „Kein Zugang."

„Das habe ich ihr gesagt. Sie besteht darauf, mit dir zu
sprechen. Sagt, sie wird erst gehen, wenn du rauskommst."

Blyad'. Ich weiß, was sie will.

„Ich kümmere mich um sie", murmle ich und schaue zu
Lara.

Sie bemerkt es. Sie ist beschwipst, aber nicht betrunken.

Auf der Treppe des Hauseingangs entdecke ich die
Tochter des Senators von Illinois und Vizepräsidentschaftskandidaten Gabe Tracy.

Ich lehne mich an den Türrahmen und blockiere ihr so
den Zugang zum Haus.

Ich wies die Mitglieder meines Hauses an, ihr dieses Jahr
keinen Zutritt zu gewähren, weil wir es nicht gebrauchen
können, dass die Presse oder der Secret Service ihr hierher
folgen oder Hintergrundprüfungen bei einem von uns durch-
führen. Es ist nicht so, dass es über uns persönlich Polizei-
akten gibt. Dennoch bin ich mir ziemlich sicher, dass unsere
tiefen Bratwa-Wurzeln in ihrem System angezeigt werden
würden.

Sie wirft die Hände in einer übertrieben fragenden Haltung in die Luft. „Was ist los, Baron?"

Melinda ist sauer, weil wir ihr den Zugang verwehren. Diese schlechte Behandlung stört sie allerdings nicht halb so sehr wie die Tatsache, dass ihr verwehrt wird, was ich ihr zu bieten habe. Natürlich ist sie immer für eine schlechte Behandlung zu haben. „Baron – Ben – bitte." Sie nutzt meinen richtigen Namen anstatt meinen Spitznamen, mit dem mich fast alle auf Thornecroft ansprechen, um Intimität herzustellen. „Sei kein Arsch. Ich *brauche* das."

Ich gewähre Drogenabhängigen keinen Zugang zu Baranov Haus, doch Melindas Droge ist Schmerz. Und sie weiß – aus eigener Erfahrung – woher unser Haus den Spitznamen ‚Das Gulag' hat. Sie hat mehr Ausflüge in unseren Dungeon unternommen als jedes andere Nicht-Haus-Mitglied auf dem Campus.

Melinda ist nicht meine Freundin.

Wir führen nicht diese Art von Beziehung. Ich habe sie nie geküsst.

Doch ich habe einen Hang dafür, Schmerzen zu bereiten, und ihre Einser-Studentin-Streber-Persönlichkeit, die zwei Hauptfächer und drei Nebenfächer studiert, benötigt eine gewisse Form des Stressabbaus. Eine, die normalerweise in der Gestalt einer langen Session mit einem Gürtel oder einer Gerte daherkommt.

„Du kannst nicht reinkommen. Du weißt warum."

„Er wurde noch nicht einmal gewählt. Es interessiert niemanden, was ich tue."

„Du weißt, dass das nicht stimmt."

Ihr brauner Pferdeschwanz ist oben auf ihrem Kopf zu fest zugezogen worden. Sie ist hibbelig, als hätte sie zu viel Koffein getrunken, ihre braunen Augen sind zu hell und ihre Körperbewegungen schnell und ruckartig. Sie trägt Sneakers und eine Yogahose mit einem dazu passenden Lululemon-

Sport-BH, als käme sie gerade vom Joggen. Ihre Rippen zeichnen sich über dem Ausschnitt ab. Wenn ich sie im Dungeon hätte, würde ich sie fragen, was sie heute gegessen hat. Allerdings kann ich für sie nie wieder in diese Rolle schlüpfen. Ich bin verheiratet.

„Ich brauche es."

„Such dir einen anderen."

„Wen? Du bist der Einzige, dem ich vertraue. *Vor allem* nach der Nominierung meines Dads."

Ich zucke mit den Achseln. Ich will vorschlagen, dass sie mit Anders sprechen soll, weil ich weiß, dass er auf Melinda steht. Dadurch würde sie allerdings wieder in unser Umfeld geraten, was ich nicht zulassen kann.

„Ich kann es nicht tun. Selbst wenn dein Dad nicht als Anwärter für das Amt des Vizepräsidenten gewählt worden wäre, hätte ich es dieses Jahr nicht getan."

Ihre Augen werden schmal. Sie ist so klug, dass sie alles verstehen muss, was vor sich geht. „Warum?"

„Ich bin verheiratet."

Ihre Kinnlade klappt herunter. „*Was?*" Sie sieht beleidigt aus, weshalb ich ein finsteres Gesicht mache. Ich habe ihr nie Grund zu der Annahme gegeben, sie hätte einen Anspruch auf mich. Allerdings glaube ich nicht, dass sie auf diese Weise an mir hängt. Was zwischen uns ablief, war stets rein transaktional. Ich tat ihr weh, weil ich es genieße, meine Fähigkeiten an einer willigen Partnerin zu verbessern. Sie sehnt sich nach den Schmerzen wegen des Endorphinrauschs. Es war nicht mehr und nicht weniger.

„Meine Braut ist diese Woche aus Paris eingeflogen. Sie ist nach Thornecroft gewechselt."

Melinda legt den Kopf schief. „Schwachsinn."

„Die Wahrheit. Ich hatte eine arrangierte Ehe mit einer russischen Bratwa-Prinzessin."

Ich weiß, dass ein Teil des Mysteriums von Baranov Haus

darin besteht, dass alle wissen oder glauben, dass wir Bratwa Erben sind. Ich schüre diese Gerüchte, wann immer ich kann, nicht, weil ich ein knallharter Kerl bin, sondern weil mir dieser Ruf mehr Geschäfte, Verbündete und Respekt einbringt, als wenn ich versuchen würde, zu beweisen, dass wir legalen Geschäften nachgehen.

Außerdem gehen wir nicht legalen Geschäften nach. Wir sind zwar nicht in die Geschäfte unserer Eltern verwickelt, haben uns jedoch unsere eigenen aufgebaut.

Jetzt ist sich Melinda sicher, dass ich lüge, um sie loszuwerden. Ihre Nasenflügel blähen sich. „Fick dich, Baron. Du bist ein Arschloch."

„Es stimmt", erwidere ich mild.

Unsicherheit blitzt hinter ihrer Maske auf.

Ich will nicht, dass sie denkt, dass ich Spielchen mit ihr spiele – das ist nicht mein Stil. „Es ist die Wahrheit, Melinda." Mein Ton ist sanft. Ich zeige ihr meine Hand mit dem glänzenden neuen Goldring.

Dieses Mal scheinen meine Worte bei ihr anzukommen, ihre Schultern zu senken und ihr Gesicht zu entspannen. „Im Ernst?"

Ich nicke. „Ja. Die Ehe wurde schon bei unserer Geburt arrangiert, die Abfolge der Ereignisse wurde jedoch ein wenig beschleunigt."

„Warum?"

„Eine andere Partei hatte Interesse an ihr."

Diesen Teil hätte ich ihr vermutlich nicht verraten sollen, doch man kann sich auf Melindas Verschwiegenheit verlassen. Ich kenne viele heikle Geheimnisse über sie, von denen sie nicht möchte, dass sie sich auf dem Campus herumsprechen.

„Das bleibt zwischen dir und mir", sage ich, um sicherzugehen.

Sie entspannt sich jetzt noch etwas mehr. „Ja, ich werde

darauf achten, dass ich meinen anderen russischen Bratwa-Kontakten nichts verrate."

„Ich meine es ernst."

Sie tut so, als würde sie ihre Lippen verschließen und den Schlüssel wegwerfen. „In Ordnung. Nun, ich würde mich niemals auf einen verheirateten Mann einlassen, also keine Sorge."

Ich nicke. „Es freut mich, dass du es verstehst."

Als sie die Stimmen meiner Freunde hört, versucht sie, an mir vorbei ins Haus zu schauen. „Du kannst nicht reinkommen", wiederhole ich.

„Was ist mit den Partys?"

Argh. Ich will ihr Sozialleben nicht ruinieren, aber auch nicht, dass Aufmerksamkeit auf Baranov Haus gelenkt wird. Ich gebe nach. „Zwei pro Jahr. Nur die größten Partys."

Sie verdreht die Augen. „Du bist ein Arsch."

Als sie sich zum Gehen abwendet, kommt der Teil von mir an die Oberfläche, der alle in meinem Umfeld beschützen muss. „Falls du jemals in Schwierigkeiten steckst ..."

Sie blickt über ihre Schulter zurück und schenkt mir ein verzeihendes Lächeln. „Du wärst der erste Kerl, an den ich mich wenden würde."

Ich betrete das Haus und finde Lara vor dem großen Panoramafenster. Sie hat alles gesehen.

Hat sie es auch gehört? Nein. Auf keinen Fall. Wir haben das Haus für die Partys schalldicht gemacht. Laute dringen weder nach drinnen noch nach draußen.

„Wer war das?", will sie wissen.

Ich verberge die Befriedigung, die ihre Frage bei mir auslöst. Es lässt sie nicht kalt. Ich bezweifle, dass sie eifersüchtig ist – dafür bin ich ihr noch nicht wichtig genug – aber sie macht ihren Anspruch geltend.

Ich gehe zu ihr und lege meine Hände leicht auf ihre Taille. Sie hüpft zur Seite, beruhigt sich allerdings und lässt sich von mir berühren. „Das ist Melinda Tracy." Ich weiß, je mehr von der Wahrheit ich Lara verraten kann, desto schneller wird sie lernen, mir zu vertrauen.

„Ihr Dad hat sich um das Amt des Vizepräsidenten beworben, weshalb ich sie dieses Jahr aus dem Haus verbannt habe. Sie war deswegen sauer."

Lara starrt mich an. Ihre Augen haben die atemberaubendste blaue Farbe, die von der dunkelbraunen Schattierung ihrer Haare unterstrichen wird. Ich will sie wieder küssen.

Unbedingt.

Ich will ihre Mauern genauso sehr niederreißen, wie ich ihr die Kleider ausziehen will.

„Weil hier illegale Dinge ablaufen", mutmaßt sie.

Ich zucke mit den Achseln. „Ich will nicht zu viel Aufmerksamkeit auf uns lenken. Ich würde es auch hassen, wenn jemand eine Verbindung zwischen ihrem Vater und meinem zieht."

„Du hast mit ihr geschlafen."

„Nein", antworte ich sofort, um sie zu beruhigen.

Laras Augen verengen sich zu Schlitzen. „Du hast ihr deinen Ring gezeigt."

Richtig. Das hat sie gesehen. Ich wäge meine nächsten Worte ab. Obgleich das Erzählen der Wahrheit die beste Vorgehensweise ist, bin ich mir nicht sicher, ob sie bereit ist, vom Dungeon und den Dingen zu erfahren, die ich dort unten tue – oder getan habe.

„Das habe ich getan. Sie wollte etwas von mir. Etwas, was ich ihr in der Vergangenheit gegeben habe. Doch wie du gesehen hast, habe ich ihr meinen Ring gezeigt und das Ganze beendet. Du bist meine Frau. Ich werde dich nicht betrügen."

Verwirrung legt ihre Stirn in Falten. „*Was* wollte sie von dir?"

Ah. Ich zögere.

Sie stößt sich von meiner Brust ab und ich lasse meine Hände von ihrer Taille fallen. „Warte", sage ich, doch sie entfernt sich bereits von mir.

Sie marschiert die Treppe hinauf, wobei ihr perfekter Hintern bei jedem Schritt hin und her schwingt.

Ich folge ihr. Darum geht es bei einer Ehe, oder? Differenzen zu klären?

Ich meine, woher soll ich das wissen? Ich hatte nie eine feste Freundin.

Als wir das Schlafzimmer erreichen, klingelt ihr Handy erneut.

Der verdammte Brash. Sie wirft einen Blick auf das Display und schickt den Anruf auf die Mailbox.

„Ist das dein Freund?" Meine Stimme klingt gefährlich. Ich will ihr diese Seite von mir nicht zeigen.

Ich bringe meine Gewalttätigkeit unter Kontrolle. Es ist an der Zeit, dass ich dieses Thema mit ihr bespreche. „Habe ich den Namen Brash gesehen?" Ich tue so, als wüsste ich nicht, mit wem sie zusammen war. „Doch nicht Brash Rostov, der Sohn des Oligarchen?"

Lara dreht sich überrascht um, weil ich ihn kenne.

„Ich war mit ihm auf einem Internat." Ich schüttele den Kopf, da ich mich an die Folter erinnere, bei der ich ihn erwischte. Das löste mein PTBS aus und ich drehte durch. Hätte uns kein anderer Schüler erwischt, hätte ich ihn mit meinen bloßen Händen getötet. Stattdessen wurde ich aus dem Internat geworfen.

Wie mache ich ihr klar, dass sie von ihm mehr zu befürchten hat als von mir?

„Die Rostovs sind nicht diejenigen, für die du sie hältst. Sie sind ... schlimmer als die Bratwa."

Sie schnaubt und verengt die Augen zu Schlitzen. „Das sagst ausgerechnet du. Brash war ausnahmslos freundlich und großzügig zu mir." In ihrer Stimme schwingt eine trotzige

Note mit. „Ich habe mehr von dir zu befürchten als von den Rostovs."

Blyad'. Sie hat es völlig falsch verstanden, aber ich weiß nicht, wie ich ihr das klarmachen kann. Ich muss warten, bis sie mir mehr vertraut als ihm.

„Hast du die Beziehung mit ihm beendet, jetzt, da du verheiratet bist?"

Sie versteift sich und wirbelt zu mir herum. „Verpiss dich."

Ich zügle meine Kontrollprobleme und wechsle die Taktik. Sie wird mir nie vertrauen, wenn ich sie nicht dazu bringen kann, sich in mich zu verlieben.

„Oh nein." Ich verkürze den Abstand zwischen uns. Sie zuckt zurück, als ich nach ihr greife, doch ich ziehe sie bloß in meine Arme. „So sprechen wir nicht miteinander."

„Das haben *wir* gerade getan."

Ich dränge sie rückwärts, bis ihr Hintern gegen die Kommode stößt. Dann lege ich eine Hand in ihr Genick und hebe ihr Gesicht zu meinem. „Das tun wir nicht." Ich raune die Worte an ihrer Wange, während mein Daumen ihre andere Wange liebkost. „Möchtest du, dass ich so mit dir spreche?"

Sie antwortet nicht. Ihr Körper zittert an meinem – ob aus Furcht oder Verlangen weiß ich nicht.

Ich weiß aus dem Dungeon, dass sich beides zu meinem Vorteil auswirken kann.

Ich lasse meine Hand in ihrem Rücken nach unten wandern, um die Kurven ihres Hinterns zu erkunden, und drücke zu. „Hm?"

„Lass mich los", flüstert sie.

Ich zögere. Meine Erfahrung als Dom verrät mir, dass dies ein Moment ist, in dem ich sie an ihre Grenzen bringen und ihr nicht nachgeben sollte. Aber sie ist keine willige Sub.

Sie ist auch keine willige Ehefrau, wir sind jedoch

trotzdem verheiratet. Ihre Barrieren niederzureißen und etwas Zartes zwischen uns zu schaffen, ist die beste – möglicherweise einzige – Art, auf die ich sie vor Brash beschützen kann.

„Soll ich dir zeigen, was Melinda von mir wollte?"

Ich bemerke wieder die Verwirrung, die in ihren Augen wirbelt. „Was ist das?"

„Dreh dich um", murmle ich und drehe sie sachte.

Wundersamerweise lässt sie es zu.

„Hände auf die Kommode." Ich hebe eine ihrer Hände und lege sie flach auf die Oberfläche der Kommode, dann mache ich das Gleiche mit der anderen.

Anschließend öffne ich den Reißverschluss ihres Rocks und lasse ihn zu Boden fallen.

Lara

Ich schaue über meine Schulter und beginne, mich aufzurichten, doch Baron drückt meinen Oberkörper wieder nach unten. „Du hast gesagt, dass du keinen Sex mit ihr hattest", beschuldige ich ihn.

Ich weiß nicht, warum es mich so wütend gemacht hat, Baron mit dieser Frau zu sehen, doch das hat es getan. Ich bin mir ziemlich sicher, dass sie eine Ex-Freundin oder zumindest jemand ist, mit dem er geschlafen hat. Nenne es Intuition einer Frau.

„Das habe ich nicht getan", behauptet er weiterhin steif und fest.

Ich zittere, meine Knie wackeln und mein Atem geht schnell. Ich wünschte, Baron wäre nicht so verdammt verführerisch. Ich weiß nicht, wie es passiert ist, dass ich in meinem Höschen über eine Kommode gebeugt dastehe, obwohl ich entschlossen war, mich nicht einmal mehr von ihm küssen zu lassen.

Er schlägt mir hart auf den Po.

Ich kreische und versuche, mich umzudrehen, doch er hält meine Hüfte fest.

„Das ist es, was Melinda von mir wollte."

Ich höre auf, mich zu wehren, und höre zu.

Er verpasst der anderen Pobacke einen ebenso harten Hieb.

Ich kreische wieder. Hitze rauscht zwischen meine Beine. Meine Pussy kribbelt und Feuchtigkeit sammelt sich dort.

Baron hält inne und massiert mein brennendes Fleisch. „Sie ist eine Masochistin, die Schmerz nutzt, um mit dem Stress ihrer Ambitionen fertigzuwerden."

Ich erinnere mich daran, dass das Mädchen im Café nach einem Dungeon fragte. Hat sie das gemeint? Gibt es einen BDSM-Dungeon im Baranov Haus?

Das ist ... wild.

Er verpasst mir eine Reihe leichter, schneller Klapse. Sie tun nicht weh, wärmen jedoch meinen Po.

Es fühlt sich wundervoll an. Nicht die ersten zwei Hiebe – die haben gebrannt. Aber das hier ... ich kann den Reiz nachvollziehen. Jeder Schlag sendet eine Empfindung geradewegs zu meiner Mitte. Die Mischung aus Gefahr und Wonne, aus Schmerz und Verführung berauscht mich mehr als der Sekt, den ich getrunken habe.

Baron weiß, was er tut. Er hat das schon einmal getan. Mit einer Frau.

„Hast du sie gefickt?"

Ich schätze, ich bin eifersüchtig. Meine Eifersucht ist jetzt sogar noch stärker, seit ich gehört habe, dass er das hier mit ihr getan hat.

„Nie, *Malyshka*. Ich habe sie nicht einmal geküsst."

„Küss *mich*." Witzig, wie entschlossen ich war, seine Berührungen abzulehnen, und jetzt verlange ich sie plötzlich.

Baron dreht meine Hüften und mich zu sich, bevor er mich hochhebt und meinen heißen Hintern auf die Kommode setzt. Er schiebt meine Knie weit auseinander und dringt in meinen persönlichen Raum. Er packt meinen Hintern mit beiden Händen und reißt meine Mitte an seinen Körper, während er den Kopf für den Kuss senkt.

Meine Mitte zieht sich zusammen und meine Knie schließen sich um seine Taille, als seine Zunge in meinen Mund taucht.

Dieses Mal bin ich erpicht darauf. Ich erwidere den Kuss und meine Lippen gleiten über seine. Meine Hände legen sich auf seine Brust und wandern über seine Brustmuskeln. Ich mache mich an den Knöpfen seines Hemds zu schaffen.

Er packt meine Handgelenke, woraufhin ich erstarre und seinen Blick auffange, um zu interpretieren, warum er mich aufgehalten hat.

„Braves Mädchen", lobt er. Mein Bauch flattert in Reaktion darauf. Ich sollte das nicht lieben, tue es jedoch. „Jetzt lehn dich nach hinten auf deine Ellenbogen."

Ich versuche, zu verstehen, was er meint. Er legt einen Finger auf die Mitte meines Brustkorbs und drückt mich nach hinten. Ich falle zuerst auf meine Hände, dann verstehe ich endlich und senke mich auf meine Unterarme.

„Das ist es, *Malyshka*. So verdammt hübsch." Er lässt seine Hände unter meine Knie gleiten und greift nach meinem Po, wodurch er meine Beine weiter auseinanderzwingt, die über seinen Bizepsen baumeln. Mit einem festen Ruck befördert er meinen Hintern an die Kante der Kommode.

Ich keuche wegen der plötzlichen Bewegung, dann keuche ich erneut, als er den Zwickel meines Höschens beiseite zieht und den rosafarbenen Spitzenstoff zerreißt. „Oh."

Ich hatte schon einmal Sex. Ich bin keine errötende, jungfräuliche Braut, doch das hier ist etwas anderes.

Baron besitzt die Fähigkeiten und das Selbstbewusstsein eines Mannes, der schon hundert Liebhaberinnen hatte. Und ich hasse jede einzelne.

Allerdings bin ich dankbar für seine Fertigkeiten, sobald seine Zunge meine Mitte berührt. Er fährt meine inneren Lippen nach und saugt an den äußeren. Er findet meinen Kitzler und wäscht ihn förmlich mit der Zunge.

Ich schreie auf und Spannung baut sich in mir auf. Meine Innenschenkel zittern und spannen sich an seinen Schultern an.

Er lässt sich Zeit, sinkt auf die Knie, um den Winkel zu verbessern, und dringt mit seiner Zunge in mich. Als er es schafft, an meinem Kitzler zu saugen, ist das zu viel. Ich schaukle mit den Hüften und presse meine feuchte Hitze in sein Gesicht, weil ich mehr will.

Doch dann will ein Teil von mir nicht zerbrechen. Ich will nicht, dass er Erfolg hat. Ich muss meine Stärke bewahren.

„Wie viele?", will ich wissen.

Er hebt den Kopf, sein Mund glänzt von meinen Säften, und er zieht fragend die Augenbrauen hoch.

„Mit wie vielen Frauen hast du ... das hier getan?"

Seine Lippen zucken leicht belustigt, bevor seine Miene wieder ernst und unleserlich wird, wie es typisch für ihn ist. Er erhebt sich langsam und ich bereue es, dass ich ihn unterbrochen habe. Ich will seinen Mund wieder auf mir haben. Ich will, dass er mich neckt und zum Orgasmus bringt.

Er tritt nah an mich heran und ich mache Anstalten, mich aufzurichten. „Ah ah", schilt er mich.

Ich erstarre gefangen in seinem herrischen braunen Blick und senke mich wieder auf meine Unterarme.

„Braves Mädchen." Er belohnt mich, indem er die Spitze seines Mittelfingers durch meine Säfte zieht. Er fährt fort, ihn langsam meine Spalte hoch und runter wandern zu lassen, bevor er ihn in meinen Eingang taucht. „Du willst wissen, mit wie vielen Subs ich gespielt habe?"

Will ich das? Einem Teil von mir wird schlecht bei dem Gedanken. Doch der Rest von mir muss es wissen.

Meine Unentschlossenheit wird dadurch verschlimmert, dass er mit zwei Fingern komplett in mich dringt. Er krümmt sie in mir, streichelt mein Inneres und setzt mich in Brand. „Warte."

Ich werde kommen, will es aber nicht. Ich komme mit der Verletzlichkeit nicht klar. Oder damit, Baron den Sieg zu überlassen.

Ich beginne, mich aufzusetzen, doch er lenkt mich ab, indem er seine Finger schnell in mir vor und zurück bewegt und seine Spitzen die Stelle treffen, die mich jedes Mal in den Wahnsinn treibt.

„Baron ..."

„Nimm deinen Fingerfick an und zeig mir, wie du loslässt, wenn du kommst." Seine Stimme hat einen strengen, herrischen Ton, den er bei mir noch nicht benutzt hat.

Ich winde mich auf der Kommode. „Ich kann nicht ..."

„Nimm ihn an, sonst drehe ich dich wieder um und versohle dir den Hintern, bis du schreist."

Diese Drohung zerbricht etwas in mir. Der Orgasmus fegt ohne Vorwarnung durch mich hindurch, ich zucke um seine Finger herum und schreie überrascht auf.

Er hört auf, seine Finger zu bewegen, und hält sie einfach nur in mir, wobei sich seine warme Handfläche an meinen Venushügel schmiegt. Sein Handballen drückt auf meinen Kitzler und entringt mir noch mehr Lust.

„*Gospodi!*"

„Mmmh. Das war hübsch." Baron beginnt, mich langsam mit seinem Mittelfinger zu ficken, während er seinen Handballen auf meinem Kitzler liegen lässt. „Du hast das so gut angenommen, *Malyshka*.“

Ich keuche und der drehende Raum beginnt, wieder zu seinem ursprünglichen Zustand zurückzufinden. Als er das tut, wird mir allmählich bewusst, dass *ich* diejenige war, die kam, während er vollständig bekleidet blieb und die Kontrolle behielt.

Mir gefällt die Wunde der Verletzlichkeit nicht, die sich in meiner Brust öffnet.

Baron spürt anscheinend, wie entblößt ich mich fühle, denn er entfernt seine Finger aus mir, legt einen Arm in meinen Rücken und zieht mich hoch, sodass ich rittlings auf seiner Taille sitze. „Komm. Bringen wir dich in die Dusche.“

Eine Dusche klingt gut, weshalb ich nicht protestiere. Es ist irgendwie leicht, Baron die Führung zu überlassen, vor allem, weil er ein verblüffend gutes Gespür dafür hat, was ich im Moment brauche. So bemerkte er beispielsweise auf der Heimfahrt vom Gericht, dass ich etwas essen sollte, bevor mir der Sekt zu Kopf stieg. Er ist gut darin, mich zu lesen und auf das zu reagieren, was er sieht, und das bringt Erleichterung mit sich.

Ich lasse mich von ihm zum Badezimmer tragen, wo er mich absetzt und mir mein Oberteil über den Kopf zieht. Ich knöpfe sein Hemd auf, während ich die Stiefel von meinen Füßen trete.

Das ist in Ordnung, sage ich mir. Ich verdiene ein wenig guten Sex. Das bedeutet nicht, dass ich Baron oder unsere Ehe akzeptiert habe.

„Du willst wissen, wie viele“, sagt Baron.

Ich begegne erschrocken seinem Blick. Wow. Ich bewundere ihn wahnsinnig dafür, dass er die unangenehme Frage anspricht, die ich bereits aufgegeben habe.

Ich öffne seine Gürtelschnalle und weiche seinem Blick aus.

„Die Antwort ist, dass ich es nicht weiß. Es gibt keine Zahl. Es ist nichts, was ich gezählt habe, um Kerben in meinen Bettpfosten zu schlagen."

Gospodi. Das bedeutet, dass es viele waren. Er war mit einer Menge Frauen zusammen.

Ich meine, ich hatte das schon vermutet, doch dies ist die Bestätigung.

„Das war jedoch alles vorher." Er greift nach mir und als er mich an seinen Körper reißt, ist er grob.

Ich keuche und schaue suchend in sein Gesicht.

Lust lodert in seinem Blick. Lust auf *mich.*

Er packt meinen Kopf und stiehlt sich einen leidenschaftlichen Kuss. Einen beanspruchenden Kuss.

Ich zerre das Hemd von seinen breiten Schultern. Ich trage nichts außer meinem BH und Höschen und er hat noch immer mehr Kleider an als ich.

Er unterbricht den Kuss und hält meine Hand in einem stählernen Griff gefangen. „Jetzt gibt es nur noch dich." Er hält meinen Blick. „Ich habe heute den Schwur abgelegt, treu zu sein, und ich werde ihn nicht brechen. Ich bin ein Mann, der sein Wort hält."

Ich weiß nicht, wie ich darauf antworten soll. Ich habe einen Schwur geleistet, weil ich es tun musste. Ich würde ihn morgen brechen, wenn ich wüsste, dass meine Familie dann nicht verletzt werden würde. Ich weiß ohnehin nicht, ob ich ihm glaube. Er ist offensichtlich ein Player.

Wie üblich scheint er meine Gedanken zu lesen. „Du weißt nicht, ob du mir vertrauen kannst. Das kannst du, Lara."

Er lässt mich los, um seine Hose und Boxershorts auszuziehen. Sein Körper ist umwerfend – nur sehnige, kräftige Muskeln. Seine Haut ist golden und seine durchtrainierte Brust mit weichen Locken bedeckt. Meine Augen fahren seinen Waschbrettbauch nach und gleiten die natürliche

Verjüngung seiner Taille entlang zu der gewaltigen Erektion, die auf mich deutet.

Verdammt.

Sie sieht fordernd aus. Und er mag es grob. Wird er mir mit diesem Biest wehtun? Habe ich noch eine Wahl oder haben wir diesen Punkt mittlerweile überschritten?

Er sieht, dass ich ihn mustere. Ich wirke anscheinend eingeschüchtert, denn er verkündet sofort herablassend: „Du musst meinen Schwanz heute Nacht nicht aufnehmen."

Ich hebe meinen Blick von seinem Schwanz zu seinem Gesicht.

Er tritt näher zu mir, der Löwe treibt seine Beute in die Ecke. Seine Hände packen meine Hüften. „Ich werde meine Pflicht als Ehemann tun und dich in deiner Hochzeitsnacht zum Kommen bringen." Er öffnet meinen BH und lässt ihn über meine Arme gleiten. „Mir ist egal, ob das geschieht, indem du meinen Schwanz reitest oder ich dich mit meinem Mund und meinen Fingern stimuliere. Ich weiß bloß, dass du verdammt *befriedigt* sein wirst, wenn ich mit dir fertig bin."

Die Art und Weise, wie er *befriedigt* ausspricht, scheint etwas anzukündigen, was ich noch nie zuvor erlebt habe. Meine Knie knicken leicht ein. Meine Pussy tropft durch den Riss in meinem Höschen auf meine Innenschenkel.

Bin ich etwa begeistert? Möglicherweise bin ich ein wenig begeistert.

„Jetzt zieh dein Höschen aus, bevor ich es dir vom Körper reiße."

KAPITEL ACHT

Baron

Ich beobachte mit halb geschlossenen Augen, wie Lara aus ihrem Höschen tritt. Sie ist perfekt – zwei straffe, altrosafarbene Nippel, die sich nach oben neigen, zieren ihre blassen Brüste. Sie zittert, der Atem entweicht ihr als flaches Keuchen, doch ihre Pupillen sind geweitet, was mir verrät, dass sie angetörnt und nicht verängstigt ist.

Furcht sorgt dafür, dass sich die Pupillen zusammenziehen. Lust öffnet sie weit.

Ich schalte das Wasser an, ehe ich meinen Unterarm unter Laras Po schiebe und sie in die große begehbare Dusche hebe.

„Erzähl mir von deiner bevorzugten Verhütungsmethode, *Printsessa*."

Als sie nicht antwortet, fixiere ich sie an der Fliesenwand, dränge mich an sie und lasse sie meine Größe und Kraft spüren. Warmes Wasser strömt über unsere Köpfe und verstärkt das sinnliche Erlebnis.

Die harten Spitzen ihrer Nippel streifen meine Rippen.

Ich küsse sie hart. Meine Lippen bewegen sich über ihre –

nicht neckend, sondern strafend. *Erobernd*. Meine Zunge peitscht in ihren Mund. Mein Schwanz presst sich beharrlich an ihren weichen Bauch.

Ich meinte ernst, was ich sagte. Obwohl ich sie nach Verhütungsmethoden frage, werde ich sie nicht ficken, wenn sie es nicht will.

Momentan wirkt sie umgänglich, doch falls sie Nein sagt, werde ich diese Grenze respektieren.

„Ich nehme die Pille", keucht sie, als ich den Kuss schließlich beende.

Eifersucht durchfährt mich. Für ihn? Für Brash?

Nein. Sie wirkten nicht so intim miteinander. Sie hat noch immer keinen seiner Anrufe angenommen oder ihm geantwortet.

„Ich bin gesund." Ich küsse sie erneut. Ohne den Lippenkontakt zu unterbrechen, greife ich nach der Seife und rolle sie in meinen Händen, um Schaum zu erzeugen, bevor ich diesen auf ihren Schultern verteile. Auf ihren Brüsten. An den Seiten ihres Brustkorbs. Ich lasse meine Hände um ihren Po gleiten und dort kreisen.

„Zeig mir diesen umwerfenden Hintern." Ich drehe sie mit dem Gesicht zur gegenüberliegenden Duschwand, sodass es nicht dem Wasserstrahl ausgeliefert ist. „Hände an die Wand, *Printsessa*."

Sie gehorcht nicht.

Ich schlage ihr auf den Po. Der ist noch rosa von dem Spanking, das ich ihr im Schlafzimmer verpasst habe, und das Wasser sorgt dafür, dass mein Hieb stärker brennt – ich weiß das, weil er auch auf meiner Hand brennt.

Sie keucht und wirbelt herum, um mich böse über ihre Schulter anzuschauen.

Ich dränge mich erneut an sie, packe sie im Genick und küsse sie gründlich. „Zeig mir deinen hübschen Hintern", raune ich dieses Mal schmeichelnder, während ich sie sicher festhalte. Ich drehe sie wieder zur Wand und packe ihr linkes Handgelenk, um ihre Handfläche an die Fliese zu pressen. „Andere Hand", verlange ich.

Sie hebt sie, bevor sie mitten in der Luft innehält, als hätte sie automatisch gehorcht und wolle mir nun zeigen, dass ich nicht ihr Meister bin.

Ich lege meine größere Hand langsam auf ihre und verschränke meine Finger mit ihren. Ich küsse ihre Schläfe, ihren Kiefer, die Seite ihres Halses und ich führe ihre zweite Hand langsam an ihre Position an der Wand. „Braves Mädchen", raune ich an ihrer Ohrmuschel.

Ein Schauder durchfährt sie.

„Bist du gerade gekommen, *Malyshka?*" Meine Stimme ist ein leises Grollen an ihrer Haut. Ich führe meine Finger zwischen ihre Beine, um zu ertasten, was los ist. „Zuckst du hier unten für mich?"

Ihr Beckenboden hebt und senkt sich und flattert wegen eines kleinen Höhepunkts.

„Das ist gut, Engel. Du bist so perfekt." Ich küsse ihre Schulter. „So reaktionsfreudig."

Ich nehme das Seifenstück, schäume es wieder auf und seife ihren Rücken, ihre Taille und ihre Pospalte ein.

Sie stöhnt, kippt nach vorne und biegt für mich den Rücken durch.

„Das ist es, was ich sehen wollte." Ich trete auf die Seite, streichle mit einer liebevollen Hand über ihren prallen Hintern und erkunde jeden Zentimeter. „Verdammt umwerfend."

Als ich meine Hand wieder über ihre Pussy gleiten lasse, stöhnt sie.

„Das ist es, Schönheit. Ich mag es, wenn du dich gehen lässt." Ich dränge mich an sie und packe ihren Busen mit einer Hand, während ich ihren Kitzler necke. Meine Zähne streifen ihre Schulter, als ich ihre Brustwarze so hart zwicke, dass sie keucht und sich ihre Pussy verkrampft.

„Dreh dich um." Plötzlich bin ich grob. Dominierend. Ich wirble sie herum und drücke ihren Rücken gegen die Fliesen, bevor ich in die Hocke gehe und eines ihrer Beine über meine Schulter hebe.

„Oh!" Sie klammert sich an meinen Kopf, um das Gleichgewicht zu wahren, als ich meinen Mund an ihre tropfnasse Mitte drücke.

Ich dringe mit meiner Zunge in sie. „Brauchst du mich hier?", will ich wissen, wobei meine Stimme rauer und tiefer ist als üblich.

„Oh!"

Ich greife nach oben und zwicke den anderen Nippel. „Antworte mir, Lara-Liebes."

Ihre Mitte zieht sich zusammen. Ich weiß, dass sie wahnsinnig angetörnt ist. Sie ist tief im Reich des Körperlichen. Beinahe im Sub-Space. Oder vielleicht ist sie jetzt schon dort. Sie leistet keinen Widerstand abgesehen davon, dass sie nicht spricht, aber der Verlust von Sprache kann eine Folge des Sub-Spaces sein.

„Was?", fragt sie auf Russisch und klingt benommen.

Gut. Sie ist dort.

Ich übernehme und entlasse sie von ihrer Verpflichtung, zu sprechen oder Entscheidungen zu treffen. „Ich werde dich mit meiner Zunge ficken", informiere ich sie. „Und dann werde ich entscheiden, ob du meine Finger oder meinen Schwanz kriegst. Und du wirst ein braves Mädchen sein und es hinnehmen. Verstanden?"

„Da."

Ich würde ein *Ja, Sir* vorziehen, werde das heute Nacht allerdings nicht verlangen. Heute Nacht geht es um ihre Lust. Darum, ihr beizubringen, sich meiner Führung zu beugen. Ihr zu zeigen, wie gut ich mich um ihre Bedürfnisse kümmern kann.

Ich brauche ihr Vertrauen, um sie zu beschützen.

Aber ich begehre ihre vollkommene Unterwerfung.

Ich will, dass sie jede Nacht vor mir kniet und nach meiner Berührung bettelt. Meinem Lob. Ihrem Höhepunkt.

Ich will sie nicht vertraglich besitzen. Ich will meine Ehefrau vollständig besitzen – Körper, Verstand und Seele.

„Das ist gut." Ich massiere ihren Kitzler mit meinem Daumen und sie zuckt und wimmert vor Verlangen. Ich lecke in sie, bade sie mit meiner flachen Zunge, sauge an ihren Schamlippen und dringe in sie. Ich penetriere sie mit meinem Daumen und sauge an ihrem Kitzler, woraufhin sie beginnt, kurze, abgehackte Schreie auszustoßen.

„Oh, oh, oh, oh."

„Das ist es, Schönheit." Zeit, die Methoden zu wechseln. Ich will, dass sie in einem ausgedehnten Zustand der Erregung verweilt, bevor ich sie kommen lasse. Das wird den Orgasmus umso besser machen.

Ich stehe auf, wirble sie wieder zur Wand herum und verpasse ihrem runden Hintern mehrere mittel-harte Schläge – rechts, links, Mitte.

„Oh! Warte! Warum?", kreischt sie.

Ich packe ihre Hüften und drehe sie wieder zu mir um, fixiere ihr Becken an der Wand und hebe ihren Schenkel, um mir Zugang zu ihrer Mitte zu verschaffen.

„Warum was?" Ich küsse sie hart und gehe leicht in die Knie, sodass meine Schwanzspitze gegen ihren Eingang stupst. „Warum ich dir den Hintern versohlt habe?" Ich entferne mein Gesicht so weit, dass ich ihren Blick finden und die Verwirrung darin sehen kann.

Ich feiere das wahnsinnig. Es bedeutet, dass sie versucht hat, mich zufriedenzustellen. Ich habe sie gezähmt, zumindest für den Moment. Für diese Session.

„Weil dein Hintern zu perfekt ist, um ihn nicht zu versohlen, Engel. Weil es dir eine frische Stimulation gibt."

Ich packe meinen Schwanz und reibe damit über ihre Pussy. „Spürst du, wie feucht du bist?"

Ich küsse sie kraftvoll und meine Zähne schaben über ihre Lippen. Sie stöhnt in meinen Mund. Ich sauge an ihrer Unterlippe, als ich zurückweiche.

„Und weil ich es wollte. Es ist für mein Vergnügen und deines." Ich lehne meine Stirn an ihre. Während sich unser Atem vermischt, führe ich meine Schwanzspitze an ihren Eingang. „Willst du heute Nacht meinen Schwanz reiten?"

Es ist ihre letzte Gelegenheit, abzulehnen. Ich weiß, dass sie es nicht tun wird, will jedoch, dass sie versteht, dass es ihre Entscheidung ist. Ich bin zwar dominant, doch Sex findet immer einvernehmlich statt.

Sie greift nach meiner Taille und zieht meine Hüften zu sich.

„Sag es", verlange ich, obwohl ich mich nach vorne drücke und sie spreize, damit sie mich aufnimmt.

„*Da.*"

Möglicherweise muss ich für meine Braut russischen Dirty Talk lernen. Ich bin besser darin, auf Russisch zuzuhören und zu lesen, als es zu sprechen, und ich habe offensichtlich nie Sexgerede von meinem Dad gelernt. Ich mache mir eine geistige Notiz, einige russische Pornos anzuschauen.

Ich dringe langsam in sie. Sie ist klatschnass, ihr Kanal ist jedoch eng und mein Schwanz groß. Ich will ihr nicht wehtun. Während ich Zentimeter für Zentimeter in sie dringe, wandern meine Hände über ihren Körper – ihre Seiten entlang, über ihre Brüste, ihren Rücken hinab zu ihrem Po.

Mit dem Mittelfinger gleite ich über ihre Pospalte und presse gegen ihren Anus, als ich sie komplett fülle.

Ihre Nägel kratzen über meine Schultern, als sie schreit.

„Das ist es, *Malyshka*. Nimm den Schwanz deines Ehemannes auf."

———

Lara

Das ist der heißeste Sex, den ich je in meinem Leben hatte.

Das hier geht *so* ... darüber hinaus.

Es geht über alles hinaus, was ich mir vorgestellt habe.

Hätte man mich zuvor gefragt, hätte ich nicht gesagt, dass ich irgendetwas davon mochte oder wollte. Den Dirty Talk, die grobe Behandlung, das Spanking. Die dominante Kontrolle.

Doch mein Körper reagiert auf jedes Wort von Baron. Auf jeden Blick. Jede Berührung. Mein Körper sehnt sich nach allem, was er zu geben hat. Ich *brenne* darauf.

Ich lehne meine Schultern und meinen Kopf nach hinten an die Fliesen, während ich meine Hüften hoch und nach vorne drücke, um ihn tiefer aufzunehmen. Er ist groß – sowohl sein Umfang als auch die Länge – und er füllt mich mehr, als ich es für möglich gehalten hätte.

Gott sei Dank geht er langsam vor.

Doch ich beginne, ihm zu vertrauen. Sogar wenn er grob ist, scheint er sich dessen bewusst zu sein, was er tut. Er hat meinen Kopf nicht gegen die Fliesen geknallt. Er wirbelte mich schnell herum, machte jedoch langsam, als er in mich drang. Und die Spankings tun nicht wirklich weh. Es ist eher ein vorübergehendes Brennen.

Er hält meine Knie jetzt geöffnet und drückt sich in mich, während sich einer seiner Finger in mein hinteres Loch presst.

Es ist verrückt. Irre. So viele Empfindungen gleichzeitig. Die Nacktheit. Das Wasser. Die leidenschaftlichen Küsse.

Die Stimulation all meiner erogenen Zonen zu unterschiedlichen Zeiten und mit verschiedener Intensität.

Ich war zuvor nur mit wenigen Männern zusammen. Mit dreien, um genau zu sein. *Nichts* fühlte sich so an. Unsere Begegnungen waren Erkundungen im Dunkeln unter der Decke. Es gab keinen Dirty Talk. Keine teuflischen Befehle. Kein Lob. Ganz gewiss keine Strafen oder Belohnungen.

Ich bin berauscht von alldem – jedes Nervenende ist auf Baron eingestellt. Ich stöhne, da ich mehr brauche.

Er fährt fort, mit seinem dicken Schwanz in mich zu dringen, rein und raus, und rammt sich tief. Ich neige mein Becken, um seinen Stößen entgegenzukommen, reibe meinen Kitzler an seinen Lenden und nehme ihn tiefer auf.

„Braves Mädchen." Er erobert meinen Mund wieder mit einem stürmischen Kuss. „Braves Mädchen." Seine Zunge taucht zur gleichen Zeit zwischen meine Lippen, in der er sich in mich rammt.

„Baron!", schreie ich. „Benjamin."

Sein Glucksen ist ein tiefes, befriedigtes Grollen, als würde er es genießen, mich seinen Namen rufen zu hören.

Mir wird schwindlig – das warme Wasser in Kombination mit dem heißen Sex sorgt dafür, dass Punkte vor meinen Augen tanzen. „Es ist zu viel", keuche ich.

Er rammt sich in mich, spießt mich mit seiner Erektion auf und drückt die Knie durch, sodass ich von seinem Schwanz auf die Zehenspitzen gehoben werde.

Ich hänge dort an der Wand, weit für ihn gespreizt und verzweifelt.

Er stützt seine Hände neben meinem Kopf ab, während wir gemeinsam keuchen.

„Zu heiß, *Printsessa?*"

Ich nicke, wobei mein Kopf auf meinem Hals wackelt.

Er schaut zwischen unseren Bäuchen hinab zu der Stelle, wo wir vereint sind. „Du wirst für mich kommen, *Malysh.*

Und dann werde ich dich zu unserem Bett tragen, wo ich dich ficken werde, bis du schreist. Verstanden?"

Seine Worte bringen mich zum Stöhnen.

Er greift zwischen unsere Körper, lässt seine Finger über den Scheitelpunkt meiner Falten gleiten und massiert ihn.

Ich zucke und schreie auf wegen der Empfindung, die geradewegs von meinem Kitzler zu meiner Pussy schießt. Ich verkrampfe mich um ihn herum und meine Muskeln zucken, als ich einen weiteren Orgasmus erlebe.

Er ist unglaublich. Ich habe nie solche Wonne erlebt. Ich hatte nie mehr als einen Orgasmus in einer Nacht.

Ich öffne die Augen, als er mich sachte auf die Füße stellt und aus mir zurückzieht. Mir ist noch immer schwindlig und meine Beine werden mich jetzt nicht mehr tragen.

„Komm her." Er schlingt einen Arm um mich, zieht mich unter den Wasserstrahl und reduziert die Hitze, sodass das Wasser kühler ist. Während er mich aufrecht hält, öffnet er meine Shampooflasche und spritzt einen großen Klecks auf seine Handfläche.

Er atmet tief durch seine Nase ein. „Mmmh. Deswegen riechst du nach Buttertoffee." Er reibt seine Hände aneinander, bevor er sie zu meinem Kopf hebt. „Du hast die schönsten Haare, *Printsessa*. Ich liebe sie. Sie sind so lang. So dicht."

Sein Lob beginnt, in die Risse meiner Rüstung zu sickern, und der verletzlichste Teil von mir saugt es wie ein Schwamm auf. Ich habe mich so sehr angestrengt, stark und unabhängig zu sein, indem ich in einem anderen Land als meine Eltern lebte. Dass sich jemand auf diese Weise um mich kümmert, erinnert mich jedoch daran, wie allein ich mich oft fühlte. Vor allem in den letzten Tagen. Obwohl ich weiß, dass sie seinen Kontrollproblemen entspringen, fühlen sich Barons Pflege und Lob momentan viel zu notwendig an, um sie abzulehnen, weshalb ich die Gedanken ziehen lasse und es einfach genieße.

Ich schließe die Augen und genieße es, meine Kopfhaut massiert zu bekommen. Gehalten zu werden, solange meine Knie schwach sind. Keine Entscheidungen treffen zu müssen, während ich mich in einem Zustand der Panik befinde. Einer Panik, die ich verspüre, seit mein Dad auftauchte und mir mitteilte, dass ich diesen Mann heiraten muss.

Doch bevor er meine Haare fertig gewaschen hat, verpasst Baron meinem Hintern einen weiteren Hieb.

Meine Augen fliegen überrascht auf. Ich bin der Typ Mensch, der gerne alles richtig macht. Der nett und rücksichtsvoll ist und die Verurteilung anderer meidet. Dann erinnere ich mich daran, was er das letzte Mal sagte. Das hier ist zum Vergnügen. Es ist keine Strafe.

„Ich bin mit diesem Hintern noch nicht fertig", knurrt er und neigt meinen Oberkörper nach vorne.

Ich packe den Rand der Duschtür und klammere mich daran.

„Spreiz deine Beine. Ich werde deine süße Pussy versohlen."

Ich gehorche, obwohl mein Verstand bei seiner Aussage rebelliert. Mein Körper will es anscheinend und vertraut darauf, dass es mir gefallen wird.

Baron schlägt mir leicht zwischen die Beine. Empfindungen durchzucken mich und schlagen an drei Orten gleichzeitig ein – meinem Kitzler, in meiner Pussy und meinem Anus.

„Oh!", schreie ich.

Er lässt mehrere Hiebe auf meinen Hintern prasseln, die so heftig sind, dass ich zucke und springe, bevor er mir wieder zwischen die Beine schlägt. „Ich werde mich in diese Pussy rammen, wenn ich dich in unser Bett gebracht habe", verkündet er und zieht mich wieder unters Wasser, um das Shampoo auszuspülen.

Ich stöhne und bin wieder erregt. Baron ist brillant – er sorgt dafür, dass ich wahnsinnig angetörnt und erregt bleibe, selbst wenn er mir eine Pause gewährt. Er verteilt rasch Conditioner in meinen Haaren, während ich mich selbst massiere. Ich bin schockiert, wie anders es sich dort unten anfühlt – meine Pussy ist prall und geschwollen. Glitschig und geöffnet.

„Oh nein." Baron packt mein Handgelenk und entfernt meine Hand. Sein Körper schmiegt sich von hinten an meinen und sein harter Schwanz presst sich an mein Kreuz. „Das ist meine Aufgabe." Er massiert mich zwischen den Beinen.

Ich überlasse ihm die Aufgabe gerne. Seine Finger sind größer. Fähiger. Er drückt eine meiner Brüste und ich lege meinen Kopf an seinen Oberkörper und erlaube ihm, zwischen meinen Beinen auf Erkundungstour zu gehen.

„Dir hat dein Spanking gefallen." Er knurrt die Worte direkt an meinem Ohr – eine dunkle, verführerische Feststellung.

Ich will protestieren, doch dann sagt er: „Ich werde alles lernen, was dir gefällt, meine hübsche Ehefrau."

Etwas an seiner Erinnerung daran, dass wir verheiratet sind, löst einen Teil der Leidenschaft auf. Ein Gefühl der Niederlage schwappt über mich hinweg.

Ich *bin* mit diesem Mann verheiratet.

Wir sind *verheiratet*.

Es ist entgegen meiner Wünsche bereits passiert.

In diesem Moment habe ich nicht mehr das Verlangen, zu kämpfen. Ich ergebe mich meinem Schicksal. Dieser Realität.

Baron spürt die Veränderung und dreht mich in seinen Armen zu sich um. „Ich weiß."

Er zieht mich an seine Brust und wiegt mich von einer

Seite auf die andere. Wir tanzen einen Stehblues zum Rhythmus unseres Herzschlags. Ich will ihn von mir stoßen, habe jedoch nicht die Energie dazu. Ich *will* mich nicht einmal mehr gegen ihn wehren.

Ich muss einfach trauern.

„Ich weiß, dass du das hier nicht wolltest. Ich wollte es auch nicht." In Barons Stimme schwingt eine andere Note mit. Es ist nicht der herrische Ton, den er noch vor einem Augenblick benutzt hat. Es ist auch nicht das stille Selbstvertrauen, das er sonst ausstrahlt.

Es klingt … echt. Als würde ich zum ersten Mal den echten Baron erhalten.

„Aber Lara, in dem Moment, in dem ich dir begegnet bin, fühlte ich …" Er verstummt und ich erstarre, weil ich spüre, dass das, was er sagen wird – falls er seine Kontrolle aufgibt und sich erlaubt, es auszusprechen – etwas sein wird, was ich glauben kann.

Ich hebe den Kopf nicht von seiner Brust, obwohl ich darauf brenne, sein Gesicht mit Blicken abzusuchen. Ich habe Angst, dass seine undurchdringliche Maske wieder an Ort und Stelle rutschen wird, wenn ich es tue.

„Du fühltest dich vertraut an. Als würde mein Körper erkennen, dass du die ganze Zeit zu mir gehört hast."

Ich stoße ihn von mir und schüttle den Kopf.

Zu ihm *gehört*?

Was zum Kuckuck?

Er realisiert seinen Fauxpas. „Ich meine es nicht auf diese Weise. Ich meinte nur, dass es sich anfühlte, als wäre es vorherbestimmt."

„Natürlich war es für dich vorherbestimmt. Dein Vater reicht dir eine Braut und du tanzt gerne nach seiner Pfeife. Der *Pakhan* in Ausbildung. Ich hatte ein Leben und Träume und in keinem davon ging es darum, einen Mann wie meinen Vater oder deinen zu heiraten. Ich will dieses Leben nicht.

Ich will nicht mit der Bratwa verheiratet sein. Wir *sind nicht vorherbestimmt.* Schreib in deinem Kopf keine hübschen Geschichten darüber, dass wir *vorherbestimmt sind*, nur weil ich gerne von dir gefickt werde." Ich schiebe ihn aus dem Weg und trete unter den Wasserstrahl, um den Conditioner auszuspülen.

Als er wortlos die Dusche verlässt, registriere ich seinen Verlust mit jeder Faser meines Körpers.

Reue breitet sich in mir aus, doch es ist zu spät.

Die Magie ist fort.

Die Stimmung ist ruiniert.

Und ich weigere mich, zu bedauern, dass ich den Mann beleidigt habe, der sich mein Ehemann nennt.

KAPITEL NEUN

Baron

„Was hast du über diesen kleinen Scheißkerl herausgefunden, der meine Frau angebaggert hat?", will ich wissen und laufe neben Anya her, als sie am nächsten Tag das Haus verlässt, um zu ihrem Kurs zu gehen.

Lara ist bereits gegangen, nachdem sie mir den Rest der letzten Nacht und heute Morgen höflich, jedoch vorwiegend schweigend begegnete.

Anya wirft mir einen erschrockenen Blick zu.

Blyad'. Ich habe zugelassen, dass meine Emotionen mit mir durchgehen. Normalerweise bin ich verhalten und kontrolliert. Das ist der Grund, aus dem mir meine Freunde zutrauen, sie anzuführen.

Mein Frust rührt daher, dass ich mit blauen Eiern zu Bett ging und es mit einer hübschen Frau teilen musste, die mich hasst.

Lara ist verletzt, das weiß ich. Sie nutzt Wut und moralische Überlegenheit, um sich wieder zusammenzusetzen. Mir wäre es lieber, wenn sie mir erlauben würde, die zerbrochenen

Stücke zusammenzufügen, doch das wird in absehbarer Zukunft nicht passieren.

„Er heißt Denis Penkin. Ich grabe noch Informationen über ihn aus, habe jedoch keine Verbindung zwischen ihm und den Rostovs gefunden. Er gehört nicht zur Oligarchie, seine Familie scheint allerdings wohlhabend zu sein."

Ich grunze unzufrieden.

„Außerdem habe ich seine Bewerbung für Thornecroft nicht unter denen gefunden, die letzten Frühling eingereicht wurden." Anya zieht ihre Augenbrauen hoch.

Ich brauche eine Sekunde, um das zu verarbeiten. „Das bedeutet, jemand hat Strippen gezogen, damit er hier studieren kann."

„Genau."

„Last-Minute-Strippen."

„Wahrscheinlich."

Genau wie die, die mein Vater gezogen hat, um Lara so kurzfristig nach Thornecroft zu versetzen und in die notwendigen Kurse zu bekommen.

„Also ist er definitiv ein Spion."

Anya zuckt mit den Achseln. „Ich weiß nicht, ob ich sagen würde, dass er definitiv einer ist, aber ich fand es verdächtig."

„Gute Arbeit", lobe ich sie. „Das war clever."

Anya lächelt mich kurz an, während sie so tut, als würde sie ihre Fingernägel an ihrem Shirt polieren. „Ich weiß, ich bin ein Genie."

Wir erreichen das Ende des Blocks und Anya deutet nach links. „Ich gehe in diese Richtung."

„Wir sehen uns später. Suche für mich nach weiteren Informationen." Ich gehe Richtung Norden zu meinem Statistik-Kurs.

„Ja, *Pakhan*", ruft sie über ihre Schulter.

Ich hebe warnend den Finger, während wir uns weiter voneinander entfernen. „Nenn mich nicht so."

„Akzeptiere es einfach."

———

Lara

Nach meinem letzten Kurs gehe ich zum Whisper's End, der Kneipe, die Denis als Treffpunkt vorgeschlagen hat.

Wie gestern mied ich das Baranov Haus den ganzen Tag. Ich hatte zwischen den Kursen oder in der Mittagspause Zeit, dorthin zurückzugehen, doch stattdessen aß ich im Food-Court und lernte in der Bibliothek.

Eigentlich will ich das nicht tun. Doch ich schmeiße eine Mitleidsparty für mich und dabei gibt es definitiv nur einen Gast, nämlich mich.

Auf dem Weg zur Kneipe klingelt mein Handy wegen eines Facetime-Anrufs.

Ich werfe einen Blick auf das Display und seufze. Es ist meine Mom. Sie will wahrscheinlich unbedingt wissen, ob ich noch am Leben bin. Ich bleibe im Schatten eines Baums stehen und nehme den Anruf an. „Mama."

„Lara, Gott sei Dank", ruft meine Mom auf Ukrainisch, ihrer Muttersprache, und bricht in Tränen aus.

Ich fühle mich sofort schrecklich, weil ich ihre Anrufe nicht angenommen habe. Ich habe auch noch immer ein schlechtes Gewissen, weil ich meine Hochzeitsnacht ruiniert habe.

Und ich habe Heimweh. Meine Mom zu sehen, ist schwer für mich.

Ich sinke auf eine Parkbank unter dem Baum und weine unkontrolliert. „Ah, Mama", erzähle ich ihr, „deswegen habe ich dich gestern nicht angerufen. Ich wusste, du würdest mich zum Weinen bringen."

Meine Mom wischt ihre Tränen weg. Sie hat einen Tonfleck im Gesicht. Ich kann sehen, dass sie aus ihrer Töpferei anruft. „Schatz, ich habe mir solche Sorgen gemacht. Geht es dir gut? Mir tut das alles so leid, was du durchmachst."

Ich lasse die Tränen fließen, da ich sie jetzt ohnehin nicht mehr aufhalten kann, und überraschenderweise versiegen sie nach wenigen Augenblicken. Als ich mich beruhigt habe und wieder atmen kann, zeige ich ihr den Ehering. „Nun", ich atme zittrig ein. „Ich bin verheiratet."

„Ich weiß, Liebes. Ist er anständig? Wie ist er so?"

„Ich weiß es nicht", stöhne ich. Das bisschen Reue wegen letzter Nacht steigt wieder in mir auf und ich erinnere mich daran, dass ich hier das Opfer bin.

Meine Mom wischt ihre Tränen erneut weg, legt den Kopf schief und späht in das Display, als wünschte sie, sie könnte hindurchklettern und mich umarmen. „Er kann nicht so schlimm sein."

Ich runzle die Stirn und bin beleidigt, dass sie ihn verteidigt. „Wie kommst du darauf?"

„Nun, du klingst zwiegespalten. Das bedeutet, dass du etwas an ihm magst. Was ist der Konflikt? Vermisst du den Kerl, mit dem du in Paris zusammen warst? Abrasha?"

„Brash? Nein. Er ruft mich allerdings ständig an." Ich seufze. „Der Konflikt besteht darin, dass ich nicht hier sein will. Ich will nicht verheiratet sein. Ich habe Angst um dich und Papa und mich."

„Wir sind in Sicherheit. Wir sind *alle* in Sicherheit. Dein Vater hielt es für die beste Möglichkeit, unsere Sicherheit zu garantieren." Ich höre die Missbilligung in ihrem Ton. „Aber erzähl mir von Benjamin. Ich habe ihn nicht mehr gesehen, seit er in die Preschool ging."

„Er ist ..." Ich denke darüber nach, was ich meiner Mutter erzählen will, und entscheide mich für meine Beschwerden.

„Mama, Baron – so nennen sie ihn hier – denkt, er besitzt mich. *Besitzt* mich."

„Mmh." Meine Mom macht ein nichtssagendes Geräusch. „Bratwa Männer haben einen großen Beschützerinstinkt."

„Es ist nicht nur ein Beschützerinstinkt. Er sagte, ich *gehöre* zu ihm."

„Also was ist der gute Teil?"

„Es gibt keinen guten Teil!", rufe ich gereizt.

„Ich kann erkennen, dass es einen gibt. Ich habe es in deiner Stimme gehört. Du magst ihn trotz deiner Einwände."

„Mag ihn? Nein." Ich bin eingeschnappt.

Meine Mom wartet. „Sieht er gut aus?"

Das Bild von ihm, als er nackt in der Dusche stand, kommt mir in den Sinn und mein Körper wird sofort heiß. Ich denke an die Wölbungen seiner Muskeln. Die selbstbewusste Art, auf die er mich berührt. „Ja", antworte ich mit neutraler Stimme. „Er sieht gut aus. Und ... er ist gut im Bett. Nun, wir haben es nicht im Bett getan, aber er ist, ähm ... er weiß, was er tut."

Meine Mom lacht leise. Sie lächeln zu sehen, lockert den festen Knoten zwischen meinen Rippen. Meine Mom ist Künstlerin – eine lebenslustige, wilde und exzentrische Frau, die normalerweise viel lacht und Liebe versprüht. Deswegen bringen mich ihre Tränen um. „Nun, das hat etwas für sich. Dein Vater weiß auch ..."

„Stopp!", unterbreche ich sie. „Das will ich nicht hören. Iieh!"

Sie kichert. „Nun, ich werde dir verraten, dass Anziehung am Anfang auch das Einzige war, was zwischen uns bestand. Es fing mit Sex an. Dein Dad entführte mich und ich verführte ihn."

„*Was?*"

„Es ist eine wahre Geschichte. Und nun sind wir hier,

fünfundzwanzig Jahre später und wahnsinnig verliebt ineinander."

„Was meinst du damit, er hat dich *entführt?*"

„Es ist eine lange Geschichte. Ich möchte sie dir lieber ein anderes Mal persönlich erzählen."

„Oh mein Gott, Mama. Du hast gerade meine ganze Realität in winzige Stücke zerschlagen."

„Der Punkt ist, solange es zwischen euch eine Chemie gibt, können die schwierigsten Situationen gelöst werden. Ich glaube, dass alles so passieren sollte. Wenn dein Dad meinen nicht hätte töten wollen, hätten wir uns nie kennengelernt und ich wäre nicht mit der Liebe meines Lebens zusammen. Vielleicht sind du und Benjamin auch füreinander bestimmt."

Ich denke an Baron. Nicht nur an den Sex, sondern daran, dass er mir gestern Nacht die Haare wusch und mir heute Morgen Kaffee brachte. Dass er mir Türen aufhält. Dass er meine Bedürfnisse vorausahnt und sie befriedigt. Ich könnte mich daran gewöhnen, dass sich ein Mann so um mich kümmert, wie es mein Dad bei meiner Mom tut. Ein Mann, der sich benimmt, als wäre ich der Mittelpunkt der Welt, und der jedem Drachen oder Mann das Herz rausreißen würde, der versucht, mir nahe zu kommen.

Ich könnte mich daran gewöhnen, allerdings nicht bei einem Mann, dem ich nicht vertrauen kann. Nicht bei einem Mann, der mich und meine Familie buchstäblich gefangen hält.

Ich werfe einen Blick auf die Uhrzeit auf meinem Handy. „Mama, ich muss Schluss machen. Ich habe ein Date mit einem Kerl aus Russland, den ich gestern kennengelernt habe."

„Ein *Date?*" Meine Mom klingt entsetzt.

Ich verdrehe die Augen. „Es ist kein Date-Date. Wir treffen uns nur auf einen Drink."

„Das klingt wie ein Date. *Lyubimaya*, Benjamin wird das nicht auf sich sitzen lassen."

Das gleiche Gefühl von Rebellion steigt in mir auf, das mich auch dazu brachte, dem Treffen mit Denis zuzustimmen. Benjamin Baranov denkt, dass er mich besitzt. Ich werde ihm beweisen, dass er das nicht tut.

„Das ist mir egal, Mama. Ich werde ihm zeigen, dass er mich nicht kontrollieren kann."

Ich beende das Telefonat mit meiner Mom, bevor sie mir eine Standpauke halten kann, und laufe zum Whisper's End. Denis sitzt vor einem geöffneten Laptop an einem Bartisch für zwei in der Nähe des Fensters, das sich gegenüber von der Tür befindet. Ein Bier und ein Korb Pommes stehen neben ihm und seine Bücher sind auf dem Tisch ausgebreitet. Er hat ein albernes, zerzaustes Aussehen und sein Gesicht hellt sich auf, als er mich entdeckt. Wenn meine Mom ihn sehen könnte, wüsste sie, dass dieser Kerl nichts an sich hat, was Baron Sorgen bereiten würde.

„Hi", begrüße ich ihn auf Russisch und schiebe mich auf den Stuhl gegenüber von ihm. „Wie war dein zweiter Tag?"

Er klappt den Laptop zu. „Du bist gekommen. Ich war mir nicht sicher, ob du das tun würdest."

Wow. Dieser Kerl ist wie ein Welpe.

Sein Blick wandert zu meinem Ehering. Ich weiß nicht, warum ich ihn nicht abgenommen habe. Vielleicht hatte ich Angst, dass es einen Kampf provozieren würde, mit dem ich nicht zurechtkommen würde. „Ist ... der neu?", fragt er. „Ich meine, ich habe gestern keinen Ehering bemerkt. Das *ist* ein Ehering, oder?"

Ich betaste den dünnen Goldring. Aus meinem Mund kommen keine Worte.

Wie erklärt man einem Fremden, dass man gerade mit einem anderen Fremden verheiratet wurde, weil dein Dad dich im Grunde genommen als Kind verkauft hatte? Ist das etwas, was man einem Kerl verrät, den man gerade erst kennengelernt hat? Vermutlich nicht.

Tatsächlich ist es wahrscheinlich nichts, was ich irgendjemandem anvertrauen sollte.

Zum einen mag ich nicht, wie ich mich bei diesem Gedanken fühle. Mein Selbstbild hat keinen Platz für die Vorstellung, dass ich nur ein bewegliches Gut bin.

Ich hole tief Luft und stoße sie mit einem Seufzen aus. „Ja. Ich habe gestern geheiratet."

Ich spüre anscheinend, dass der Sturm, der Benjamin Baranov ist, auf uns zubraust, denn mein Blick gleitet zur Glastür einen Augenblick, bevor er sie aufreißt. Er marschiert geradewegs zu uns, wobei er eine mörderische Miene auf seinem hübschen Gesicht zur Schau stellt.

Mein Magen zieht sich zu einem festen Knoten zusammen und Reue über meine Entscheidungen schlängelt sich an meinen Rechtfertigungen vorbei. Nicht, weil ich Angst vor Baron habe – obwohl ich das ein wenig habe – sondern, weil es sich nicht anfühlt, als wäre das hier, wozu auch immer es werden wird, das Ganze wert. Ich wollte mich eigentlich nicht mit diesem Kerl auf einen Drink treffen. Es war ein Mitleidstreffen, weil er einsam wirkte, aber ich habe jetzt nicht die Energie für zusätzliche Kämpfe.

„Oh gut." Meine Stimme klingt flach. Ich wende den Blick beim Sprechen nicht von Baron ab. „Hier kommt mein Ehemann."

KAPITEL ZEHN

Baron

Ich werde den Mistkerl umbringen. Er wird mit dem Wunsch sterben, er hätte meinen Namen nie gekannt. Er wird bluten und weinen und mich anflehen, zu vergessen, dass er sich das nehmen wollte, was mir gehört.

Ich lasse mir all diese Dinge nicht anmerken. Zumindest versuche ich es, aber wahrscheinlich sickert Gewalt aus jeder meiner Poren. Vielleicht wird an der Art und Weise, wie ich durch die Kneipe stolziere, mir einen Stuhl von einem anderen Tisch schnappe und mich einfach zwischen das Arschloch und meine Frau setze, deutlich, dass mein Körper eine tödliche Waffe ist.

Ich setze mich und greife nach dem Körbchen mit Pommes neben Denis, ziehe es zu mir und esse eines der frittierten Kartoffelstäbchen, während ich die beiden erwartungsvoll anschaue.

Ich mache meinen Anspruch geltend und sorge dafür, dass sie beide verstehen – bis in die Tiefen ihres Wesens – dass ich zu diesem Gespräch gehöre. Ich gehöre dorthin, wo meine Frau hingeht. Ich werde ihr zu jedem Termin, Treffen oder

Meeting folgen. Ich werde jede Person überprüfen, mit der sie Kontakt hat. Und ich werde nie, niemals erlauben, dass Brash oder seine Spione sie anfassen.

Ich bemerke, dass Laras Augen gerötet sind, was sich wie ein Schlag in den Magen anfühlt. Sie hat geweint – und das nicht an meiner Schulter.

An der dieses beschissenen Mistkerls?

Eine leichte Eifersucht kriecht in mir hoch und verbindet sich mit den Schuldgefühlen über Laras Schmerz zu einem faulen Brei der Gewalt.

Ich sollte etwas zu ihr sagen. Sie fragen, ob es ihr gut geht. Allerdings geht es ihr nicht gut und ich bin der Verursacher ihrer Schmerzen – zumindest aus ihrer Sicht.

„Denis, das ist Benjamin Baranov, mein Ehemann", stellt uns Lara auf Russisch vor.

Seine Brauen heben sich, als er eine Hand ausstreckt, damit ich sie schütteln kann. „Bist du russisch?"

Ich ignoriere die Hand. „Halb." Ich lasse ihn die Bösartigkeit in meinen Augen sehen.

Er zuckt zusammen und zieht seine Hand zurück.

Eric, der Eigentümer der Kneipe, entdeckt mich und kommt hinter der Theke hervor. Ein- oder zweimal im Jahr organisiere ich eine Party hier im Whisper's End. Es ist gut, immer mal wieder etwas Neues zu tun und örtliche Geschäfte zu unterstützen. Ich kompensiere Eric gut, weshalb er erpicht auf weitere Feiern ist.

„Baron." Er streckt seine Hand aus.

Seine schüttle ich. „Schön, dich zu sehen."

„Danke, dass du vorbeigekommen bist. Was darf ich dir zu trinken bringen?"

„Ich nehme das Ale vom Fass." Ich schaue zu Lara. „Was möchtest du trinken, Liebes?"

Mein Ton ist alles andere als liebevoll, weil der Wunsch nach einem Mord kräftig durch meine Adern strömt.

Lara streicht sich die Haare hinters Ohr und betrachtet Denis' halbvolles Bier. Der *Mudak* hat ihr nicht einmal einen Drink bestellt, als sie angekommen ist. Das ist Grund genug, meinen Daumen in seine Augenhöhle zu rammen.

„Ähm, ich nehme das Gleiche."

„Das ist meine Frau, Lara." Ich deute mit dem Kopf auf Lara. „Lara, das ist Eric. Ihm gehört der Laden."

„Oh! Ich wusste nicht, dass du verheiratet bist. Freut mich, dich kennenzulernen."

Laras Gesicht ist verkniffen und unglücklich, doch sie zwingt sich zu einem Lächeln. „Freut mich auch, dich kennenzulernen."

Ich mache mir nicht die Mühe, Denis vorzustellen, und Eric orientiert sich an mir, ignoriert ihn ebenfalls und geht. Sobald er fort ist, rutscht Lara von ihrem Barhocker. „Ich gehe auf die Damentoilette."

Ich nicke kühl. Sowie sie außer Sichtweite ist, verlagere ich mein Gewicht von meinem Barhocker auf ein Bein, während meine Hand vorschnellt und Denis an den Haaren packt. Ich knalle sein Gesicht auf den Tisch, lasse ihn los und lehne mich auf meinem Hocker zurück, als wäre nichts passiert.

Eric schaut bei dem Geräusch in meine Richtung, aber Denis' Rücken ist ihm zugewandt und mein Gesicht ist eine ruhige Maske.

Blut strömt aus Denis' gebrochener Nase. Er greift nach einer Serviette und hält sie an seine Nase. Dabei fällt er aus seiner Rolle des tollpatschigen Nerds und starrt mich mit lodernden Augen böse an.

„Ich gebe dir eine Wahl." Ich öffne und schließe meine Hand, um die Tattoos auf meinen Fingern zu zeigen, die beweisen, dass ich tödlich bin. „Geh, bevor sie zurückkommt, oder bleib und ich werde dir diesen Laptop über den Kopf ziehen, um herauszufinden, was zuerst bricht."

Er stapelt seine Bücher mit einer Hand und presst die andere mit der Serviette weiterhin auf seine Nase.

„Sprich nie wieder mit meiner Frau."

Er wirft mir noch einen finsteren Blick zu.

Mir kommt der Gedanke, dass ich mir nicht in die Karten hätte blicken lassen sollen. Ich hätte ihn später von Alex und Feliks abholen und die Wahrheit aus ihm herausfoltern lassen sollen. Sie hätten herausfinden können, was Brash weiß. Was seine Pläne sind. Warum er einen Spion hergeschickt hat, um Lara zu beobachten.

Dazu hätte ich jedoch noch einen Augenblick länger still dasitzen und diese Qualle von einem Mann dabei beobachten müssen, wie er neben meiner Frau saß.

„Wenn du oder dein kranker Freund sie jemals anfasst, werde ich *euch beide kaltmachen*."

„Du bist verrückt", schimpft er auf Russisch, drückt seinen Laptop und seine Bücher an seine Brust und eilt aus der Kneipe.

Ich nehme zwei Pommes und stecke sie mir in den Mund.

Als Lara zurückkehrt, bedenkt sie mich mit einem misstrauischen Blick. „Wo ist Denis?"

Ich esse noch ein Kartoffelstäbchen. „Er musste gehen."

Die Blutpfütze auf dem Tisch fällt ihr ins Auge und sie keucht. „Was hast du ihm angetan?"

Ich erwidere ihren Blick unbekümmert. Ich weiß, dass ich die Taktik wechseln muss. Ich werde meine Frau nicht für mich gewinnen, indem ich mich wie ein Arschloch benehme oder ihr Angst mache, aber mein Blut brodelt noch. Das Verlangen, sie mit Gewalt zu beschützen, ist noch zu stark.

Eric kommt mit unseren Bieren und ich werfe eine Serviette auf die Blutpfütze.

„Danke, Mann." Ich ziehe einen Zwanziger aus meiner Tasche, doch er schüttelt den Kopf.

„Das geht aufs Haus. Ich freue mich darauf, dieses Jahr wieder mit dir zusammenzuarbeiten."

„Ich mich auch, Mann." Ich hebe mein Bier, als wolle ich ihm zuprosten. „Danke. Das weiß ich zu schätzen." Ich leer die Hälfte meines Glases in einem Zug und stelle es ab, um Lara zu mustern.

Ihr Gesicht ist blass, doch ihr Unterkiefer ist trotzig vorgeschoben. Sie rührt ihr Bier nicht an.

„Was hast du ihm angetan?", wiederholt sie. Die Worte beginnen wütend, doch dann bricht ihre Stimme bei dem Wort *ihm* und ihre Augen füllen sich mit Tränen.

Blyad'.

Ich wollte sie nicht zum Weinen bringen. Ich stehe auf und strecke meine Hand nach ihr aus. „Komm. Verschwinden wir von hier."

Sie reißt ihre Hand schützend an ihre Brust. „Ich gehe nirgendwo mit dir hin."

Ich schiebe mich wieder auf meinen Barhocker. „Ich gehe nirgendwo ohne dich hin."

Wir starren einander an. Es gibt keinen Willenskampf, den ich nicht gewinnen werde. Ich bin der verdammte *Prinz* der Kontrolle.

Kontrolle ist die einzige Möglichkeit, alles vorauszuahnen, was schiefgehen könnte, und alle zu beschützen, die meinen Schutz brauchen. Nur so komme ich mit den Schuldgefühlen zurecht, dass in meiner Kindheit jemand niedergeschossen wurde, den ich liebte, während derjenige versuchte, mich zu beschützen.

Lara kann das anscheinend von meinem Gesicht ablesen, denn sie schnaubt übertrieben und steht auf. „Na schön. Bring mich nach Hause. Angesichts dessen, dass du mich *besitzt* und all das."

Sie stolziert zur Tür – ein umwerfendes Bündel aus Zorn und Furcht.

Es sollte mir leidtun, dass sie aufgebracht ist. Es *tut* mir leid. Doch der Mann in mir, der die Kontrolle über alles wahren muss, um die Leute am Leben zu halten, die ich liebe, ist zufrieden.

Meine Frau ist dort, wo ich sie brauche.

Sicher, unter meiner Aufsicht.

KAPITEL ELF

Lara

Ich sollte froh sein, dass Baron mir Freiraum gab, als wir nach Hause kamen und ich die Treppe zu unserem Schlafzimmer hinaufstapfte.

Das war ich zuerst auch. Doch dann fühlte ich mich eigenartig verlassen.

Jetzt, einige Stunden später, habe ich ein schlechtes Gewissen, weil ich Denis in eine schlimme Lage gebracht habe. Ich wusste, dass er sich zu mir hingezogen fühlte. Ich wusste auch, dass ich mit einem gefährlichen Mann verheiratet bin. Ich rebellierte, ohne über die Kollateralschäden meines Toxischen-Mädchen-Verhaltens nachzudenken.

Außerdem habe ich Hunger. Ich schätze, ich werde irgendwann nach unten gehen müssen. Ich gehe die Treppe hinab. Phoenix arbeitet an einem Laptop auf dem Sofa. Er sitzt noch auf dem gleichen Platz, auf dem er saß, als ich nach Hause kam.

In der Küche schaufeln sich die zwei gigantischen Kerle, Alexei und Feliks, Ravioli in den Mund.

„Hey", begrüße ich sie. „Ist noch etwas übrig?"

„Ich hole es dir." Feliks springt auf.

Die Hochachtung, die alle Baron und auch mir entgegenbringen, weil wir verheiratet sind, überrascht mich immer wieder aufs Neue. Ich komme nicht dahinter, ob sie es aus Furcht oder Respekt tun. Allerdings wirkt niemand schreckhaft oder nervös. Die Bewohner dieses Hauses fühlen sich hier wohl.

Feliks füllt für mich einen Teller mit Essen und stellt ihn zum Aufwärmen in die Mikrowelle, während ich versuche, zu entscheiden, ob ich erleichtert oder enttäuscht bin, meinen kontrollierend und anscheinend gewalttätigen Ehemann nicht hier unten vorzufinden.

Ist er sauer auf mich? Wir haben auf der Heimfahrt nicht miteinander gesprochen. Ich habe halb mit einem Krieg gerechnet. Einer Art Rache dafür, dass ich ein Date mit einem anderen Mann vereinbart und eingehalten habe. Ich war bereit dafür.

Ich hüllte meine Wut wie eine Decke um mich und hatte vor, sie als Schild gegen das zu benutzen, was er mir entgegenschleudern würde, doch er ließ mich in Ruhe.

Die Mikrowelle piept, woraufhin Feliks den warmen Teller rausholt und mir reicht.

„Hol ihr eine Gabel, du Trottel. Sie weiß nicht, wo hier was ist", rügt Alexei seinen jüngeren Bruder.

Feliks öffnet eine Schublade und nimmt eine Gabel heraus. „Sorry." Er reicht sie mir.

„Danke." Da ich mich nicht zu ihnen setzen will, gehe ich zum Sofa und lasse mich zum Essen auf einen Platz in der Nähe von Phoenix fallen.

Er blickt zu mir. „Hey."

„Hey."

„Bist du okay?"

Ich schaue ihn überrascht von der Frage an. Meint er das ernst?

„Nein. Das bin ich nicht."

Phoenix' Schultern krümmen sich stärker über seinen Laptop, als hätte ihn meine Wut wie ein tätlicher Angriff getroffen.

Ich bereue es sofort, so streitlustig gewesen zu sein. Vielleicht ist er ehrlich besorgt.

„Sorry. Es ist nicht deine Schuld."

„Nein, ich verstehe es. Du bist mit einem Haufen Fremder an einem neuen Ort und hast keine Ahnung, ob du in Sicherheit bist oder nicht. Ich weiß, wie sich das anfühlt."

Ein Teil meiner Mauern beginnt, einzubrechen. „Ja. Das tust du vermutlich."

„Ich registrierte mich auf Thornecroft für einen Platz im Wohnheim der Männer, als ich gerade erst meine Hormontherapie begonnen hatte. Für mich fühlte es sich wie ein neues Kapitel an. Das College mit dem Geschlecht zu beginnen, von dem ich immer wusste, dass es meines war. Doch dann kam ich hier an und es war furchterregend.

Ich hatte diesen tätowierten Alphatypen aus Chicago als Zimmergenossen, der kaum sprach. Gerüchten zufolge gehörte der Kerl zur russischen Mafia. Ich hatte eine Scheißangst."

„Baron war dein Zimmergenosse?"

Phoenix nickt.

Ein Teil von mir, der sich für eine schreckliche Geschichte gewappnet hat, entspannt sich. Baron hat Phoenix nicht verletzt. Andernfalls würde er nicht hier leben.

„Wie sich herausstellte, war es nicht mein Zimmergenosse, wegen dem ich mir Sorgen machen musste."

Ich spanne mich wieder an.

„In der Orientierungswoche fingen mich drei Kerle in der Dusche ab."

„Was?" Ich schiebe meinen Teller auf den Wohnzimmertisch, da ich keinen Hunger mehr habe.

„Sie packten mich und drückten mich auf den Boden. Ich glaube, sie wollten mich vergewaltigen."

„Oh mein Gott."

Phoenix schüttelt den Kopf. „Sie waren nicht erfolgreich. Baron erschien wie aus dem Nichts mit der Plastiktüte aus dem Abfalleimer und stülpte sie einem der Kerle über den Kopf."

Meine Lippen teilen sich schockiert.

„Er zog die Tüte fest über das Gesicht des Kerls, sodass er nicht atmen konnte. Etwas an der ruhigen Art, mit der er mit dem Typen rang, sprach dafür, dass er schon einmal getötet hatte und es mit Freuden wieder tun würde."

Ich habe getötet. Und ich würde wieder töten – für dich.

Mein Herz hämmert gegen meinen Brustkorb. „Hat er es getan?"

Ich bin mir nicht sicher, ob ich die Antwort hören will. Es ist, als würde ich einen Horrorfilm anschauen, bei dem man sich verstecken und zugleich zwischen den Fingern hindurch-spähen möchte.

„Der Kerl war am Ersticken und bevor sich die anderen zwei auf Baron stürzen konnten, um ihn von ihrem Freund zu ziehen, denn das hätten sie tun können – ich meine, es waren drei gegen einen – befahl er ihnen, auf ihre Knie zu sinken, sonst würde er ihren Kumpel töten. Und sie hatten eine Scheißangst, weil er aussah, als würde er professionell Leute ermorden und es genießen. Also taten sie es – sie knieten sich hin."

„Was ist dann passiert?"

„Baron erstickte weiterhin ihren Freund mit der Plastik-tüte, bis er fast ohnmächtig wurde, und dann ließ er ihn gehen. Der Kerl brach keuchend auf dem Boden zusammen. Baron war immer noch total cool. Nicht wütend. Nicht so, als hätte er fast jemanden getötet. Er hob nicht einmal die Stimme, als er den dreien ruhig mitteilte, dass er sie an ihre

Betten fesseln und bei lebendigem Leib verbrennen würde, wenn sie mich in Zukunft auch nur ansahen."

Ich stoße zittrig die Luft aus, die ich unbewusst angehalten hatte.

„Und dann warf er mir ein Handtuch zu und half mir auf. Er fragte mich, ob ich verletzt war oder Anzeige erstatten wollte. Ich stehe nicht auf Männer, doch wenn ich es tun würde, hätte ich mich in dem Moment in Baron verliebt.

Ich meine, ich schätze, das habe ich trotzdem getan – wenn eine Bromance zählt.

Danach sprach sich herum, dass ich unter Barons Schutz stehe und seitdem hat sich niemand mehr mit mir angelegt."

Meine Lippen zittern und meine Augen brennen um Phoenix willen. „Es tut mir leid, dass dir das passiert ist."

Ich bemerke den Schmerz in seinen Augen, bevor er den Blick senkt. „Ja, es war beschissen. Aber es hat das hier erschaffen", Phoenix schwenkt seine Hand durch den Raum, um auf das Haus hinzudeuten, „weshalb ich mich schlecht beklagen kann."

Ich lege den Kopf schief. „Was meinst du?"

„Baron beschloss, dass er sein eigenes Thornecroft Gesellschaftshaus brauchte, damit er die Leute, denen er seinen Schutz bot, tatsächlich beschützen konnte. Deswegen ersann er den Plan, dieses Anwesen zu kaufen und der Universität im Namen seines Vaters zu spenden."

Ich starre Phoenix an. „Baron hat dieses Haus gekauft?" Ich hatte angenommen, dass sein Dad es ihm gekauft hatte.

Phoenix nickt. „Nun, er hat etwas mit seinem Dad ausgearbeitet, damit er ihm das Geld vorschießt, doch er überweist ihm jeden Monat eine Summe. Er hat auch Möglichkeiten gefunden, Einkommen zu erwirtschaften, um den Großteil der Kost und Logis der Einwohner abzudecken. Und eine Vollzeitköchin und Haushälterin anzustellen. Er ist ein Genie."

Ich starre mein halb gegessenes Abendessen an und lasse das alles sacken. „Ein gefährliches Genie."

Phoenix nickt. „Das mit Sicherheit." Er betrachtet mich. „Hast du Angst vor ihm?"

„Er hat heute etwas getan", sage ich und führe es nicht näher aus.

„Ja, ich sah, dass du wütend aussahst, als ihr nach Hause kamt."

Phoenix ist zu respektvoll, um nachzubohren, was ich zu schätzen weiß. Doch er hat mir gerade eine Geschichte erzählt und sich verletzlich gemacht. Es fühlt sich an, als könnte ich ihm vertrauen.

„Ich habe mich mit diesem russischen Typen getroffen, der sagte, er hätte Heimweh. Es war kein Date – er ist nur ein schräger Vogel. Ich hätte Baron nicht betrogen oder so etwas."

Phoenix verzieht das Gesicht.

„Was?"

„Ich habe bereits eine Ahnung, in welche Richtung das geht."

Ich werfe die Hände in die Luft und ein Teil meines Zorns kehrt zurück. „Ja, also Baron taucht auf – ich weiß nicht einmal, woher er wusste, wo er mich finden konnte – und setzt sich einfach zu uns und beginnt, Denis' Essen zu essen."

Phoenix' Lippen zucken.

„Dann stehe ich auf, um zur Toilette zu gehen, und als ich zurückkomme, ist Denis fort und auf dem Tisch ist eine Blutpfütze vor dem Platz, an dem er saß."

Phoenix verzieht erneut das Gesicht.

„Blut!" Meine Stimme wird lauter und ich werfe die Hände in die Luft. „Ich weiß nicht einmal, was Baron ihm angetan hat."

„Nun, meiner Erfahrung nach hat es jeder verdient, den Baron verletzt."

„*Nyet*. Dieser Kerl hat es *nicht* verdient! Er ist nur ein neuer Student wie ich, der an seinem ersten Tag auf der Uni zufällig die Frau eines Bratwa Prinzen zu einem Drink eingeladen hat."

Phoenix reibt mit einer Hand über seine Gesichtsbehaarung. „Die Sache, die du über Baron wissen musst, ist, dass er ultra-beschützend ist, wenn es um die Leute geht, die ihm wichtig sind oder für die er sich verantwortlich fühlt. Und er glaubt, dass er alles in seinem Umfeld kontrollieren muss, um alle beschützen zu können.

Ich bin mir sicher, eine Frau zu haben, die er beschützen muss, ist noch mal eine Spur schärfer für ihn. Und ich hatte Angst, er würde dieses Jahr seine kleine Schwester in den Wahnsinn treiben."

„Ich brauchte seinen Schutz nicht! Ich *brauche* seinen Schutz nicht."

„Ja, nun, vielleicht gib ihm in Zukunft Bescheid, bevor du dich mit jemandem triffst, damit er nicht an die Decke geht."

Ich mache ein finsteres Gesicht und Phoenix hebt abwehrend die Hände. „Ich will mich nicht einmischen oder Ratschläge erteilen. Ich bin hier, wann immer du reden möchtest. Ich kann dir meine Perspektive anbieten oder du kannst mir sagen, dass ich die Klappe halten soll. Dann werde ich kein Wort sagen und bloß zuhören."

Die Abwehr, die in mir aufgestiegen ist, verpufft. Phoenix scheint wirklich ein guter Kerl zu sein. „Danke schön."

Eine Tür öffnet sich und Benjamin erscheint. Es ist eine Tür, von der ich dachte, sie würde zu einem Schrank führen, doch jetzt sehe ich kurz eine innere Tür, die den Eingang zu Treppen bewacht, die nach unten führen. Eine geheime Treppe!

War er im Dungeon?

Mit diesem Mädchen?

Doch außer ihm kommt niemand heraus.

Sein Blick huscht über das Sofa, aber er nimmt keinen von uns zur Kenntnis, sondern geht nur die Treppe hinauf.

Seine Schritte sind schwer. Sein Gesicht wirkt angespannt. Kurz sehe ich keinen Angreifer – ich sehe einen jungen Mann, auf dessen Schultern viel zu viel Gewicht lastet.

KAPITEL ZWÖLF

Baron

Ich gehe zum Schlafzimmer hinauf, nachdem ich im Dungeon gelernt habe. Dort unten ist es schalldicht und ich brauchte einen Ort, wo ich mich konzentrieren konnte.

Ich musste fort von meinen Gedanken, die sich in einer Endlosschleife damit beschäftigten, was im Whisper's End passiert war. Ich rang abwechselnd mit Wut und Schuldgefühlen.

Leo hatte mich vorgewarnt, dass Denis, die verdammte Nervensäge, Lara gebeten hatte, sich mit ihm zu treffen. Da ich einen Tracker in ihrem Handy, ihrer Handtasche und jedem Paar ihrer Schuhe hatte anbringen lassen, war es einfach, sie zu finden.

Dennoch will ich diesen kleinen *Mudak* umbringen, weil er dieselbe Luft atmete wie meine Frau. Ich hoffe, dass er nur hier ist, um herauszufinden, ob unsere Ehe echt ist. Doch der Teil von mir, der jedes Katastrophenszenario durchgehen und durchplanen muss, sieht vorher, dass Brash Lara entführt und ihr Leben gegen Adrians vollständige zukünftige Kooperation mit den Rostovs eintauscht.

Das kann ich nicht zulassen.

Hinzu kommt, dass ich dafür sorgen muss, dass alle Eventualitäten hinsichtlich der Party am Freitag abgedeckt sind. Das Titan Haus will uns dieses Jahr in die Parade fahren, was bedeutet, dass sie die Polizei oder die Feuerwehr oder den Kanzler anrufen und sich über Lärm beschweren werden oder über Überbelegung oder was immer ihnen einfällt, um unsere Party frühzeitig zu beenden.

Im Schlafzimmer bleibe ich stehen und starre Laras geöffneten Koffer an, den sie noch immer nicht ausgepackt hat. Ich habe eine Kommode für sie bestellt, die morgen geliefert werden soll. Irgendwie bezweifle ich, dass sich das Zimmer dadurch mehr anfühlen wird, als gehöre es ihr.

Sie fühlt sich nicht wohl.

Es war wahrscheinlich falsch von mir, darauf zu bestehen, dass sie mein Bett mit mir teilt.

Ich kann mich allerdings nicht dazu überwinden, eine andere Lösung zu finden.

Letzte Nacht kostete ich von ihr. Sie kam, während sie meine Finger ritt. Ich wäre auch gekommen, wenn ich es nicht vermasselt hätte.

Die Tür öffnet sich und Lara kommt herein. Sie ignoriert mich nicht, wie sie es heute Morgen getan hat. Sie steht einfach nur da und mustert mich. Ihre Haltung hat etwas Unsicheres an sich, was den Dom in mir aktiviert.

„Komm her." Ich öffne meine Arme.

Ich vermute, dass die Wahrscheinlichkeit, dass sie meine Einladung annimmt, bei unter zwanzig Prozent liegt, doch zu meinem Schock tritt sie vor.

Ich komme ihr auf halbem Weg entgegen, lege meine Arme um sie und senke mein Gesicht in ihre Haare. Es riecht nach ihrem Buttertoffee-Shampoo. Mein Schwanz wird hart, weil ich mich daran erinnere, dass ich derjenige war, der ihre Haare damit gewaschen hat.

„Lass mich dich küssen", murmle ich. Ich weiß, wir sollten reden, doch ich weiß nicht, was ich sagen soll. Ich kann nicht erklären, warum sie sich von Denis fernhalten muss, und ich werde mich nicht dafür entschuldigen, dass ich getan habe, was ich tun musste.

Das Einzige, was ich weiß, ist, wie ich sie berühren muss. Darin bin ich gut. Nach letzter Nacht ist es das, wofür ich lebe und atme.

Ich feiere mein Glück, als sie ihr Gesicht hebt. Ich umfasse ihre Wange mit einer Hand und senke meine Lippen auf ihre, während sich mein anderer Arm fest um ihren Rücken legt. Der erste Kuss ist sanft. Erforschend. Meine Lippen bewegen sich leicht über ihre.

Ich spüre die Kapitulation in ihr. Ich vermute, dass sie es satthat, mit mir zu streiten. Vermutlich hat sie auch ein wenig Angst. Sie will beruhigt werden und wendet sich dafür an *mich*, obwohl ich der Feind bin. Es ist ein klassisches Stockholm-Syndrom, doch ich werde nutzen, was ich kriegen kann.

Ich vertiefe den Kuss, bewege meinen Mund auf ihrem und öffne ihre Lippen mit meiner Zunge. Sie trägt heute wieder einen Rock – dieser ist aus einem weichen Baumwollstoff gemacht, der sich an ihre Hüften schmiegt. Ich lasse meine Hand um die Kurve ihres Hinterns gleiten und drücke zu.

Sie schmiegt sich an mich, ein Molekül nach dem anderen. Ihre Hände streicheln meine Brust und gleiten zu meinen Schultern.

Ich ziehe den Saum ihres Rocks über ihren Schenkel, bis ich Haut berühre. Dann lasse ich meine Hand darunter gleiten, um ihren Hintern zu umfassen. Sie trägt ein Höschen, das in ihrer Pospalte steckt und die gesamte Pobacke freilässt, sodass ich sie streicheln kann. Ich knete diese, während meine Zunge ihren Mund erkundet. Als mein Mittelfinger das dünne Stoffband nachfährt, das zwischen ihren Pobacken verschwindet, stöhnt sie.

Ich vergesse, langsam vorzugehen.

Ich hebe sie hoch, lege ihre Beine um meine Taille und trage sie die wenigen Schritte zum Bett, auf das ich sie fallen lasse. „Du warst heute eine verdammt ungezogene Ehefrau, *Malyshka*." Ich greife mit einer Hand in meinen Rücken und reiße mir mein Shirt über den Kopf.

Ich sollte die Dominanz vermutlich ein wenig runterfahren angesichts dessen, dass diese Art von Gerede gestern Nacht dafür sorgte, dass sie komplett dichtmachte, doch der Schalter wurde umgelegt. Der sanfte Modus ist aus. Der dunkle Modus ist aktiviert.

Und ich weiß, wie gut ihr Körper darauf reagiert.

Sie schaut mich mit ihren großen blauen Augen an und ich will über sie herfallen. Ich greife unter ihren Rock und reiße ihr Höschen mit einem Ruck von ihr.

„Spreiz deine Beine für mich, Lara. Ich werde deine Pussy lecken." Ich warte nicht darauf, dass sie gehorcht. Ich schiebe ihre Knie weit auseinander und zwinge sie, nach hinten auf ihre Unterarme zu fallen.

Ihre Schamhaare wurden gestutzt und sie hat ein ordentliches kleines Dreieck seidiger schwarzer Haare. Ich reibe mit dem Daumen darüber, während ich in sie lecke. Sie keucht und zuckt bei der feuchten Berührung.

Ich stimuliere sie gut, gleite mit der Zunge über ihre gesamte Spalte, rein und raus – sauge, knabbere und koste von ihr. Als ich meinen Daumen zwischen ihre Pobacken schiebe und auf ihrem Anus drehe, spannt sie ihren Hintern an und hebt ihr Becken vom Bett.

Ich hebe den Kopf, doch mein Daumen bleibt an Ort und Stelle. Es ist eine sanfte Drohung.

„Ist es dir erlaubt, andere Männer zu daten, Lara?"

Ihre Pussy verkrampft sich, als würde meine strenge

Dom-Stimme sie zum Kommen bringen. Sie schaut mich an und eine Mischung aus Lust und Furcht wirbelt in den Tiefen ihrer Augen, die von dunklen Wimpern umrahmt werden.

Ich lasse meinen Daumen in ihre Pussy gleiten, pumpe ihn rein und raus und verschaffe ihr ein wenig Wonne.

Ihr Kopf rollt zur Seite und sie stöhnt.

„Hmm?"

Als sie nicht antwortet, entferne ich meine Daumen und rolle sie auf ihren Bauch. „Die korrekte Antwort lautet *Nein, Lyubimaya*." Ich fixiere sie mit einer Hand in der Mitte ihres Rückens und verpasse ihr drei harte Hiebe.

Sie kreischt und tritt mit den Beinen aus. Sie sieht verdammt umwerfend aus mit dem nach oben geschobenen Rock und ihrem nackten Hintern. Das Bild erinnert an ein katholisches Schulmädchen und mein Schwanz wird steinhart.

Ich packe eine Handvoll ihres Pos, drücke zu und mache ein knurrendes Geräusch in meiner Kehle. „Du hast den besten Hintern, *Printsessa*."

Ich schiebe meine Finger zwischen ihre Beine und finde sie klatschnass vor. Meiner Erfahrung nach macht ein Mädchen nichts feuchter als ein gutes Spanking. Ich verpasse ihr noch zwei weitere Schläge, dieses Mal auf die Rückseite ihrer Schenkel, unterhalb ihres Pos, wo sie weniger gepolstert ist.

„*Au!*", protestiert sie.

„Lass uns das noch einmal versuchen." Ich massiere sie mit zwei Fingern langsam zwischen ihren Beinen und belohne sie, obwohl ich mich bereits auf eine weitere Strafe vorbereite. Mein Daumen passt zwischen ihre Pobacken und ruht auf ihrem Anus. Sie windet sich unter mir und stößt ein leises Stöhnen aus.

Ich schlage mehrere Male in schneller Folge auf ihren Po. Erst treffe ich ihre rechte Backe, dann die linke, dann beide in der Mitte direkt über ihrer prächtigen Pussy. Ich wiederhole das Muster zweimal und höre schließlich auf, indem ich meine Hand auf ihrem Hintern liegen lasse und ihn besitzergreifend packe.

„Ist es dir *erlaubt*, andere Männer zu daten?"

Sie greift nach hinten und verdeckt ihren Po. „Es war kein Date!"

Mein Griff um ihren Hintern wird sanfter und ich beuge mich vor, um ihr Shirt hochzuschieben und Küsse auf ihrem Rückgrat zu verteilen. „Das ist gut", informiere ich sie zwischen Küssen. „Denn ich will dich nicht zum Dungeon bringen müssen."

Sie versteift sich, wahrscheinlich weil sie glaubt, dass dort schreckliche Dinge stattfinden.

„Roll dich herum und zeig mir wieder deine Pussy", befehle ich.

Sie gehorcht rasch und mein Herz schlingert ein wenig beim Anblick ihres geröteten Gesichts, das teilweise von ihren zerzausten Haaren verdeckt wird.

Ich habe das getan. Ich habe ihr dieses frisch gefickte Aussehen verpasst, dabei fange ich gerade erst an.

Ich widme mich wieder ihrer Pussy und sauge kräftiger daran. Ich finde ihren Kitzler und wirble mit der Zunge um diesen.

Lara wölbt ihre Brüste der Decke entgegen, ihr Kopf kippt nach hinten und ihr Mund öffnet sich.

„Ich werde dich heute Nacht ficken, *Malysh*." Ich erhebe mich auf die Knie und knöpfe meine Hose auf. „Und du wirst ein braves Mädchen sein und es hinnehmen." Ich befreie meine pochende Erektion. „Denn ich muss dir zeigen, zu wem du gehörst."

Ich bemerke kaum, dass ich die Worte gesagt habe, die sie gestern Nacht verärgerten. Ich spreche meine Wahrheit und sie muss das hören.

Sie *gehört* zu mir. Sie ist meine Frau. Ich habe ihr meinen Namen und meinen Schutz gegeben und jetzt ist sie die Meine.

Ich nehme mir einen Moment, um meine Hose und Boxershorts auszuziehen, und befreie Lara anschließend von ihren restlichen Kleidern.

„So ist's richtig", lobe ich sie, als ich ihr den BH ausziehe und sie splitterfasernackt ist. „So werde ich dich jede gottverdammte Nacht brauchen." Ich knie mich zwischen ihre Beine und schiebe sie auseinander, um mir Zugang zu verschaffen. „Nackt und unter mir, *Printsessa*." Ich reibe mit meiner Schwanzspitze über ihre Spalte. „Du wirst meinen Namen jedes Mal schreien, wenn du kommst."

Ich ramme mich mit einem einzigen Stoß in sie, woraufhin sie keucht und ihre Fingernägel in meine Unterarme bohrt. „Bist du dem Höhepunkt nah, Lara?" Ich weiche zurück und dringe wieder in sie.

„Oh ... *au*."

Ich bin zu grob. „Sorry, *Malyshka*." Ich höre auf, mich zu bewegen, und gebe ihr einen Moment, um sich an meine Größe zu gewöhnen.

Sie keucht unter mir. Ihr Blick gleitet zur Seite.

Ich packe ihren Kiefer und drehe ihr Gesicht zu mir. „Bist du okay?"

Ich sehe einen Hauch von Erleichterung auf ihrem Gesicht wegen der Verbindung. Wegen der Tatsache, dass ich aufgehört habe, meine dominanten Spielchen zu spielen, und sie dort abgeholt habe, wo sie war. Sie nickt.

Ich gleite wieder ein Stückchen vor und dringe langsam in sie, wobei ich ihr Gesicht nach Anzeichen von Schmerz absuche. Ich sehe keine. „Bereit für mehr?"

Sie nickt wieder.

Ich senke den Kopf, um mit der Zunge gegen ihren

Nippel zu schnalzen, bevor ich ihn vollständig in den Mund nehme und kräftig sauge.

Sie verkrampft sich um meinen Schwanz herum und ich verliere beinahe die Kontrolle.

Ich stütze mein Gewicht mit einer Hand, die ich neben ihrem Kopf positioniert habe, und ficke sie langsam, wobei ich die ganze Zeit ihr Gesicht beobachte.

Als sie die Augen schließt, sage ich: „Augen auf mich, Prinzessin. Ich muss sehen, was du fühlst."

———

Lara

„Ich bin okay." Ich hebe meine Hüften, um Baron tiefer aufzunehmen. Meine Stimme klingt atemlos. Ich zwinge mich, seinem Blick zu begegnen, obwohl das verrückte Dinge mit meiner Brust anstellt. Mit meinem Herzen. „Es ist gut."

Es ist verrückt, dass ich ihn beruhige, nachdem er mich einfach umgedreht und mir den Hintern versohlt hat, weil ich ihn angeblich betrogen habe, doch er achtet genau auf mich.

Er sah, dass ich zusammenzuckte, als er das erste Mal in mich drang, und entschuldigte sich. Daher weiß ich, dass er mir nicht wirklich wehtun wird, auch wenn er momentan in der Rolle des Bestrafers agiert.

Das ist der Moment, in dem ich beschließe, dass ich es will. Was immer er mir heute Nacht zu geben hat – ich will alles.

Ich war zuvor schon einverstanden, ein Teil von mir hielt sich allerdings noch zurück. Ich war verängstigt, defensiv und nach wie vor sauer auf ihn wegen dem, was immer er Denis angetan hat.

Doch jetzt fühle ich mich sicher, so verrückt das auch ist.

Vielleicht liegt es daran, dass ich von Phoenix' Vertrauen in ihn gehört habe. Vielleicht liegt es an seiner Entschuldigung. Ich weiß nur, dass mein Körper im Empfangsmodus ist und ich alles will, was Baron mir zu geben hat.

„Bitte."

Triumph biegt Barons Lippen nach oben. Er mag es, wenn ich bettle.

Natürlich tut er das.

„Du willst mehr, *Malyshka*?"

„Ja. Gib mir mehr."

Er bewegt sich schneller und seine Muskeln spielen in einer prächtigen Zurschaustellung von Männlichkeit wie bei einem hübschen Hengst, der über die Wiese trabt. „Ich sollte heute Nacht deinen Hintern ficken nach dem, was du getan hast. Aber du bist noch nicht bereit dafür, oder?"

Ich schüttle den Kopf, kann jedoch spüren, dass sich ein Orgasmus anbahnt, der von seiner Drohung ausgelöst wurde. Meine Innenschenkel zittern und die Spirale des Verlangens zieht sich fester zusammen.

„Aber ich werde dich hart ficken." Um das zu beweisen, beschleunigt er sein Tempo noch mehr. Der Hengst galoppiert.

Es fühlt sich perfekt an – sein Rhythmus passt zu meinem Verlangen und sein Schwanz trifft jedes Nervenende meiner Vagina.

„Meine Eier waren den ganzen Tag blau, weil ich mich daran erinnerte, wie verdammt *umwerfend* du gestern Nacht in der Dusche ausgesehen hast."

Mein Stöhnen nimmt eine höhere Tonlage an. Ich fühle mich hübsch. Begehrenswert. Sogar verehrt.

Seine Aufmerksamkeit berauscht mich. Sein Schwanz *zerstört* mich. Ich spüre ihn so tief, dass er mich bestimmt in zwei Hälften spalten wird.

„Nimm es hin, *Malysh*. Nimm es hin wie ein braves Mädchen", befiehlt er.

Er weiß, dass es herausfordernd für mich wird. Das Tempo, die Intensität seiner Stöße.

„Bitte", flehe ich.

„Du kommst erst, wenn ich komme." Seine Stimme ist streng. Bedrohlich.

Es sorgt dafür, dass in meinem Bauch aufgeregte Flügel flattern.

„Bitte", wiederhole ich.

Mein Flehen scheint Baron zu erledigen. Ein Muskel zuckt an seiner Wange. Er rammt sich härter und härter in mich und treibt mich mit der Kraft seiner Stöße nach oben.

„Fuck", flucht er. Und dann entlässt er einen Strom aus Lob und Dirty Talk. Als könne er die Worte jetzt nicht mehr zurückhalten, da er dem Höhepunkt nah ist. „Fuck, du bist wunderschön. Du fühlst dich so gut an. So eng und feucht und perfekt. Wirst du mein braves Mädchen sein, Lara?"

„Bitte", ist das einzige Wort, das aus meinem Mund kommt.

Baron brüllt und rammt sich tief in mich. „Komm, Baby. Komm jetzt für mich." Er leckt über seine Daumenkuppe, führt sie zwischen unsere Körper und massiert meinen Kitzler.

Ich explodiere wie ein Geysir. Meine Muskeln zucken um seinen dicken Schwanz herum und melken auch den letzten Tropfen Sperma aus ihm. Ich schreie, während meine Muskeln noch immer krampfen. Mein Becken hebt sich. Meine Füße stampfen in die Bettdecke. Meine Innenschenkel beben und zittern.

„Das ist es, Baby." Baron zieht sich aus mir zurück, als das letzte Beben verebbt. „Du bist so perfekt."

Er schlägt die Decken für uns zurück und lässt sich hinter mir nieder, schlingt einen starken Arm um meine Taille und zieht mich fest an sich. Er ist der große Löffel zu meinem kleinen. Er küsst mich auf den Kopf.

„Du bist perfekt", raunt er erneut an meinen Haaren.

Meine Augen schließen sich. In meinem ganzen Leben habe ich mich noch nie so befriedigt gefühlt. Und das bei dem Mann, den ich zu hassen geschworen habe.

Vielleicht hatte meine Mom recht. Vielleicht kann eine gute Chemie wirklich einen Berg aus Konflikten bewältigen.

Die intime Verbindung, die durch atemberaubenden Sex geschmiedet wird, wird zu einem Band. Wir haben noch keine einzige Differenz beigelegt und dennoch fühle ich mich sicher. Gehalten. Sogar geliebt.

Aber diese Gedanken sind vermutlich nur dem Einfluss der Endorphine geschuldet.

KAPITEL DREIZEHN

Lara

Als ich aufwache, ist Baron fort. Ich erinnere mich daran, dass er in der Nacht aus dem Schlaf schreckte, wie er es ab und zu tut. Ich streckte die Hand aus und berührte seine Brust, woraufhin er eine Entschuldigung murmelte. „Die Albträume setzen mir manchmal zu."

Das beschädigte das Bild des privilegierten Bratwa Prinzen, das ich ihm zugewiesen hatte. Etwas hat ihm ein Trauma beschert. Es ist vermutlich das gleiche Erlebnis, wegen dem seine Augen manchmal gequält wirken.

Ich setze mich auf, als mein Wecker neben dem Bett klingelt. Baron ist anscheinend irgendwann in der Nacht aufgestanden und hat mein Handy ans Ladekabel gesteckt.

Er hat auch einen Kaffee in einem dieser Thermobecher neben das Bett gestellt, die stundenlang warm oder kalt bleiben. Ich trinke einen Schluck und die cremige Flüssigkeit durchströmt mich wie eine Droge. Sie ist noch heiß. Die Milch schmeckt frisch aufgeschäumt.

Ich stöhne vor Genuss.

Ich erinnere mich an Momente aus der Nacht mit Baron.

Seine kräftigen Arme um mich. Unsere Beine, die miteinander verschränkt waren. Mein Kopf auf seiner Schulter.

Es ist, als bräuchte mein Körper den engen Kontakt – als
würde er sich danach sehnen – um die Verkorkstheit dieser
Situation auszugleichen. Ich saugte Trost durch meine Haut
auf und senkte anscheinend meinen Cortisolspiegel, denn ich
schlief wie eine Tote.

Ich schwinge die Beine aus dem Bett und gehe zum Bad.
Ich schätze, man könnte sagen, dass unsere Ehe vollzogen
wurde. Ich bin definitiv wund zwischen meinen Beinen und
sogar im Inneren – es ist, als hätte meine Cervix Prügel
bezogen.

Aber es *war* unglaublich.

Ich drehe mich um und schaue in den Spiegel, um nachzu-
schauen, ob er Handabdrücke auf meinem Po hinterlassen
hat. Nein, sie sind alle verblasst. Ich stelle fest, dass ich eigenartig enttäuscht bin, als wollte ich den Beweis für das sehen,
was er mit mir gemacht hat. Mein Bauch flattert, als ich mich
an die Dinge erinnere, die er gesagt hat.

Ich will dich nicht zum Dungeon bringen müssen.

*So werde ich dich jede gottverdammte Nacht brauchen – nackt
und unter mir.*

Ich will den Dungeon sehen. Will wissen, was dort unten
vor sich geht. Ich will alles erleben, was jede andere Frau in
Barons Händen gespürt hat.

Ein Gefühl der Besitzgier packt mich wie Finger, die sich
um mein Herz schließen. Benjamin Baranov ist *mein*
Ehemann. Er wird seine Aufmerksamkeit keiner anderen Frau
schenken.

Ich schätze, er empfindet genauso in Bezug auf mich. Ich
forderte quasi Unannehmlichkeiten heraus, indem ich mich
gestern mit Denis traf, ohne es ihm zu erzählen. Ich redete
mir ein, dass ich ihm nur bewies, dass man mich nicht wie
einen Vogel einsperren kann. Dass ich ihn zwar geheiratet

habe, jedoch nicht sein Besitz bin. Doch ich wusste definitiv, dass ich ihn provozierte. Und als ich die Konsequenzen erhielt, die ich erwartet hatte, fühlte ich mich schuldig, weil ich Denis in meine schlecht durchdachten Spielchen hineingezogen hatte, und ließ das wieder an Baron aus.

Jetzt weiß ich mit Sicherheit, dass er einen Kodex befolgt. Er wird mir nicht wehtun, nicht einmal, wenn ich mich aufführe. Das Spanking gestern Abend brannte, der Unterton der Szene war jedoch sexuelle Dominanz und nicht Folter. Nicht Furcht.

Phoenix' Geschichte über Baron beweist ebenfalls, dass er anhand eines Kodex agiert.

Es ist eine große Erleichterung und ein wenig antörnend, zu wissen, dass mein Ehemann gefährlich– sogar tödlich – ist, aber nicht für mich.

Mein Handy klingelt. Ich werfe einen Blick auf das Display und seufze. Es ist schon wieder Brash. Ich schätze, ich sollte den Anruf annehmen, sonst ruft er immer wieder an.

Ich nehme den Anruf an. „Brash, du rufst ständig an", sage ich auf Russisch.

„Natürlich rufe ich ständig an!" Seine Stimme explodiert sorgenvoll durch das Handy. „Es klingt, als wärst du in Schwierigkeiten, Lara. Sag mir, was los ist. Ich kann helfen."

Mein Puls beschleunigt sich. Es ist möglich, dass er helfen könnte. Er ist extrem reich. Ich weiß, dass sein Vater zur russischen Oligarchie gehört. Das bedeutet, dass er Reichtum und Macht besitzt. Sie könnten dabei helfen, meine Familie und mich vor Ravil Baranov zu schützen.

Doch will ich seine Hilfe?

Und warum sollte er mir seine Hilfe anbieten? Was würde er im Gegenzug von mir verlangen?

Nachdem ich Phoenix' Geschichte über Baron gehört habe, sehe ich Brash irgendwie nicht als den heldenhaften

Retter der Schwachen. Brash kommt mir wie die Sorte Mensch vor, die nur auf ihre eigenen Vorteile bedacht ist. Sein Interesse an mir fühlte sich immer unaufrichtig an, weshalb ich unsere Dates nie besonders ernst nahm. Deswegen erinnerte ich mich nicht einmal daran, das Date abzusagen, als ich Paris verließ.

Er sagte und tat all die richtigen Dinge und war ein echter Gentleman, doch es fühlte sich wie ein Schauspiel an. Fast so, als sei er schwul und würde mich nur umwerben, damit ich seine Alibi-Freundin bin. Es gab keinen echten Funken.

„Ich stecke nicht in Schwierigkeiten", höre ich mich sagen. Ich schätze, ich habe meine Entscheidung getroffen. Ich werde Brash Rostov nicht bitten, mich zu retten. Ich werde diesen Scheiß selbst regeln.

„Es klingt allerdings anders. Du hast gesagt, dass du plötzlich heiraten musstest? Was ist passiert?"

Ich schließe die Augen und atme ruhig durch meine Nase aus.

Was soll ich sagen? Sage ich ihm die Wahrheit oder vergraule ich ihn?

Ich entscheide mich für eine verhaltene Version der Wahrheit. „Ich bin mit einem Fremden verlobt, seit ich klein war. Es war eine Familienvereinbarung. Unsere Eltern beschlossen, dass es an der Zeit war, den Vertrag in die Tat umzusetzen."

Überraschenderweise braucht Brash keinerlei Zeit, um das zu verarbeiten. „Wie bei einer arrangierten Ehe? Das ist verrückt. Wir leben im einundzwanzigsten Jahrhundert. Du musst das nicht durchziehen, Lara."

Erneut bin ich überrascht, dass es ihm so wichtig ist.

„Es ist zu spät. Ich habe es durchgezogen. Ich bin jetzt eine verheiratete Frau."

„Du musst nicht verheiratet bleiben. Kein Gericht erzwingt den Teil *bis das der Tod euch scheidet*."

Die Vorstellung, mich von Baron scheiden zu lassen und in ein Flugzeug nach Paris zu steigen, übt einen großen Reiz auf mich aus. Ich führte dort mein bestes Leben. Ich hatte noch ein Jahr vor mir, dann hätte ich meinen Abschluss gemacht. Ich hatte gerade erst ein Praktikum ergattert, das mir die Erfahrungen geboten hätte, die ich brauchte, um nach dem Abschluss einen Job als Dolmetscherin zu erhalten.

Allerdings ... würde ich Baron aufgeben. Der Kerl, den ich für einen Bully hielt, der jedoch vielleicht eher ein Kerl ist, der andere vor Bullys beschützt. Doch wie passt das zu der gnadenlosen Bratwa Familie, die unsere sofortige Heirat verlangte? Vielleicht ist sein Dad ein Bully und Baron ist entschlossen, mich vor ihm zu beschützen.

Wenn ich mich von Baron scheiden und mir von Brash helfen lassen würde, wäre ich sicherer. Ob meine Familie sicher wäre oder nicht, ist unklar. Und ich würde die Art von Sex aufgeben, wie ich ihn gestern Nacht hatte.

Bei dem Gedanken daran, Sex mit Brash zu haben, fühlt es sich an, als würde aus einem Ballon tief in meiner Seele sämtliche Luft entweichen.

Nein, danke. Nach Baron ...

Es ist schwer, sich vorzustellen, dass irgendjemand mit ihm mithalten könnte.

Doch werde ich meine womöglich einzige Chance aufgeben, aus diesem lebenslangen Gefängnis rauszukommen, nur um guten Sex zu haben?

„Danke für dein Hilfsangebot. Ich weiß deine Sorge zu schätzen. Aber ich muss nicht gerettet werden."

„Du hast gezögert, bevor du geantwortet hast. Hast du Angst, Lara?"

Mir ist plötzlich schwindlig. Das Badezimmer dreht sich um mich herum. Habe ich Angst? Ich hatte Angst. Mein Dad wirkte verängstigt – was mir furchtbare Angst machte.

Ja, ich habe Angst. Aber in meinem Herzen beginnt auch

ein Samen Hoffnung zu keimen. Irgendein törichter Teil von mir will glauben, dass ich hier in den Armen eines Monsters Liebe finden könnte. Mein Interesse ist so sehr geweckt, dass ich nicht wegrennen will. Nicht mehr.

Vielleicht werde ich meine Meinung ändern. Vielleicht werde ich von all den schrecklichen Dingen erfahren, die Ravil Baranov und sein Sohn getan haben, und mir wünschen, ich könnte so weit und schnell wie möglich davonlaufen.

Oder vielleicht wird diese arrangierte Ehe alles retten, wie es mein Dad zu glauben scheint.

„Nein, ich bin in Sicherheit. Aber ich gebe dir Bescheid, falls sich das ändert."

„Lara, du klingst nicht, als wärst du in Sicherheit ..."

„Ich gebe dir Bescheid, falls sich das ändert", erwidere ich bestimmt.

Er hört auf, zu protestieren. „Wo bist du? Ich komme dorthin. Ich muss mit eigenen Augen sehen, dass du keine Gefangene bist."

Ich denke an das Blut auf dem Tisch in der Kneipe gestern. Was würde Baron tun, wenn mein Exfreund mit der Absicht auftauchen würde, mich mitzunehmen?

Etwas Schreckliches, befürchte ich.

Er mag für mich sicher sein, aber er ist nicht sicher für die Männer, die mich wollen.

Ich versuche, die Dringlichkeit aus meiner Stimme raus- zuhalten, indem ich mich zu einem Lachen zwinge. „Sei nicht lächerlich. Ich bin keine Gefangene. Ich will auch nicht, dass du herkommst. Wie ich bereits in meiner Nachricht sagte, bin ich jetzt verheiratet. Ich kann mich nicht mehr mit dir treffen."

Brash schweigt einen Augenblick lang. „Versprichst du mir, dass du anrufst, falls du etwas brauchst?"

„Ich verspreche es."

„Okay. Dann viel Glück. Ich hoffe, ich höre von dir."

Ich hoffe, er tut es nicht. Das würde bedeuten, dass die Dinge hier schrecklich schiefgegangen sind.

„Tschüss, Brash."

Ich beende den Anruf mit einem mulmigen Gefühl im Bauch.

Ich hoffe bei Gott, dass ich die richtige Entscheidung getroffen habe.

————

Baron

Für die Party schlüpfe ich in den proaktiven Modus und rufe Edgar, den Feuerwehrhauptmann von Whisper, zwischen meinen morgendlichen Kursen an. Ich teile ihm mit, dass wir eine Party feiern werden, und frage ihn, ob er unsere Alarme inspizieren möchte, um sicherzugehen, dass diese den Vorschriften entsprechen. Baranov Haus machte der Feuerwehr eine großzügige Spende und stellte letzten Winter Studentenhelfer für ihre Chili-Spendenveranstaltung zur Verfügung, weshalb ich jetzt auf diese Gefälligkeiten anspielen kann.

Dennoch schwingt Ungeduld in seiner Stimme mit. „Ich habe sie erst letztes Jahr inspiziert. Hat sich etwas geändert?"

„Nein, ich will nur sichergehen. Wir werden am Freitag einen Zähler an der Tür einsetzen, um sicherzustellen, dass wir unsere Kapazitäten nicht sprengen."

„Okay. Noch etwas?" Er weiß noch immer nicht, warum ich ihn störe, weshalb ich ihm einfach reinen Wein einschenke.

„Ich werde ganz ehrlich zu dir sein, Edgar. Wir haben gehört, dass eines der anderen Gesellschaftshäuser auf dem Campus versuchen wird, unserer Party vorzeitig ein Ende zu bereiten. Deshalb versuche ich, jede Richtung vorauszuahnen, auf die das passieren könnte."

„Ah. Ich verstehe. Nun, ich werde das im Gedächtnis behalten, falls wir Anrufe reinkriegen, aber wir müssen trotzdem reagieren, wenn wir welche erhalten."

„Das verstehe ich. Ich will dir nur im Voraus versichern, dass wir die Regeln befolgen werden, die du uns gegeben hast."

„Okay, Sohn. Das weiß ich zu schätzen."

Ich beende das Telefonat.

Nun, mehr kann ich nicht tun. Ich weiß nicht, wo ich noch Probleme im Voraus aus dem Weg räumen kann. Falls die Polizei beschließt, zu kommen und das Haus zu durchsuchen, kann ich sicherstellen, dass sie nichts finden, allerdings wird es die Partystimmung verderben, wenn Polizisten durchs Haus gehen und Ausweise überprüfen.

Ich habe alles andere nach Vorschrift gemacht. Ich habe eine Erlaubnis, die Party wurde bei der Campus-Verwaltung gemeldet und ich habe Armbänder bestellt, um sicherzustellen, dass Minderjährige keinen Alkohol erhalten. Wir befolgen diese Regeln nicht immer, doch dieses Mal müssen wir alles vollkommen legal halten. Kein Verkauf von Designerdrogen, keine Sessions im Dungeon.

Mein Handy vibriert wegen einer Nachricht von Anya.

Brash hat Lara heute Morgen angerufen. Schau in deine Dateien.

Blyad'.

Ich halte inne und öffne den Dateienordner auf meinem Handy, zu dem Anya alle Aufzeichnungen von Laras Handy schickt. Ich überfliege das Transkript. Es gibt auch eine Sprachaufnahme, aber ich habe jetzt keine Zeit, sie mir anzuhören.

Sie erzählte ihm, dass sie jetzt verheiratet sei, und lehnte seine Hilfe ab. Ich klammere mich an diese Information.

An welchem Zeitpunkt ist es sicher, ihr die Wahrheit zu sagen?

Noch nicht. Nicht, bis sie richtig an mich gebunden ist. Sie vertraut mir noch immer nicht.

Doch je länger wir sie diese Lüge glauben lassen, desto manipulierter wird sie sich fühlen. Sie ist bereits stinksauer, weil sie das Gefühl hat, sie wäre eine Schachfigur in den Plänen ihres Vaters. Was wird sie erst denken, wenn sie hört, dass er ihr nicht die ganze Wahrheit anvertraut hat?

Fuck. Ich hasse das alles.

Nein, nicht alles.

Denn wenn Adrian sich nicht die Lüge ausgedacht hätte, dass Lara mit mir verlobt sei, hätte ich sie vielleicht nie kennengelernt. Ich hätte jetzt keine hübsche, intelligente Frau, die sich wie die Person anfühlt, auf die ich mein ganzes Leben lang gewartet habe.

Ich stecke das Handy in meine Tasche und gehe zu meinem nächsten Kurs.

Als ich zu meinem Statistik-Kurs laufe – der mit Professor Vasiliev, der mich hasst – verlangsame ich meine Schritte.

Er steht vor seiner Tür und unterhält sich mit einem kleinen, untersetzten Kerl mit zerzausten lockigen Haaren und einem X aus Pflastern auf der Nase.

Denis Penkin, der mit Professor Vasiliev spricht.

Klar, sie sind beide Russen. Es könnte einfach nur daran liegen. Allerdings mustern sie mich mit einem Ausdruck purer Verachtung.

Fuck.

Sie stecken unter einer Decke.

Vasiliev hat auch Verbindungen zu den Oligarchen.

Das ist ein Problem.

Denis geht, bevor ich bei ihnen ankomme, aber ich kann

nicht anders – der *Mudak* bringt meine gewalttätige Seite
hervor. Ich lasse sie Vasiliev sehen. Fort ist der respektvolle
Student. Ich zeige ihm, was ich wirklich bin. Was er bereits
über mich wusste. Ich bin ein Killer. Ein Verbrecher. Ein
Mann, der Gewalt einsetzen wird, um zu beschützen, was
ihm gehört. Ich hebe meine Oberlippe zu einem Knurren und
bleibe vor ihm stehen.

„Ein Freund von Ihnen?", knurre ich auf Russisch und
deute mit dem Kopf in die Richtung, in die Denis gegangen
ist.

Er bewahrt die Fassung und lässt sich nicht von mir
einschüchtern. „Setzen Sie sich, Baranov."

Ich weiche nicht von der Stelle und starre ihn nieder. Ich
zeige ihm, dass mir seine Noten oder sein Kurs oder seine
Meinung von mir scheißegal sind. Falls er mit Denis Penkin
zusammenarbeitet, um meine Frau auszuspionieren oder ihr
zu schaden, werde ich ihn kaltmachen.

Er erwidert meinen Blick unheilvoll.

Ein anderer Student versucht, an mir vorbeizukommen,
doch ich blockiere die Tür.

„Entschuldige", murmelt er mit gesenktem Kopf.

Ich entspanne meine Muskeln, gehe ruhig ins Klassenzimmer und setze mich auf meinen Platz in der ersten Reihe,
was der beste Platz ist, um den Mistkerl niederzustarren.

Niemand legt sich mit meiner Frau an.

Nicht, wenn er leben möchte.

KAPITEL VIERZEHN

Lara

Am Freitag spricht der ganze Campus über die Semesteranfangsparty im Gulag – aka Baranov Haus. Baron ist den
ganzen Abend schon im *Pakhan*-Modus – er erteilt allen, die
im Haus wohnen, ruhig Befehle und Anweisungen, während
sie die Vorbereitungen für die Party treffen.

Allen mit Ausnahme von mir. Er scheint keine Erwar-
tungen an mich zu stellen abgesehen davon, dass ich seinen
Nachnamen trage und jede Nacht nackt unter ihm liege.
Über letzteres kann ich mich nicht beklagen. Es ist genial.

Baron hat anscheinend schon die Universitätsverwaltung
über meinen neuen Nachnamen informiert, denn gestern
entdeckte ich, dass sich der Name meines Studentenprofils
geändert hatte.

Als mein Professor in französischer Literatur heute
Morgen den Namen ,Baranov' aufrief, um mich über das
Lesematerial auszufragen, drehte sich der gesamte Kurs um
und starrte mich an. Danach hielten mich drei junge Frauen
auf, um zu fragen, ob ich mit Baron verwandt sei. Ich zog ein

wenig selbstgefällige Befriedigung aus ihrer schockierten Enttäuschung, als ich ihnen mitteilte, dass ich seine Frau sei.

„Du machst Witze, oder?" Eine der Frauen schaute die anderen an. „Sie macht nur Witze." Sie sah mich wieder an. „Du bist seine Schwester. Ich habe gehört, dass er dieses Jahr eine Schwester auf dem Campus hat."

„Das ist Lili", erklärte ich geduldig. „Ich bin Lara. Seine Frau." Ich hielt meinen Ring hoch.

Ihre Gesichtsausdrücke eifersüchtigen Entsetzens waren episch.

Ein Teil von mir kann nicht fassen, dass ich tatsächlich stolz darauf bin – dass ich den Ring zum Beweis meiner Verbindungen vorzeige. Doch Baron ist ein Spitzenprädator auf dem Campus und solange ich gezwungen bin, als seine Frau hier zu leben, kann ich genauso gut die Vorteile nutzen.

Die Party beginnt um neun Uhr und es ist jetzt neun Uhr. Ich stehe vor dem Spiegel und betrachte mein Outfit. Ich weiß nicht, was Amerikaner auf College-Partys tragen, weshalb ich mich für französische Nachtclub-Kleider entschieden habe – sexy, aber nicht zu nuttig, sonst lassen einen die Club-Türsteher nicht rein.

Ich trage ein trägerloses, schwarzes Minikleid, das sich an meine Kurven schmiegt, einen silbernen Muschelgürtel um die Hüften und ein Paar schwarzer Lacklederplateauschuhe. Die Haare habe ich nach oben frisiert, um die Aufmerksamkeit auf meine nackten Schultern und mein Dekolleté zu lenken. Ich habe mich für ein etwas auffälligeres Make-up entschieden. Ich habe mir mit schwarzem Eyeliner Cat Eyes gemalt und mit einem rauchgrauen Puder das Blau meiner Augen betont. Ich tupfe ein wenig beerenroten Lipgloss auf meine Lippen und reibe sie aufeinander.

Ich weiß nicht, was mich erwartet, spüre jedoch, dass diese Party interessant werden wird, um es milde auszudrücken.

Ich öffne die Schlafzimmertür und gehe in meinen Absatzschuhen die Treppe hinab. Das Licht ist ausgeschaltet mit Ausnahme von Stimmungsbeleuchtung – ein Streifen winziger weißer Lichter säumt die Treppe, sodass ich sehen kann, wohin ich gehe. Sie waren vermutlich immer dort; ich habe sie vorher bloß nicht gesehen. Musik füllt das Haus. Sie hat einen Ska-Reggae-Rhythmus – fröhlich, aber nicht zum Tanzen. Es ist vermutlich nur die Aufwärmmusik.

Unten wurde das Haus umgestaltet. Die Lichter sind bis auf die bunten Tanzlichter ausgeschaltet, die auf eine Diskokugel scheinen, die von der Decke hängt. Ich weiß nicht, wohin die Möbel verschwunden sind, doch das Wohnzimmer ist jetzt vollkommen leer, um als Tanzfläche zu dienen. Anya sitzt auf einem Barhocker hinter einem DJ-Pult in der Ecke und ein Kopfhörerpaar hängt um ihren Hals. Sie winkt mir, als sie mich sieht, und ich winke zurück.

Baron läuft rasch durch das Wohnzimmer und erteilt Befehle, obwohl ich niemanden in seiner Nähe sehe und nicht herausfinden kann, mit wem er spricht, bis ich realisiere, dass er einen Kopfhörer trägt.

Anya hebt das Kinn in meine Richtung und Baron wirbelt herum. Ich beobachte, wie er abrupt stehenbleibt und sich von dem kühlen, berechnenden Anführer in einen heißblütigen Mann verwandelt. „Fuuuuuuck."

Weibliche Befriedigung durchflutet mich und erinnert mich daran, dass selbst in den dunkelsten Stunden der Patriarchie weibliche erotische Macht eine stärkere Kraft ist als alles, was Männer erschaffen können. Deswegen haben sie solche Angst vor uns. Deswegen haben sie versucht, uns zu fangen, zu kontrollieren und zu besitzen.

„Dein Funkgerät ist noch an, Baron", erinnert Anya ihn.

Baron greift nach oben und berührt sein Ohr, womit er wahrscheinlich das Gerät ausschaltet. Dann läuft er los, um sich am Fuß der Treppe mit mir zu treffen.

Ohne ein Wort zu sagen, drängt er sich an mich und presst mich an die Wand. Ich spüre seine Körperhitze sogar durch den Stoff meines Kleides hindurch. Sein Daumen streichelt über meine Wange und seine Finger gleiten in meine Haare.

„Meine Frau ist so verdammt heiß."

Er scheint es zu lieben, mich seine Frau zu nennen. Die Worte schockieren mich noch immer jedes Mal, wenn ich sie höre, doch es ist schwer, Einwände zu erheben, wenn Bewunderung offensichtlich in seiner Stimme mitschwingt.

Er trägt ein hellrosa Hemd, dessen Knöpfe am Hals geöffnet sind und dessen Ärmel bis zu den Ellenbogen hochgerollt wurden. Er sieht mehr wie ein Milliardär-CEO aus, der gleich seine Yacht betreten wird, als wie ein College-Student, und er trägt Selbstbewusstsein so mühelos wie teure Klamotten.

Er verschließt meinen Mund mit einem besitzergreifenden, beanspruchenden Kuss. „Was soll ich heute Nacht nur tun, wenn du so aussiehst?" Er lehnt seine Stirn an meine. „Du siehst gut genug zum Anbeißen aus und ich muss diese verdammte Party leiten."

„Was musst du tun?"

Sein Gesicht umwölkt sich und ein Teil der Lust weicht aus seinem Blick.

Ich bereue meine Frage sofort. Ich liebe seine kühle, distanzierte Persona – die, die er normalerweise zeigt – nicht annähernd so sehr, wie ich ihn angetörnt und knurrig mag.

„Wir müssen heute Nacht alles komplett legal halten, weil wir Ärger von einem unserer rivalisierenden Häuser erwarten."

„Oh." Ich blinzle. Es gibt so viele Dinge, die hier vor sich gehen, die ich nicht verstehe.

„Und wir müssen die Party auch so interessant gestalten, dass die Leute darauf brennen, zurückzukommen."

„Wie machst du das?", frage ich.

Er zuckt mit den Achseln. „Ich verlasse mich hauptsächlich auf Gerüchte über illegale Aktivitäten, die heute Nacht nicht stattfinden. Das wird die Leute dazu bringen, zurückzukommen und zu hoffen, dass sie cool genug sind, um beim nächsten Mal dabei sein zu dürfen."

„Wie was zum Beispiel?"

Er küsst mich noch einmal. „Ich weiß nicht, ob du das wissen willst, *Printsessa*. Und ich will meine Frau nicht zur Mittäterin machen."

Verbitterung steigt in mir auf. Ich respektiere, dass er dafür sorgen möchte, dass ich clean bleibe. Mein Vater ist diesbezüglich genauso. Meine Mutter und ich wussten nie von den Aktivitäten seiner Bratwa-Zelle.

Allerdings macht es den Eindruck, als wären alle Bewohner dieses Hauses – alle Freunde von Baron – eingeweiht. Alle außer mir. Ich mag es nicht, ausgeschlossen zu werden, selbst wenn es zu meinem eigenen Wohl ist.

Ich schaue ihn böse an. „Ich *will* es wissen."

Er betrachtet mich. „Bist du dir sicher?"

„Ja."

„Die üblichen Sünden – Kartenspiele mit hohen Einsätzen. Designerdrogen. Der Dungeon im Keller."

Ich verarbeite das. „Aber heute Nacht findet nichts davon statt?"

Er schüttelt den Kopf. „Wir werden nicht einmal Alkohol an Minderjährige ausschenken. Das Titan Haus will uns ausschalten und wir wissen nicht, wie sie uns angreifen werden, weshalb wir heute Nacht auf Nummer Sicher gehen müssen."

Wow. Kein Wunder, dass Baron aussieht, als würde die Welt auf seinen Schultern lasten. Er hat nicht nur das Sagen über sein Haus, er leitet hier ein ganzes Unternehmen.

Außerdem klingt es so, als glaube er, dass er für die Sicherheit und den Schutz aller in diesem Haus verantwortlich sei.

Dies ist womöglich das erste Mal, dass Baron mir etwas Persönliches oder Wichtiges anvertraut hat, und mir gefällt das. Ich weiß es zu schätzen, dass er mir genug vertraut, um mich einzuweihen.

„Was kann ich tun, um zu helfen?"

Etwas in Baron entspannt sich und er schenkt mir ein Lächeln – es ist vielleicht das erste, das ich bei ihm sehe. Es lässt ihn jungenhaft aussehen. Sorglos. Herzzerreißend gut aussehend.

Er drückt sein Gewicht an mich und bewegt sich langsam für einen Kuss nach vorne, sodass ich erwartungsvoll die Luft anhalte. Seine Lippen sind weich, der Kuss ist perfekt. „Du kannst mir helfen, indem du in diesem sexy Kleid herum-läufst und alle dazu bringst, sich zu fragen, wer diese verdammt umwerfende Frau ist, die die neue Königin von Baranov Haus ist." Er küsst mich erneut.

„Königin?"

„Meine *Königin*. Also sei nicht zu freundlich zu den Bürgerlichen – du bist in diesem Haus königlich. Lasse sie im Ungewissen."

„Lasse sie im Ungewissen", wiederhole ich.

„Ja. Zusatzpunkte gibt es, wenn du einige Hinweise auf unsere arrangierte Ehe fallen lässt oder dass du eine Bratwa Prinzessin bist. Das wird das Geheimnisvolle verstärken. Du wirst ein Rätsel werden, das sie für immer lösen wollen." Barons Hände legen sich auf meine Taille. Er küsst meinen Kiefer. Meinen Hals. „Weißt du, was das Hilfreichste wäre, was du tun kannst?" Seine Stimme nimmt ein verführerisches Grollen an.

„Was?"

„Lass dich von mir nach oben bringen, dieses Kleid ausziehen und dich nackt an unser Bett fesseln, damit ich weiß, was am Ende der Nacht auf mich wartet, und damit ich mir keine Sorgen darum machen muss, dass irgendein *Mudak* heute Nacht versucht, dich anzufassen."

„Hmm. Lass mich darüber nachdenken." Ich tue so, als würde ich es in Erwägung ziehen. *„Nein."* Ich verpasse seiner Brust einen Stoß. „Ich bin die Königin. Königinnen werden nicht nackt gefesselt."

Er wirft mir einen gespielt unschuldigen Blick zu. „Manche schon."

„Also ist es dir erlaubt, Spaß auf dieser Party zu haben, oder arbeitest du die ganze Zeit?"

Sein Gesicht umwölkt sich erneut. „Diese Events sind keine Freizeit für mich. Sie sind ein Geschäft."

Ich betrachte meinen neuen Ehemann – einen Zweiundzwanzigjährigen, der seine Jugend komplett verpasst zu haben scheint. Ein Mann in einem dauerhaften Zustand der Selbstaufopferung für seinen Vater, für die Sache, für andere. Er ist eindeutig ein geborener Anführer, doch einer, der das Gewicht der Verantwortung für alle trägt, die ihm unterstehen.

Ich will ihm einen Teil dieser Last abnehmen.

Ich küsse ihn. Es ist das erste Mal, dass ich einen Kuss initiiere, und Baron entgeht das nicht. Er hält vollkommen still während meines Kusses, dann drückt er mich wieder an die Wand und seine Finger legen sich in einer sanften Hand-Halskette um meine Kehle, während er mir seine sengende Version eines Kusses gibt.

Er dauert an, bis wir beide atemlos sind, er sich von mir löst und die Lippen aufeinander reibt, den Blick auf mich geheftet. „Danke schön", sagt er ehrfürchtig.

Ich höre praktisch, wie meine Mauern einstürzen und als Trümmer um mich herum landen.

Mein Ehemann weiß das Geschenk meiner Zuneigung

wirklich zu schätzen. Das könnte nicht deutlicher sein. Und es könnte mich nicht mehr antörnen.

Die Musik wird plötzlich ausgeschaltet.

„*Pakhan!*", ruft Anya und nimmt ihre Kopfhörer ab. „Sie versuchen, dich über Funk zu erreichen. Vor der Tür ist eine Schlange an Leuten, die darauf warten, reingelassen zu werden, und sie wollen wissen, ob sie die Türen öffnen sollen."

Barons Hand gleitet von meinem Hals, um meinen Kiefer zu packen, und er gibt mir noch einen groben Kuss gefolgt von einem wilden Lächeln.

Meine Knie werden schwach.

Er greift zu seinem Ohr und drückt einen Knopf seines Funkgeräts.

„Lasst die Party beginnen."

KAPITEL FÜNFZEHN

Baron

Gegen 22:00 Uhr ist unsere Kapazität fast erreicht, was ungefähr zwei Stunden früher ist als bei allen anderen Partys auf dem Campus.

Anya legt super Musik auf und die Tanzfläche ist voller verschwitzter, sich bewegender Leiber.

Alle versuchen, mich auf alle möglichen Arten zu bearbeiten, doch ich bin heute Nacht der Nein-Mann.

Ich schiebe mich zwischen den Körpern hindurch und suche nach meiner umwerfenden Frau.

„Boss", spricht Phoenix durch den Kopfhörer. Er arbeitet an der Tür und sammelt die zwanzig Dollar Eintrittsgeld ein, weil er mein Geld-Mann ist. Er kümmert sich um die Buchhaltung unserer Unternehmen. Alex arbeitet als Security mit ihm. Feliks fungiert als Rausschmeißer im Haus am Fuß der Treppe, wo er Nicht-Hausmitglieder daran hindert, nach oben zu gehen.

„Baron, Melinda Tracy ist an der Tür. Sie behauptet, du hättest ihr gesagt, dass sie reinkommen kann."

Ich ächze. Ich habe ihr gesagt, dass sie zwei Partys im Jahr besuchen darf, und sie musste den heutigen Abend wählen? Ich hätte ihr dieses Zugeständnis nicht machen sollen.

„Sag ihr, dass es Zeitverschwendung für sie ist, weil der Dungeon heute Nacht geschlossen ist."

Einen Augenblick später kehrt Phoenix' Stimme zurück. „Sie sagt, dass sie trotzdem rein will."

Meine Fresse, warum? Nun, egal.

„Dann lass sie rein. Ich habe ihr gesagt, dass sie zu zwei Partys im Jahr kommen darf, also merk dir das. Das ist ihr erster Eintritt. Sie bekommt nur noch einen weiteren. Erinnere sie daran."

Phoenix kehrt noch einmal zurück. „Sie ist drin."

Ich bemerke, dass Anders, der aktuell den Gastgeber spielt und sich im Lauf der Nacht mit Leo abwechseln wird, zum Eingangsbereich des Hauses geht. Ich vermute, dass er Melinda persönlich willkommen heißen wird.

Ich hoffe, dass sie endlich sein Interesse bemerkt, jetzt, da ich keine Ablenkung mehr bin.

„Wer hat Lara im Blick?"

Es ist schwer, meine Frau im Blick zu behalten. Nach dem Kuss, den sie mir gegeben hatte, wollte ich nichts lieber tun, als die ganze Party absagen und sie nach oben zu bringen, um über sie herzufallen.

„Ich", antwortet Zoe. „Sie hilft mir an der Mocktail-Bar."

Die Mocktail-Bar ist eine der Möglichkeiten, den Zorn der minderjährigen Studenten zu mildern, denen der Alkohol verwehrt wird. Wir servieren die Mocktails in den gleichen Plastikbechern, in denen wir alkoholische Getränke anbieten. Der einzige Unterschied besteht in der Farbe des Strohhalms. Dann tun wir so, als wüssten wir nicht, dass sie die Becher mit ihrem eigenen Alkoholvorrat füllen.

Es ergibt Sinn, das Lara bei Zoe gelandet ist – es ist nicht so, als hätte sie Freunde, mit denen sie hier Zeit verbringen oder tanzen könnte. Ich hätte vorhersehen sollen, dass sie sich fehl am Platz fühlt, und ihr eine Aufgabe zuweisen sollen. Allerdings will ich nicht in die Position geraten, dass ich meiner Frau sagen muss, was sie tun soll. Sie ist bereits wütend genug, weil sie mich heiraten musste.

Das scheint allerdings ein bisschen besser zu werden, gepriesen seien alle Mächte, die da sind.

Ein winziges Lächeln biegt meine Lippen nach oben, als ich zur Hintertür der Küche gehe, wo sie stationiert sind. Leo ist an der Küchentür positioniert und verteilt alkoholische Getränke an die Partygäste, die ein Armband tragen. Die Küche selbst ist für alle anderen gesperrt.

„Soda und Limette?", fragt Zoe, die mich hinter der Schlange an Leuten entdeckt, die darauf warten, bedient zu werden.

Ich nicke. „Und *meine Frau*."

Alle in der Schlange drehen sich um und schauen mich an, bevor sie wieder zu Zoe blicken. Ich höre ihr Flüstern:

Hat er Frau gesagt?

Ist er verheiratet?

„Das bin ich. Ich bin seine Frau", verkündet Lara laut auf Russisch und wirft die Arme in die Luft.

Meine brillante Frau hat die Aufgabe verstanden. Die ganze Schlange Partygäste starrt erst sie, dann mich an, als ich mich nach vorne schiebe und ihr meine Hand reiche.

„Komm, *Malyshka*."

Alle starren mit offenen Mündern, als sie hinter der improvisierten Bar (ein Servierwagen mit Rollen und dicker Holzplatte) hervorkommt und meine Hand nimmt, während mir Zoe den Drink reicht.

Hast du das gehört? Baron Baranov hat eine Frau, sagt jemand, als wir gehen.

„Möchtest du tanzen?"

Lara schüttelt den Kopf. „Meine Füße tun schon weh. Ich

werde vielleicht nach oben gehen und meine Schuhe wechseln."

„Ich begleite dich." Ich dränge mich durch die Menschenmenge zur Treppe, doch der Aufprall eines Körpers, der rechts von mir zu Boden geschleudert wird, veranlasst mich dazu, Lara hinter mich zu schieben und in diese Richtung zu springen.

„Stopp!", schreit eine junge Frau.

Es ist Lili.

Oh fuck.

Blut überschwemmt mein Sichtfeld. Mein Gehirn springt in den Kriegermodus. Ich muss Lili beschützen, meine kleine Schwester. Ich kann sie nicht in einer Blutlache sterben lassen wie Valentina unsere Nanny.

Ich bin eine Maschine, bereit, zu kämpfen und zu töten. Ich habe jeden Tag für diesen Kampf trainiert, seit ich zehn Jahre alt war. Ich habe mit Strategien gegen die Albträume gekämpft. Ich bin ein exzellenter Schütze geworden, habe MMA gelernt und dafür gesorgt, dass ich für jeden Kampf in perfekter körperlicher Verfassung bin.

Ich werde nicht hilflos zusehen, während jemand anderes, den ich liebe, in einer Lache seines eigenen Blutes stirbt.

Leo zerrt den Kerl am Boden mit tödlicher Absicht auf die Beine. Ich stürme vor, um ihm zu helfen.

„Stopp, Leo!"

Das ist wieder Lili. Warum sagt sie Leo, dass er aufhören soll? Ich trete neben Leo und wir schleifen den Kerl ins nächstbeste Schafzimmer – es ist Phoenix' – nachdem ich es mit meinem Daumenabdruck geöffnet habe.

„Er hat versucht, Lili K.O.-Tropfen zu geben", knurrt Leo. Wir schleudern den Kerl auf den Boden und er rappelt sich auf. „Ich habe beobachtet, wie er etwas in ihren Becher getan hat, als sie gegangen ist."

„Das habe ich nicht getan! Es war Alkohol!", schreit der Kerl.

Leo schließt die Tür hinter Lara und Lili. Wir fünf drängen uns in das kleine Schlafzimmer. Ich mache mir vage eine Notiz, die Frauen rauszuschicken, bevor wir ihn foltern und töten.

„Ich habe ihn darum *gebeten*!", ruft Lili. Die Furcht in ihrer Stimme sorgt dafür, dass ich bereit bin, den Kerl bald zu töten.

Sie wendet sich an Lara. „Hilf mir, Ben aufzuhalten – bitte."

Ben aufhalten? Das ergibt keinen Sinn für mich. Heißt der Typ Ben?

Lili zieht an meinem Bizeps. „Er hat angeboten, meinen Drink mit Alkohol zu versetzen, als ich mich beschwerte, dass Leo mir keinen gibt. Er hat mir *keine* K.O.-Tropfen gegeben."

Ich höre sie, doch die Worte haben keine Bedeutung. Ich bin auf den Kerl fokussiert und überlege, wie ich ihm wehtun werde. Ich denke darüber nach, wie ich die Leiche entsorgen werde.

Lili verstellt mir die Sicht auf ihn, indem sie direkt vor mich tritt. Lara steht neben ihr und berührt meinen Arm.

„Mir geht es *gut*." Lili wedelt mit ihrer Hand vor meinem Gesicht herum. „Schau mich an, Ben. Wir sind nicht wieder dort. Das ist vorbei."

Lara presst ihren Körper an meinen. Ich bin noch immer auf den Kerl fokussiert und versuche, um sie herum zu schauen, weshalb ich ihre Anwesenheit zuerst nicht registriere, doch etwas an der Weichheit ihres Körpers beißt sich mit der harten Anspannung meiner Muskeln, die sich auf den Kampf vorbereiten.

„Hörst du zu, Baron?" Ihre Stimme klingt weit entfernt. Sie wiederholt die Worte. Anstatt die Stimme zu heben, spricht sie sanft. Verführerisch, als seien die Worte nur für mich.

„Ich brauche dich", sagt sie auf Russisch. „Ich brauche es, dass du mich anschaust."

Mein Blick verlässt das Ziel meiner Gewaltfantasien ohne die Erlaubnis meines Gehirns und findet Laras große, reizende Augen, die auf mein Gesicht geheftet sind.

Es entsteht ein Moment, in dem ich so orientierungslos bin, wie wenn sich verschiedene Elemente aus dem eigenen Leben in einem Traum mischen. Warum ist sie hier?

Warum schaut sie mich an?

Mein Arm legt sich um Laras Rücken. Ich liebe es, wie sie an mich passt. Als wäre sie notwendig für mein Überleben.

„Was hast du gesagt?"

Lara

Etwas stimmt nicht mit meinem Ehemann. Etwas, was ihn zu einem Killer macht. Und der Schalter wurde definitiv umgelegt.

Meine angemessene Reaktion sollte Furcht sein.

Stattdessen spüre ich bloß einen Ozean aus Mitgefühl. Etwas ist ihm zugestoßen. Allen beiden Baranov Geschwistern.

Wir sind nicht wieder dort. Das ist vorbei.

Was immer es war, erklärt bestimmt, warum er die Leute, die ihm wichtig sind, so aggressiv beschützt. Es erklärt die Albträume. Hat er jemanden verloren, der ihm etwas bedeutete?

Er schaut mich jetzt an und löst seinen Blick zum ersten Mal von dem Kerl, den Lili zu retten versucht. Der tote Ausdruck verschwindet aus seinen Augen. Er blinzelt einige

Male und blickt suchend in mein Gesicht, als wäre er verwirrt, wer ich bin und warum ich hier bin.

Kurz bin ich mir nicht sicher, ob er weiß, wer ich bin. Ich bin einfach nur dankbar, dass er gehört hat, wie ich ihn bat, mich anzusehen.

Sein Arm legt sich beinahe instinktiv um mich. Etwas Hartes in seinem Gesicht wird weicher. „Was hast du gesagt?"

„Hast du Lili gehört? Ihr wurden keine K.O.-Tropfen untergejubelt. Du musst diesen Kerl gehen lassen."

Ich habe einen wahnsinnigen Respekt vor Baron, der sich nichts auf seinem Gesicht anmerken lässt, als er von mir zu Lilis Möchtegern-Verehrer, dann zu Lili und Leo schaut. Ich kann praktisch sehen, wie die Rädchen in seinem Gehirn rattern. Als würde er versuchen, die Situation zu verstehen, ohne zu zeigen, dass ihm die Realität kurz entglitten ist.

Er lässt mich los. „Du hast Alkohol in ihren Drink geschüttet." Baron sagt es wie eine Aussage, beobachtet den Kerl jedoch.

Schweiß sammelt sich am Haaransatz des armen Mannes. Ein Bluterguss erblüht dort auf seinem Kiefer, wo Leo ihn geschlagen hat. „Ja. Ich fragte, ob sie einen Schuss Wodka wollte, und sie reichte mir ihren Becher und sagte, sie käme gleich wieder zurück."

Er holt eine Metallflasche aus seiner hinteren Hosentasche. „Ich habe meinen eigenen Alkohol mitgebracht, da ich noch nicht einundzwanzig Jahre alt bin."

Leo reißt ihm die Flasche aus der Hand, schraubt sie auf und schnuppert, bevor er einen Schluck trinkt und die Flüssigkeit in seinem Mund hin und her wirbelt. Er gibt sie wortlos Baron, der das Gleiche tut.

Baron legt eine Hand auf Lilis Schulter. „Das ist Lili Baranova, meine kleine Schwester. Es gibt kein Mitglied in diesem Haus, das zulassen wird, dass du etwas in ihren Drink kippst, ohne zu versuchen, dich dafür zu töten."

Der Kerl hält die Hände hoch. „I-ich verstehe das. Ich war nur ...“ Er schüttelt den Kopf. „Es tut mir leid.“

„Es ist okay“, sagt Baron. „Es war ein Missverständnis.“

Lilis Körper entspannt sich, als hätte sie die Luft angehalten gehabt.

Baron hält die Flasche hoch. „Ich werde die behalten, weil ich keinen Alkohol von außerhalb auf unseren Partys erlaube, aber du kannst zur Party zurückkehren, wenn du möchtest.“

Der Kerl stürzt zur Tür und ignoriert Lili, als wolle er sie nie wieder in seinem Leben sehen.

Sobald er fort ist, schubst Lili Baron. „Meine Fresse, Baron.“ Sie wirft Leo einen genauso wütenden Blick zu. „Ihr zwei seid schrecklich.“

„Er hätte dir K.O.-Tropfen verpassen können, Lili!“, explodiert Leo. „Du hast *deinen Drink* tatsächlich einem Kerl gegeben, den du gerade erst kennengelernt hast und ihm erlaubt, etwas hineinzuschütten? Hast du den Verstand verloren?“

Lili läuft dunkelrot an, wendet sich ab und stürmt ohne ein weiteres Wort aus dem Zimmer.

Leo starrt ihr mit finsterer Miene hinterher, als sei sie sein Problem und nicht Barons. „Fuck. Ich habe die Bar im Stich gelassen.“ Er macht auf dem Absatz kehrt und folgt Lili aus der Tür.

Baron reibt sich übers Gesicht. Er schaut in meine Richtung, sein Blick ist jedoch in weite Ferne gerichtet. Ich schiebe beide Arme um seine Taille und lege meine Wange auf seine Brust. „Bist du okay?“

Seine Hand hebt sich auf meinen Hinterkopf und er streichelt mich wie ein Kätzchen. Er antwortet nicht.

„Was ist dir zugestoßen?“

„Was?“ Baron klingt erschrocken, als wäre er mit den Gedanken woanders gewesen und wisse jetzt nicht, worüber wir sprechen.

„Was hat dich so gemacht? Etwas ist passiert."

Ein kleiner Luftstoß verlässt Barons Brust und er tritt zurück, als hätte ich ihn aus dem Gleichgewicht gebracht.

Ich greife nach seinem Gesicht und nehme es zwischen meine Hände. „Erzähl es mir", murmle ich.

Barons Augen umwölken sich. Einen Moment lang, in dem sich mein Herz weitet, glaube ich, dass er sich öffnen und mir etwas erzählen wird, doch dann knistert eine Stimme in dem Kopfhörer in seinem Ohr.

„Ich bin gleich da", blafft er zur Antwort.

Enttäuschung schießt durch meine Brust. Ich bin dankbar, dass er sich noch nicht bewegt hat. Er streicht mir eine Haarsträhne aus dem Gesicht, die nach unten gefallen ist. „Es tut mir leid, falls ich dir Angst gemacht habe."

„Ich habe seit meiner Ankunft Angst vor dir", informiere ich ihn.

Die undurchdringliche Maske schiebt sich über sein Gesicht.

Ich zucke mit den Achseln. „Es ist jetzt nicht schlimmer."

„Ich muss mit der Campus-Security an der Eingangstür sprechen. Gehst du nach oben, um deine Schuhe umzuziehen?"

Ich nicke.

„Treffen wir uns auf der Tanzfläche?"

Ich nicke. Enttäuschung darüber, dass er mich ausschließt, kämpft mit der Freude darüber, dass er mit mir tanzen will. Natürlich könnte es sein, dass er damit nur das Gerücht anschüren will, eine neue russische *Mafiya*-Frau zu haben.

Doch nein. Er will ehrlich mit mir zusammen sein – das merke ich. Wir beginnen, uns auf einer emotionalen Ebene zu verbinden. Oder zumindest dachte ich, dass wir das tun würden. Wenn er etwas mit mir teilen würde – irgendetwas –

hätte ich vielleicht das Gefühl, dass es sicher wäre, mit ihm zusammen zu sein.

Allerdings bin ich im Grunde genommen noch immer seine Gefangene. Ich bin mir nach wie vor nicht sicher, warum ich hier bin. Er hat mir noch immer nicht verraten, warum wir plötzlich heiraten mussten.

Ich packe seine Hand, als er sich abwendet, und ziehe ihn zurück „Baron?"

„*Malyshka*."

Ich stelle die echte Frage – eine, auf die ich die Antwort noch dringender brauche als darauf, was ihn zu dem gequälten Mann gemacht hat, der er ist.

„Warum bin ich hier?" Ich hebe mein Gesicht zu ihm und flehe ihn mit meinem Blick an. Unerwarteterweise verschwimmt mein Sichtfeld aufgrund von Tränen. Verletzlichkeit begräbt mich unter sich. Ich muss wissen, warum ich eine Schachfigur in diesem Spiel bin und was das Spiel ist? Welchem Nutzen diene ich? Was haben sie mit mir vor?

Eine Falte erscheint zwischen seinen Brauen. Reue schwappt über sein Gesicht.

„Lara." Er legte eine große Hand an meine Wange. „Du bist hier, damit ich dich beschütze. Und ich werde niemals zulassen, dass dir jemand wehtut – ich verspreche es."

Ich weiche frustriert von ihm zurück.

Zum Teufel mit ihm, weil er es mir nicht sagt. Zum Teufel mit seinem Vater – und meinem.

Zum Teufel mit ihnen allen, weil sie mich als Schachfigur benutzen.

Ich werfe meine Haare nach hinten, als ich vor ihm aus dem Schlafzimmer gehe.

Sie können alle zur Hölle fahren, wenn es nach mir geht.

KAPITEL SECHZEHN

Baron

Wenig überraschend traf sich meine Frau nicht mit mir auf der Tanzfläche, nachdem sie ihre Schuhe umgezogen hatte. Sie verschwand so lange nach oben, dass ich annahm, dass sie sich schlafen gelegt hätte.

Doch jetzt, um 01:00 Uhr, da die Partystimmung notgeile Untertöne annimmt und die Leute versuchen, vor Partyende ihren One-Night-Stand zu finden, entdecke ich sie auf der Tanzfläche.

Mit einem Kerl.

Anya hat die Lautstärke des Soundsystems runtergedreht, um das bevorstehende Ende der Party zu signalisieren, und lässt Lieder mit mehr Groove als Pop laufen.

Theoretisch gesehen tanzen vier Kerle um Lara herum und bewegen sich immer näher auf sie zu, als hätten sie eine wilde *Menage à Cinq* vor.

Ich pflüge mir bereits einen Weg durch die Menge, als einer der Kerle seine Hände von hinten auf ihre Hüften legt. Ich bewahre Ruhe. Gewalt wird mein letztes Mittel sein. Ich lege bloß eine Hand auf die Schulter des Kerls, als ich bei ihnen ankomme.

„Du tanzt mit meiner Frau."

Lara wirbelt herum.

Zum Glück für den Kerl erkennt er mich und springt sofort zurück. „Sorry, Baron. Das wusste ich nicht."

Ich ignoriere ihn und trete vor Lara, nehme seinen Platz ein und lege meine Hände leicht auf ihre Taille, während wir uns zur Musik bewegen.

Sie schaut zu mir auf. Es ist schwer, ihren Gesichtsausdruck zu lesen, denn er ist eine Mischung aus störrischem Widerstand und Verletzlichkeit. Als hätte ich ihr Vertrauen in uns heute Nacht erschüttert und sie würde noch an ein wenig Hoffnung festhalten.

„Bestrafst du mich?", frage ich.

Sie nickt und hält meinen Blick, während sie ihre Hüften wiegt. Sie trägt noch immer das sexy Kleid, hat jetzt jedoch ein Paar flacher Schuhe an den Füßen und ihre Haare hängen offen nach unten. Einen einzigen quälenden Moment lang stelle ich mir vor, dass sie mit jemandem auf dieser Party geschlafen hat, um sich an mir zu rächen, verwerfe diesen Gedanken jedoch schnell. Meine Hausmitglieder hätten es gesehen und mir erzählt, wenn sie mit einem anderen zusammen gewesen wäre.

Ich trete näher und eine meiner Hände gleitet von ihrer Taille ihre Seite hinauf, um leicht ihren Busen zu halten. Mit dem Daumen streichle ich über die Haut oberhalb ihres trägerlosen Kleides.

Sie widersetzt sich mir nicht. Ihr Körper kennt meinen. Sie reagiert auf meine Berührung, indem sie einen Teil ihrer Kratzbürstigkeit ziehen lässt. Es macht den Anschein, als wollte sie das hier. Als wollte sie meine Aufmerksamkeit erregen und eine Mini-Rebellion veranstalten, um zu beweisen, dass sie sich nicht von mir herumkommandieren lässt.

Ihr Problem ist, dass ihr Körper seinen Meister bereits kennt.

Mich.

Ich neige mein Gesicht nah zu ihrem und sage: „Ich bin mir nicht sicher, ob du verstehst, wie das hier funktioniert." Ich lasse meine Hände wandern. Eine reist hinter sie, um ihren Hintern zu packen, und die andere massiert sie im Genick.

„Wie funktioniert es?" Sie hat ihre elektrisierenden blauen Augen auf mich gerichtet, was meinen Schwanz hart macht.

Ich spreche mit verführerischer Stimme. Meine Lippen streifen ihre Schläfe, als ich dicht an ihrer Haut spreche: „Ich bin derjenige, der hier Strafen verhängt. Und du hast dir gerade einen Ausflug in den Dungeon verdient."

Sie gerät aus dem Takt.

Ich schiebe einen Arm hinter ihren Rücken, um ihren Körper an meinen zu ziehen. Meine Finger vergraben sich in ihren Haaren. „Du warst ein ungezogenes Mädchen."

Sie schaut über ihre Schulter zu der Schranktür, die zur Geheimtreppe in den Keller führt.

In diesem Moment schwingt die Tür auf und Melinda kommt gefolgt von Anders heraus.

So viel zu meiner Anordnung, dass der Dungeon heute Nacht gesperrt ist. Wenigstens haben beide bekommen, was sie wollten. Die Party hat ihren gewohnten Gang genommen, auch ohne Anders' Anwesenheit. Nichts ist passiert. Ich wollte nur nicht, dass irgendwelche Fremden nach unten gehen, aber Melinda vertraue ich. Sie hat schon viele Ausflüge in den Dungeon unternommen und genauso viel zu verlieren wie wir, wenn sie indiskret ist.

Mir fällt ein, dass Lara mich fragte, ob ich jemals Spaß auf den Partys habe. Ich befriedige auf den Partys nie meine eigenen Sehnsüchte. Allerdings wird die Welt vermutlich

nicht auseinanderfallen, wenn ich mich für eine Weile davon-
stehle. Wenn ich ausnahmsweise etwas für mich tue.

Ich nehme Laras Hand und führe sie zum Schrank.
„Anders, du bist dafür verantwortlich, die Party zu beenden",
spreche ich in das Funkgerät. Normalerweise schalten wir die
Musik um 02:00 Uhr aus und werfen die Leute raus.
Manchmal dürfen VIPs länger für eine protzige After-Party
bleiben, was natürlich den Reiz steigert, sich mit unseren
Hausmitgliedern anzufreunden, um sich eine der speziellen
Einladungen zu sichern. Mein Ziel – das ich relativ schnell
erreicht habe – bestand darin, das gesamte Sozialgefüge auf
Thornecroft zu ändern. Ich wollte, dass die *Mudaks* vom alten
Geldadel nicht mehr verehrt und stattdessen meine Hausmit-
glieder zum neuen Adel wurden.

Aus dem Grund hat es das Titan Haus auf uns abgesehen.

Deswegen sollte ich jetzt vermutlich nicht meine dunklen
Sehnsüchte mit Lara befriedigen.

Doch unsere Ehe ist wichtig. Für mich ist sie möglicherweise wichtiger als mein vorheriges Ziel, ein Imperium aufzubauen. Und meine Frau ist in einem sensiblen, formbaren
Zustand. Wenn ich diesen Moment nicht nutze, um uns
aneinanderzubinden, werde ich einen Keil zwischen uns
treiben.

Ich ziehe sie in den dunklen Schrank und schließe die Tür
hinter uns. Sie verriegelt sich von außen, sodass uns keiner
ohne den passenden Daumenabdruck folgen kann.

Als wir im Schrank sind, aktiviere ich die geheime Schie-
betür, hinter der sich die Treppe befindet. Ja, wir haben dort
unten auch einen Panikraum. Sicherheit hatte höchste Priorität, als wir dieses Haus renovierten.

Ich schalte die Stimmungsbeleuchtung ein – subtile
Streifen bernstein- und rotfarbener Lichter, die entlang der
Stufen verlaufen – und führe Lara nach unten. Am Fuß der
Treppe schalte ich weitere Stimmungslichter ein. Wir haben

den Dungeon wie eine schicke Lounge eingerichtet mit Sofas und Sesseln für Voyeure und Ausrüstung für BDSM-Sessions. Die hintere Wand besteht aus bodentiefen Rauchglas-Spiegeln, damit Subs und Doms sich oder ihre Partner beobachten können. Es gibt auch Privatzimmer mit Spanking-Bänken und anderen Geräten.

„Hierher bringe ich dich, wenn du ein böses Mädchen warst", informiere ich Lara und führe sie zu einer Spanking-Bank. „Zieh dein Höschen aus und knie dich hier hin." Ich klopfe auf den gepolsterten Bereich für ihre Knie.

Lara blinzelt und bemüht sich, zu schlucken, bewegt sich aber nicht.

Das ergibt Sinn. Sie ist heute Nacht nicht besonders scharf darauf, mich zufriedenzustellen. Ihr wäre es lieber, wenn sie sich dazu ‚zwinge', mir zu gehorchen. Ich dringe in ihren persönlichen Raum, lasse meine Hände über ihre Schenkel gleiten und ziehe den Saum ihres hautengen Kleides nach oben. „Ich werde dir helfen, *Malyshka*." Ich lasse meine Hände ein paarmal auf ihrem Hintern kreisen und raune: „Du kannst mir vertrauen."

Es ist verrückt, wie sehr ich will, dass sie mir vertraut. Ich sehne mich verzweifelt nach dieser tieferen Verbindung mit ihr. Ich brauche es, dass das hier mehr als eine heiße Session im Dungeon ist. Ich will, dass wir ein Band schmieden.

Ich hake meine Daumen in den Bund ihres Höschens und ziehe es langsam nach unten, wozu ich vor ihren Füßen in die Hocke gehe. Als ich wieder aufstehe, gleite ich mit den Fingerspitzen ihre Beine entlang.

„Dann wollen wir mal schauen, wie aufgeregt du wegen deines Spankings bist." Ich schiebe meinen Mittelfinger zwischen ihre Beine und atme zischend ein, als ich sie klatschnass vorfinde. *So* aufgeregt." Ich lege eine Menge Lob in meine Stimme. „Das ist gut, *Printsessa*. Jetzt ..." Ich reiße den Saum ihres Kleides zu ihrer Taille und drehe sie zu der

Spanking-Bank um. *„Knie dich hin."* In meiner Stimme liegt plötzlich eine Bestimmtheit, die sie dazu veranlasst, mich über ihre Schulter anzuschauen, als würde sie überprüfen, ob ich sauer bin.

Ich zwinkere, um ihr zu zeigen, dass ich das nicht bin.

Sie klettert auf die Plattform, woraufhin ich ihren Oberkörper auf die gepolsterte Bank drücke und rasch die Riemen um ihre Knöchel binde, um sie zu fixieren. Das Gleiche mache ich mit ihren Handgelenken, wobei ich meine Finger unter die Riemen schiebe, um sicherzugehen, dass die Fesseln nicht zu eng sind. Dann lasse ich sie dort schmoren, während ich sexy Musik über das Soundsystem des Dungeons abspiele und meine Spielzeuge aussuche.

Ich wähle einen Anfänger-Analplug, etwas Gleitgel und ein Lederpaddle. Das ist eines meiner Lieblingsschlagwerkzeuge, weil es ein schönes Klatschgeräusch erzeugt und mühelos als Wonne oder Schmerz erlebt werden kann je nach dem, wie hart ich es schwinge.

Ich lasse mir Zeit, da ich weiß, dass die Spannung das Erlebnis für uns beide intensiviert. Als ich an Laras Seite zurückkehre, streichle ich leicht über ihren nackten Hintern und bewege meine Handfläche in Kreisen über jede Pobacke, bevor ich einen Finger zwischen ihre Beine gleiten lasse und ihre Feuchtigkeit um ihre Mitte und ihren Kitzler herum verteile.

Dann verpasse ich ihr eine Reihe scharfer, schneller Hiebe, wobei ich zwischen der rechten und linken Pobacke abwechsle und die Hiebe auf die untere Hälfte ihres Hinterns platziere, auf der sie sitzt.

„Au", schreit sie.

„Ich weiß", tröste ich sie und streichle wieder ihren Hintern. Ich liebe es, die Röte meiner Handabdrücke auf ihrer blassen Haut erblühen zu sehen.

„Das passiert, wenn du böse warst, Lara", informiere ich

sie, wobei ich wieder mit strenger Stimme spreche. Ich spreize ihre Pobacken und tröpfle einen Klecks Gleitgel auf ihr Poloch. Sie stößt ein trillerndes Wimmern aus, das teils verängstigt, teils erregt klingt.

„Ich werde deinen Hintern mit diesem Plug ficken, *Printsessa*." Ich führe das knollenförmige Ende eines Edelstahlplugs an ihren Hintereingang.

Sie gibt einen leisen, jammernden Protestlaut von sich, den ich ignoriere. Ich stupse mit der Spitze des Plugs gegen ihren Anus, übe ein wenig Druck aus und ziehe ihn wieder zurück. Ich lege den Plug weg und versohle Lara erneut mit der Hand den Hintern, wobei ich etwas kräftiger zuschlage.

„Wirst du deinen Arschfick wie ein braves Mädchen annehmen?"

„*Nyet*."

Ich gluckse, massiere sie zwischen den Beinen und lasse sie Lust erleben, bevor ich mich wieder ihrer Strafe widme. „Lass es mich dir erleichtern." Ich kehre zu meinem Schrank mit Spielzeugen zurück und hole einen Vibrator heraus. Ich reibe ihn mit Gleitgel ein, necke ihre Falten damit und lasse ihn zu ihrem Kitzler gleiten. Gleichzeitig beuge ich mich vor, küsse und beiße eine ihrer Pobacken.

„Ahh-ah", macht sie.

Ich halte den Vibrator weiterhin an ihren Kitzler, während ich die Spitze des Plugs mit der anderen Hand wieder an ihren Anus führe und sanften Druck ausübe. Sie spannt ihre Muskeln an, um den Eindringling abzuwehren. „Hol tief Luft, *Malyshka*." Ich warte, bis sie gehorcht. „Jetzt, wenn du sie ausstößt, drück dich nach hinten auf den Plug, damit ich ihn einführen kann."

Sie erstarrt, hält die Luft kurz an, dann atmet sie langsam aus. Ich übe mehr Druck auf den Plug aus. Sie stöhnt, als sich ihr hinteres Loch öffnet, um den Plug aufzunehmen.

„Braves Mädchen", lobe ich. „Du machst das so gut. Schieb dich weiter nach hinten."

Ich bekomme den dicksten Teil an ihrem Eingang vorbei und der Plug bleibt in ihr. „Das ist es, *Printsessa*." Ich pumpe und drehe den Plug sachte und löse bei allen Nervenenden, die den Anus umgeben, Empfindungen aus.

„So bestrafe ich meine ungezogene Frau. Das ist die Position, in der du dich jedes Mal wiederfinden wirst, wenn du mir nicht gehorchst." Ich mache weiter mit dem Dirty-Dom-Talk. „Wir werden gemeinsam einen Ausflug in den Dungeon unternehmen. Und wenn wir gehen, wirst du wund und ich befriedigt sein."

Ich gehe wahrscheinlich zu weit. Ich weiß, dass ihr Körper auf Dominanz reagiert, ihr Verstand rebelliert jedoch gegen meine Kontrolle. Es könnte sein, dass ich das hier gerade gewaltig vermassle.

Doch sie wimmert und stöhnt und ihre Erregung tropft an ihren Beinen hinab. *Gottverdammt*, ihr Hintern und ihre Pussy sehen so hübsch aus, während sie mir auf der Spanking-Bank präsentiert werden.

„Das ist mein braves Mädchen", lobe ich. Mein Schwanz ist so hart wie Granit. „Jetzt ist es an der Zeit für dein Spanking."

„Nein", wimmert sie.

„Du bekommst ein Spanking. Ich habe dich gerade mit den Händen eines anderen Mannes auf deinem Körper gefunden, *Malyshka*."

Ich nehme das Lederpaddle in die Hand und verpasse ihr zwei feste Schläge auf die Mitte ihres Pos. Als sie diese ohne Theater hinnimmt, mache ich weiter, wobei ich nur leicht zuschlage und sie zwischendrin mit Streicheleinheiten belohne. Nach einem Dutzend Hieben höre ich auf, bewundere die Rosafärbung ihrer Pobacken und bewege wieder den Analplug. Als ich die Riemen an ihren Knöcheln löse, erzähle ich ihr: „Folgendes wird geschehen, *Printsessa*. Du wirst diesen Plug in deinem umwerfenden Hintern behalten, während du nach oben gehst und in unserem Schlafzimmer auf mich wartest." Ich befreie ihre Handgelenke, helfe ihr auf und streiche den Saum ihres Kleides über ihre Schenkel. „Verstanden?"

Sie antwortet nicht. Sie versucht, ihr Höschen aufzuheben, doch ich schnappe es mir als Erster.

„Das behalte ich." Ich stecke es in meine Tasche. „Ich will, dass dein hübscher Hintern bis auf deinen Analplug nackt ist, wenn du zu unserem Zimmer hochgehst." Ich lasse meine Hände um ihre Schultern und über ihren Rücken gleiten, damit sie sich noch immer von mir gehalten fühlt. Liebkost. Geschätzt.

Dass ich sie ohne mich nach oben schicke, ist ein Machtspiel, für das sie womöglich noch nicht bereit ist.

Ich knabbere an ihrem Ohr und mache meine Stimme dunkel und verführerisch. „Halte diesen Plug zwischen deinen Pobacken fest und denk darüber nach, was ich mit dir tun werde, wenn ich hochkomme."

Sie tritt von einem Fuß auf den anderen, da sie es eindeutig nicht gewohnt ist, einen Plug in ihrem Hintern zu haben.

„Wenn du oben bist, darfst du dich berühren, falls du das brauchst." Ich streichle sie zur Demonstration zwischen den Beinen. Ihre Hände fliegen zu meiner Brust und ich sehe, dass ihre Pupillen groß sind vor Lust. „Wenn ich hochkomme, werde ich dich gut ficken, damit du dir merkst, zu wem du gehörst."

———

Lara
Baron drückt meinen Hintern besitzergreifend. Ein Teil

von mir will sich all dem widersetzen – ein Teil, der Baron noch immer dafür bestrafen will, dass er mir nicht offen und ehrlich erzählt, warum wir heiraten mussten. Dass er mir nicht sagt, welche Rolle ich als Schachfigur in ihrem Spiel erfülle. Ich denke ständig, dass ich einen Weg aus diesem Schlamassel finden könnte, wenn ich nur die Antwort auf diese Frage bekomme. Doch er redet nicht.

Dieser Teil wurde jedoch von seiner Dominanz betäubt. Kein Teil von mir will momentan nicht von ihm berührt werden. Mir ist sogar egal, wie er mich berühren will. Selbst wenn das bedeutet, dass er mir einen Plug in den Hintern steckt und mir diesen mit einem Lederteil versohlt. Ich bin über alle Maßen erregt – tropfnass und hirntot.

Der einzige Teil, der mir gerade nicht gefällt, ist die Vorstellung, Baron zu verlassen. Alles fühlt sich richtig an in den Momenten, in denen seine Aufmerksamkeit auf mir ruht. Wenn er mich anleitet, mich dominiert und mir das Gefühl gibt, als wäre ich das Zentrum des Universums.

Doch wenn er das nicht tut, werde ich daran erinnert, wie allein ich hier bin. Dass ich niemandem vertrauen kann und keine Freunde habe. Dass Baron jegliche Freunde verjagen wird, die ich finde. Zumindest die männlichen.

„Ich werde nicht lange brauchen, *Printsessa*", murmelt Baron, als wir die oberste Treppenstufe erreichen und den Schrank verlassen. Irgendwie hat er erneut auf seine unheimliche Art meine Gedanken gelesen.

Die Party neigt sich dem Ende zu. Das Wohnzimmer ist nur noch halb so voll wie zuvor und die Musik, die Anya laufen lässt, wirkt langsamer und grooviger.

„Ich will mich nur vergewissern, dass sie die Party ohne mich beenden können."

„Wenn du zu lange brauchst, werde ich schlafen", warne ich.

Seine Lippen biegen sich zu einem schwachen Lächeln.

„Das wirst du nicht tun." Er gibt mir einen zärtlichen Kuss und ich lehne mich an ihn, da ich meinen Körper nicht von seinem trennen möchte.

Er zieht den Saum meines Kleides nach unten, als wolle er sicherstellen, dass niemand meinen nackten Hintern sieht, und küsst meinen Hals. „Geh nach oben und zieh dein Kleid aus. Dann such die Position aus, in der du gefickt werden willst, und sorg dafür, dass deine Pussy feucht bleibt, *Malyshka*."

Bei seinen Worten komme ich beinahe auf der Tanzfläche zum Orgasmus.

Er sieht das anscheinend, denn er küsst mich erneut. „Braves Mädchen." Er führt mich sanft zur Treppe, wo Feliks vor dem Samtseil steht, das zur Absperrung dient. „Ich werde in wenigen Minuten oben sein, um dich zu belohnen." Er drückt meinen Po noch einmal, wodurch der Plug angestoßen wird, und meine Knie werden schwach.

Ich gehe die Treppe hinauf. Jeder Schritt, den ich mache, bewegt den Plug in meinem Po, was sich *unglaublich* anfühlt – auch wenn es mir peinlich ist, das zu sagen, denn es scheint mir so falsch zu sein. Mein natürliches Gleitmittel rinnt über meine Innenschenkel. In mir herrscht ein Gefühl von Fülle, das von meinem brennenden Hintern und dem Plug, der meinen Anus offen hält, verstärkt wird.

Als ich zum Schlafzimmer gelange, schlüpfe ich aus meinem Kleid und meinen Schuhen. Anschließend putze ich meine Zähne und wasche mein Gesicht.

Ich denke über Barons Anweisung nach. *Wähle die Position, in der du gefickt werden willst.*

Ich kann mich nicht entscheiden. Wie sich herausstellt, braucht Baron gar nicht lange. Er öffnet die Tür und findet mich vor dem Bett stehend vor.

Er schließt und verriegelt die Tür, dann legt er den Kopf

auf die Seite und zieht eine Braue hoch. „Hast du Schwierigkeiten, eine Position zu wählen?"

Ich nicke.

Er beginnt, rasch Kleider auszuziehen. Ich schaue zu und
bewundere das Spiel seiner Armmuskeln. „Ist deine Pussy
schön feucht?"

Meine Finger gleiten über meinen Bauch und tauchen in
meine Säfte. Ich nicke. Ich bin wahnsinnig feucht.

„Steig aufs Bett, *Printsessa*. Lass mich sehen, ob du feucht
genug bist."

Ich klettere behutsam aufs Bett, wobei ich darauf achte,
meine Pobacken um den Plug herum anzuspannen. Baron
folgt mir. „Lass mich von deiner Pussy kosten." Er drückt
mich auf den Rücken und spreizt meine Knie.

Ich schreie auf, als er gleichzeitig den Plug in meinem
Hintern bewegt und in meine Pussy leckt. Seine Zunge
wirbelt *überall*, leckt meine Säfte auf, streichelt zwischen
meinen Falten und saugt an meiner Mitte.

Ich werde kommen. Meine Knie schließen sich um seine
Schultern, mein Hintern hebt sich vom Bett und meine
Innenschenkel zittern.

„Komm für mich, *Malysh*." Baron stößt zwei Finger in
mich und streichelt meine innere Wand. „Du verdienst es. Du
hast deine Strafe so gut ertragen."

Ich kreische und komme zum Orgasmus. Meine inneren
Muskeln beben und zucken. Mir ist schwindlig und ich
zittere.

Baron zieht seine Finger raus und rollt sich auf den
Rücken. „Steig auf und reite meinen Schwanz, Liebes."

Ich bin noch benommen von meinem Orgasmus, tue
jedoch wie geheißen und setze mich rittlings auf seine Taille.
Er packt meine Hüften und hebt mich hoch, um mich auf
seine Erektion zu heben. Mir kommt der Gedanke, dass ich

seinen Schwanz noch nicht geblasen habe, obwohl er mich bereits viele Male geleckt hat.

Unsere Beziehung ist einseitig, da sie aus einer arrangierten Ehe und meinem Groll darüber, deswegen gefangen zu sein, geboren wurde. Baron hält die Schlüssel zu meinem Käfig in der Hand. Baron bietet mir auch große Lust, die jedoch mit dem Aroma seiner speziellen Form von Kontrolle einhergeht. Er verlangt im Gegenzug nur sehr wenig von mir, abgesehen davon, dass ich mich von anderen Kerlen fernhalte, was zugegebenermaßen, eine vernünftige Bitte ist. Ich kann ihm das nicht vorwerfen, und selbst wenn ich diese Grenze überschritten habe, ist er bemerkenswert sanft mit mir umgegangen.

Seine Strafen sind sexuell. Sie basieren auf Lust. Sind erregend. Sie sorgen nur dafür, dass ich ihm noch weniger gehorchen will, allerdings stelle ich fest, dass ich mir auch immer öfter seine Anerkennung verdienen will.

Dass ich ihm im Gegenzug vielleicht auch etwas geben will.

Ich stöhne, als ich sein langes, dickes Glied aufnehme. Mit dem Analplug in mir fühlt es sich an, als gäbe es keinen Platz. Die Empfindung ist verschärft. Er fühlt sich noch größer an. Dehnt mich weiter. Ich keuche, als ich ihn komplett aufgenommen habe und seine Schwanzspitze tief in mir ist. Er hält meine Hüften fest, ohne sie zu bewegen, und erlaubt mir, mich an ihn zu gewöhnen.

Dann greift er um mich herum und pumpt den Plug vor und zurück. Ich keuche und schaukle sofort mit dem Becken auf seinem. Ich reibe meinen Kitzler an seinen Lenden und finde die Stelle, wo seine Schwanzspitze über eine innere Erhebung reibt. Mein Atem beschleunigt sich. Baron nutzt den Plug, um mich auf seinem Schwanz anzutreiben, und ich reite ihn schneller. Meine Hände sind auf seine Schultern gestützt und meine langen Haare fallen um sein Gesicht.

Er schaut zu mir auf, als sei ich das Schönste, was er jemals gesehen hat. Als wäre er vollkommen fasziniert von mir.

Mein Herz macht einen Salto in meiner Brust. Etwas gibt nach. Alles läuft über.

Ich realisiere, Benjamin Baranov ist überhaupt nicht so, wie ich es erwartet habe. Er ist gefährlich, ja. Definitiv kontrollierend. Aber er ist großzügig. Nicht nur bei mir, sondern bei seiner Bratwa-Zelle. Er schenkt ihnen seine Aufmerksamkeit. Seine Strategien. Sogar seine Gewalttätig-keit. Es dient alles einem Zweck, der sich um die Leute zu drehen scheint, die er als die seinen betrachtet.

Zum ersten Mal fühle ich mich tatsächlich geehrt, zu dieser Gruppe zu gehören. Zu Baron zu gehören. Jemand zu sein, für den er töten würde.

Ich sehne mich jetzt danach, dass er mich auf seine besitz-ergreifende, stolze Art seine Frau nennt.

Ich erinnere mich an sein verblüfftes Gesicht, als er mich heute Nacht die Treppe herunterkommen sah. Wie er mich während der Party für sich beanspruchte und allen verkün-dete, dass ich seine Frau bin. Wie er mich anstrahlte, als ich mit ihm ihre Gerüchteküche anheizte.

Ich spüre, wie sich noch ein Orgasmus anbahnt, wimmere und widersetze mich ihm.

Baron dreht mich auf den Rücken, ohne unsere Becken zu trennen, und hämmert sich in mich. Sein Verlangen nach Kontrolle hat nun eindeutig die Oberhand gewonnen.

Ich bin froh über die Veränderung, denn ich kann nicht einmal mehr klar sehen. Das Zimmer dreht sich. Mein Atem entweicht mir als kurzes, schnelles Keuchen. Baron rammt sich in mich, stützt eine Hand an die Wand über meinem Kopf und hebt eines meiner Beine, um noch tiefer zu dringen.

„Greif nach hinten und drücke auf den Plug, *Malyshka*", befiehlt er.

Ich gehorche, denn ich habe gelernt, darauf zu vertrauen, dass seine Anweisungen zu irrsinniger Lust für mich führen. Meine Augen rollen nach hinten in meinen Kopf wegen der zweifachen Empfindungen in meinem Po und meiner Pussy.

„Baron ... Ben."

Seine braunen Augen funkeln und seine Lippen biegen sich zu einem verruchten Lächeln, als ich seinen Namen sage. „Das ist es, Lara. Wem gehört dieser umwerfende Körper?"

Ich schüttle den Kopf und will es leugnen. Er besitzt mich nicht. Zumindest will ich das nicht.

Er gluckst, als würde er sich die Niederlage eingestehen. „Wer bringt dich zum Schreien, wenn du kommst, *Printsessa*?"

„Du tust das", keuche ich und bin bereits von Sinnen vor Lust. Bereit, erneut wie ein Feuerwerkskörper zu explodieren.

„Mir gehört dieser Körper." Er rammt sich härter und schneller in mich.

Ich schreie auf und meine Lust wird jetzt von Furcht gefärbt, weil er so grob ist. So kraftvoll. Weil er mich so hart fickt.

„Ich bringe dich zum Kommen. Schau mich an, Lara."

Mir war nicht bewusst, dass meine Augen geschlossen waren, doch ich öffne sie jetzt. Ich kann sie kaum auf etwas fokussieren, aber Baron hält meinen Blick. „Komm jetzt für mich." Er massiert meinen Kitzler mit seiner Daumenkuppe.

Ich stoße einen Schrei aus, kann jedoch nicht ganz den Höhepunkt erreichen. „Du kommst", keuche ich atemlos.

Baron stöhnt und ich beobachte fasziniert, wie sich sein Gesicht verzerrt. Die Kontrolle entgleitet ihm. Ein Muskel an seiner Wange zuckt, als er sich mit brutaler Kraft in mich rammt und sein Rhythmus hektisch wird. Mit einem Schrei dringt er tief in mich und kommt.

Sowie er das tut, schlinge ich meine Beine um seinen Rücken und verschränke meine Knöchel, um ihn in mir festzuhalten. Ich komme mit ihm, meine inneren Muskeln drücken seinen Schwanz und pulsieren, melken auch den letzten Rest seiner Essenz aus ihm.

Baron lacht heiser und reibt seine Nase an meinem Hals. „Verdammt. Das war so heiß. Du machst mich verrückt, Lara."

Die Freude über seine Anerkennung mischt sich mit dem Hoch meiner multiplen Orgasmen.

Ich hasse es, das zuzugeben, doch ich verliebe mich möglicherweise in meinen Ehemann.

Ich bin süchtig danach, von ihm berührt zu werden. Fasziniert davon, ihn zu beobachten.

Ein Klopfen erklingt an der Tür, woraufhin sich Baron versteift und aus mir zurückzieht. „Ja?" Er springt vom Bett und packt die Seite der Bettdecke, um sie in einem schnellen Bogen über meinem nackten Körper zu schwingen.

Leos Stimme erklingt auf der anderen Seite. „Baron, die Cops sind hier. Sie haben keinen Durchsuchungsbefehl, fragen jedoch nach dir."

KAPITEL SIEBZEHN

Baron

Fuck.

Ich zerre mir eine Jeans über die Beine und schiebe mein Handy mit meinem Ausweis in die hintere Hosentasche. „Lass sie rein", rufe ich durch die geschlossene Tür. „Wir haben nichts zu verbergen. Alles war vollkommen legal." Ich ziehe ein T-Shirt über meinen Kopf und reiße die Tür auf.

„Okay", antwortet Leo. „Kommst du runter?"

„Bin direkt hinter dir." Ich schließe die Tür wieder und erinnere mich an den Zustand, in dem ich meine Frau zurückgelassen habe.

Ich klettere aufs Bett und küsse ihre Schläfe. „Es tut mir leid. Ich komme so schnell wie möglich zurück. Brauchst du Hilfe beim Herausnehmen des Plugs?"

Lara setzt sich auf und sieht wundervoll derangiert aus. Ihre Augen sind glasig und schimmern hell. Ihr Gesicht ist gerötet und ihre zerzausten Haare sind spektakulär. Ihre Augen sind weit aufgerissen. „Ich komme klar. Geh du nur."

Ich küsse ihre geschwollenen Lippen und stecke meine Füße in ein Paar Flipflops, um nach unten zu rennen. Acht

Cops haben sich im Erdgeschoss verteilt und gehen umher, als wären sie auf der Suche nach etwas.

Ich jogge die Treppe hinab. Es ist kurz nach 02:00 Uhr. Vor ungefähr zehn Minuten hörte ich, dass die Musik ausgeschaltet wurde. Alle Partygäste, die noch geblieben sind, strömen nun so schnell sie können aus der Tür. Meine Hausmitglieder sind alle versammelt und meine Soldaten in Habachtstellung.

Sie sehen alle besorgt aus. Ich will nicht, dass sich einer von ihnen Sorgen wegen dem hier macht – was immer es ist. Ich komme damit klar.

„Ich bin Benjamin Baranov", sage ich zu dem ersten Cop, den ich sehe, und versuche, ruhige Autorität auszustrahlen. „Wie kann ich Ihnen helfen?"

„Mr. Baranov, haben Sie etwas dagegen, wenn wir uns auf dem Anwesen umsehen?"

„Kein Durchsuchungsbefehl", murmelt Leo hinter mir, als wolle er mich daran erinnern. Sein Dad Maxim ist der Mittelsmann meines Dads. Er kennt die Gesetze und weiß, wie man es vermeiden kann, erwischt zu werden, und wie man aus jeder Situation rauskommt.

„Darf ich fragen, wonach sie suchen?", frage ich.

„Wir machen einen Wellness-Check bei den Partygästen im Haus."

Meine Brauen heben sich. „Ein Wellness-Check?"

Heißt das, dass sie nach Spuren von Drogenmissbrauch suchen?

Der Polizist antwortet nicht. Er und sein Partner gehen durch die Räume des Hauses, schauen in die Gesichter der Gäste, die nach draußen strömen, und halten diejenigen auf, die stärker betrunken sind, um ihnen Fragen zu stellen.

Ich folge ihnen. „Darf ich fragen, worum es hierbei geht?"

Sie ignorieren mich und einer von ihnen versucht, eine

der Schlafzimmertüren im Erdgeschoss zu öffnen. „Was ist hier drin?" Er klopft an die Tür.

„Das ist ein Schlafzimmer." Ich ziehe die Brauen hoch. Jemand könnte dort drin schlafen, soweit er weiß. Hinter meiner Schlafzimmertür liegt eine wunderschöne nackte Frau.

Bei dem Gedanken, dass sie an diese Tür klopfen könnten, knirsche ich mit den Zähnen. Ich muss Lara warnen, falls die Cops nach oben gehen.

„Können Sie die Tür für mich öffnen?", fragt der Cop.

Es ist Alex' Zimmer. Mein Daumenabdruck wird die Tür öffnen, doch ich sehe mich nach Alex um.

„Ich bin hier." Alex tritt an meine Seite.

„Sie wollen dein Zimmer anschauen."

Er wirft mir einen schiefen Blick zu und zuckt mit den Achseln, bevor er die Tür aufschließt und aufstößt. Ein Cop geht hinein und der andere verlangt, dass die nächste Tür geöffnet wird.

„Sie sind Benjamin Baranov?", fragt ein Detective, der das Wohnzimmer betritt. Er zeigt mir seine Marke.

„Der bin ich."

„Kommen Sie bitte mit mir mit."

Anya und Zoe stehen nebeneinander und drücken sich in unserer Nähe herum. Sie schauen die Polizisten finster an und sind eindeutig besorgt.

Ich zeige ihnen, dass ich das hier unter Kontrolle habe. „Bin ich verhaftet?"

„Noch nicht. Wir möchten Ihnen auf dem Revier einige Fragen stellen."

Fuck. Na schön. Je eher ich herausfinde, wonach sie suchen, desto besser.

„In Ordnung. Gehen wir." Ich spreize die Hände.

„Ich werde Lucy anrufen", sagt Zoe, womit sie meine Mom meint.

„Niemand ruft Chicago an", befehle ich.

Meine Mom ist die beste Strafverteidigerin im Staat, sie mitten in der Nacht mit der Nachricht zu wecken, dass die Polizei ihren Sohn zur Befragung aufs Revier gebracht hat, ist jedoch das Letzte, was ich tun will. Mein Leben lang hat sie versucht, mich aus den Bratwa-Geschäften rauszuhalten. Als Lili und ich als Kinder in die Gewalt gezerrt wurden, erschütterte das ihre Ehe mit meinem Dad. Sie erholten sich davon, doch es war einer der Gründe, aus denen ich auf ein Internat in der Schweiz geschickt wurde. Ich zeigte zu viel Interesse am Geschäft.

Meine Mom anzurufen, ist die letzte Rettung.

Ich habe das hier unter Kontrolle. Sie haben nichts gegen mich in der Hand, ansonsten würde ich Handschellen tragen und sie würden mir meine Rechte verlesen.

Dennoch gefällt es mir nicht.

Ein Teil meines Selbstbewusstseins entgleitet mir, als ich Lara oben auf der Treppe erblicke, die beobachtet, wie ich aus der Tür geführt werde.

Ich bleibe stehen, schaue zu ihr auf und eine Schwere legt sich um mich wie ein eisernes Gefängnis.

Dass sie mich so sieht, fühlt sich noch schlimmer an, als wenn meine Mom davon erfahren würde. Meine Frau sollte darauf vertrauen können, dass ich diesen Mist von ihr fernhalte. Ich sollte jede Situation kontrollieren können, um diese Art peinlicher Szene zu vermeiden. Irgendwie ist mir heute Nacht etwas entgangen, aber ich habe keine Ahnung was.

„Gehen wir", sagt der Cop und zieht an meinem Arm, um mich durch die Eingangstür zu führen.

Ich blicke zurück, als ich das Haus verlasse, doch jemand schließt die Tür hinter uns und versperrt mir die Sicht auf meine Frau.

Auf dem Revier werde ich in einen Befragungsraum gebracht. Ich schwöre, ich sehe Kanzler Ogden mit einem

Mann in einem schwarzen T-Shirt und Jeans in der Tür zum Nebenzimmer reden, doch sie verschwinden, bevor ich mir sicher sein kann.

Ich setze mich auf den Stuhl, auf den der Detective deutet, und verschränke meine tätowierten Finger auf dem Tisch. Auf der Wand gegenüber von mir ist ein Spiegel positioniert, der bestimmt halbdurchlässig ist. Das bedeutet, dass Kanzler Ogden sich diese Befragung anschaut.

Ein Stich fährt mir in den Magen. Worum auch immer es hier geht, es ist wichtig genug, um den Kanzler der Thornecroft Universität hinzuzuholen. Geht das Ganze über die Vendetta des Titan Hauses gegen uns hinaus? Hat es mit der Bratwa zu tun? Hat es etwas mit den Rostovs zu tun?

Fuck, ich brauche mehr Informationen, um das Problem zu lösen.

Der Detective lässt sich gegenüber von mir nieder, öffnet einen Aktenordner und holt ein Foto hervor, das er über den Tisch schiebt. „Kennen Sie diese Frau?"

Ich werfe einen Blick auf das Foto und Adrenalin durchströmt meinen Körper. Der Krieger in mir kommt an die Oberfläche und ist bereit, zu töten oder zu sterben. Für ihre Sicherheit zu kämpfen.

Jetzt verstehe ich, warum der Kanzler involviert ist.

Ich hebe den Blick. Meine Augen lodern vermutlich. „*Was ist mit Melinda Tracy passiert?*"

„Also sind Sie miteinander bekannt."

Mein Gehirn stürzt von einer Klippe. Wurde sie entführt? Ermordet? Ich muss es wissen, damit ich es in Ordnung bringen kann.

Ich schaue den halbdurchlässigen Spiegel an und hebe das Kinn in seine Richtung. „Also gehört er zum Secret Service? Oder zur Spezialeinheit?"

Ich höre das Knallen einer Tür und der Kerl marschiert herein. Er ist die Sorte Mann, der sein T-Shirt zwei

Nummern zu klein trägt, damit die Muskeln an seinem Oberkörper betont werden. Er reißt einen Stuhl herbei und dreht
ihn um, um sich verkehrt herum darauf zu setzen wie ein
Cowboy. Ich vermute, dass er sich für knallhart hält.

„Wann haben Sie Ms. Tracy das letzte Mal gesehen?", will
er wissen.

Meine Mom würde mir raten, die Fragen in Abwesenheit
eines Anwalts nicht zu beantworten. Ich sollte sie anrufen
oder zumindest den jungen Gerichtsprofessor kontaktieren,
der gelegentlich Drogen bei mir kauft. Es ist dumm von mir,
ihre Fragen zu beantworten, doch ich muss wissen, was
Melinda zugestoßen ist. „Vor zwei Stunden im Baranov Haus.
Wird sie vermisst?"

Sie ist vielleicht noch dort. Vielleicht brachte Anders sie
auf sein Zimmer, nachdem sie im Dungeon gespielt hatten.
Geht es hier nur darum, dass sie letzte Nacht nicht in ihr
Wohnheim   zurückgekehrt   ist?   Ich   versuche,   mein
hämmerndes Herz zu verlangsamen.

Sie ist möglicherweise nicht tot. Nicht ermordet und liegt
nicht in einer Lache ihres eigenen Blutes. Ich muss vielleicht
nicht noch einmal mit dem Kummer leben, darin versagt zu
haben, jemanden zu beschützen, der mir wichtig ist.

„War sie in Ihrer Gesellschaft im Baranov Haus?", fragt
der Detective.

„Nein. Ich habe nicht einmal mit ihr gesprochen. Ich sah
sie bloß zum Ende der Party hin." Ich reibe mit einer Hand
über die Stoppeln in meinem Gesicht. „Ist sie verletzt? Tot?
Können Sie mir sagen, was hier los ist?"

„Wie würden Sie Ihre Beziehung zu Ms. Tracy definieren?", fragt der Kerl im schwarzen Shirt.

Am liebsten gar nicht.

„Wir sind Freunde." Das ist die zutreffendste Definition.

„Haben Sie Baranov Haus zu irgendeinem Zeitpunkt in
der Nacht verlassen?", fragt der Detective.

„Nein."

„Haben Sie Ms. Tracy heute Nacht einen Drink gegeben?"

„Ich persönlich? Nein."

„Hatten Sie heute Nacht Sex mit Ms. Tracy?

„Nein. Ich bin verheiratet."

Das scheint beide Männer zu überraschen.

Nun, ja, es war für uns alle eine Überraschung.

Meine Augen verengen sich zu Schlitzen. Warum stellen sie diese Frage?

„Wären Sie gewillt, uns eine DNA-Probe zu geben, um Sie als Verdächtigen in diesem Fall auszuschließen?"

Ich sitze da, starre die beiden Männer an und lasse mir nichts anmerken, während ich das Ausmaß dessen verarbeite, was hier los ist. Es klingt so, als wäre Melinda vergewaltigt oder ermordet worden.

Was, wenn ich hätte verhindern können, was passiert ist? Ich bin derjenige, der die Party verlassen hat, um mit meiner Frau im Dungeon zu spielen. Was, wenn dem Rest meines Teams etwas entgangen ist, als ich meine Pflichten vernachlässigt habe? Irgendeine Gefahr, die dazu geführt hat, dass der vermutlich wichtigsten jungen Frau auf dem Campus – zumindest in politischer Hinsicht – etwas Schreckliches zugestoßen ist?

Ich bemühe mich, mir Melinda nicht zusammengebrochen in einer Blutlache vorzustellen.

Nicht wie Valentina. Das ist vorbei.

Wir sind nicht mehr dort, wie Lili sagen würde.

Würde meine Mom mir raten, ihnen eine Probe zu geben? Nein. Sie würde mir sagen, dass ich in Abwesenheit eines Anwalts keine Fragen beantworten soll. Sie würde mir sagen, dass man mir eine Falle stellt.

Das hier könnte definitiv eine Falle sein.

Ich atme aus. „Klar."

Der Kerl im schwarzen Shirt nickt dem Detective zu, der zur Tür geht und etwas zu den Leuten draußen sagt.

„Ist sie am Leben?" Ich versuche, gelassen zu klingen, aber meine Stimme bricht.

Der Kerl im schwarzen Shirt mustert mich. Nach einem langen, quälenden Moment nickt er. „Sie ist im Krankenhaus. Sie wurde auf Ihrer Party unter Drogen gesetzt und sexuell missbraucht."

KAPITEL ACHTZEHN

Lara

Ich bin mit den Mitgliedern des Baranov Hauses in der Küche. Es ist fünf Uhr morgens und niemand hat geschlafen. Mit ihrer italienischen Espressomaschine habe ich Espresso und aufgeschäumte Milch für alle gemacht. Die Polizei durchsuchte jedes Zimmer im Haus, möglicherweise auf der Suche nach Drogen oder Drogen-Utensilien, aber sie schienen auch Wellness-Checks bei allen durchzuführen, die betrunken wirkten. Leo, Alex und Feliks folgten ihnen wie schweigende Wachhunde, die darauf warteten, von der Leine gelassen zu werden. Allerdings war ihr Herrchen nicht da, um ihnen Befehle zu erteilen.

Das Haus fühlt sich ohne Barons stille Autorität völlig anders an. Mir war bis zu seiner Abwesenheit nicht bewusst, wie sehr seine Kontrolle für ein Gefühl der Sicherheit sorgt. Ohne ihn fühlt sich alles unsicher an. Haltlos.

Furchterregend.

Mir gefällt die Vorstellung nicht, dass Baron im Polizeirevier ist. Kein bisschen. Erneut scheint er sein eigenes Wohlbehagen, seine Sicherheit und seine Freude zu opfern, um den Druck und Stress von allen anderen zu nehmen.

Allerdings spüre ich die Anspannung.

Ich will, dass er vom Revier zurückkommt. Ich will, dass er in Sicherheit ist. Ich will wissen, warum sie ihn belästigen, obwohl er so hart gearbeitet hat, damit auf dieser Party alles legal zugeht.

„Sollte jemand Lili Bescheid sagen?", frage ich. Sie hat die Party irgendwann verlassen und ist nach Hause gegangen. Sie weiß nicht, dass ihr älterer Bruder aufs Polizeirevier gebracht wurde.

„Lass sie schlafen", antwortet Leo sofort, als hätte er bereits darüber nachgedacht.

Anscheinend ist Baron nicht der Einzige mit einem großen Beschützerinstinkt, wenn es um Lili Baranova geht.

„Erkläre mir noch einmal die amerikanischen Gesetze", bitte ich Leo.

„Er wurde nicht verhaftet, als sie gingen. Sie nahmen ihn nur für eine Befragung mit. Wenn sie nicht genug gegen ihn in der Hand haben, um ihn eines Verbrechens anzuklagen, können sie ihn nicht länger als achtundvierzig Stunden festhalten, ohne ihn wegen hinreichenden Tatverdachts vor einen Richter zu bringen."

Ich schüttle den Kopf, weil ich noch immer nicht verstehe, was das alles bedeutet.

„Ich gehe zum Revier", verkünde ich und stehe auf. „Um ihn dort rauszuholen oder seine Kaution zu bezahlen oder was auch immer."

Anders' Handy piept. „Es ist Baron."

Wir drängen uns alle um ihn.

Hast du Melinda letzte Nacht nach Hause gebracht??

. . .

Anders' Gesicht wird blass. „Scheiße. Melinda ist etwas zugestoßen? Oh Gott." Er tippt schnell zurück:

Nein, du hast gesagt, dass ich die Party beenden soll, weshalb ich die Security gerufen habe, um sie zu ihrem Wohnheim bringen zu lassen.

Sie wollen, dass du so bald wie möglich aufs Revier kommst für eine Aussage und eine DNA-Probe.

Anders steht auf und sieht wacklig aus.

„Ich begleite dich", sage ich bestimmt. „Mir ist egal, ob ich achtundvierzig Stunden auf dem Polizeirevier warten muss. Es ist besser, als hier zu sitzen und nicht zu wissen, was mit ihm los ist."

Leo steht ebenfalls auf. „Ich auch. Ich kann die Kameraaufnahmen aufrufen, auf denen zu sehen ist, wie sie das Haus verlässt, falls das hilft."

Fünfzehn Minuten später betreten wir drei das kleine Polizeirevier von Whisper, wo der Cop am Empfang Anders sofort nach hinten führt und Leo und mich ignoriert.

Leo beginnt, auf seinem Handy zu arbeiten und Kameraaufnahmen von der vorderen Veranda des Hauses aufzurufen. Sein Gesicht ist grimmig. „Ich hoffe, Melinda ist nichts zugestoßen", sagt er angespannt.

„Bist du mit ihr befreundet?"

Leo schüttelt den Kopf. „Nein. Aber ich würde mich schrecklich fühlen, wenn ihr etwas zugestoßen wäre, nachdem sie unsere Party verlassen hat. Ich würde mich verantwortlich fühlen und Baron ..."

Er hält inne.

Ich versuche erfolglos, zu schlucken. „Was ist mit Baron?"

Leo bemerkt die Intensität in meiner Stimme und schaut von seinem Handy auf, an dem er nach wie vor arbeitet, während wir uns unterhalten. „Es ist nichts zwischen ihnen", sagt er wegwerfend. „Das meine ich nicht. Aber Baron hat große Probleme damit, wenn Leute unter seiner Aufsicht verletzt werden."

Da ist es wieder. Noch ein Hinweis auf Barons beschützende Seite und ein zugrundeliegendes Trauma, das dafür gesorgt hat.

„Was ist ihm zugestoßen?", frage ich leise.

Leo schaut mich kurz an und schüttelt den Kopf. „Es steht mir nicht zu, diese Geschichte zu erzählen."

Mein Puls beschleunigt sich, weil ich höre, dass ich recht habe – es gibt eine Geschichte. Aber ich respektiere Leos Grenze. Er hat recht – Baron sollte mir die Geschichte anvertrauen. Ich hoffe, er kann es tun.

Leos Handy vibriert und er reagiert auf etwas.

„Fuuuuuuck." Er fährt mit einer Hand durch seine Haare.

„Was ist los?"

Er reicht mir das Handy, auf dem die *New York Times* App geöffnet ist. Oben auf der Seite steht ‚Eilmeldung'.

Die Überschrift lautet ‚Tochter des Vizepräsidentschaftskandidaten Gabe Tracy wurde auf Thornecroft Party unter Drogen gesetzt und angegriffen.'

Ich atme scharf ein und meine Adern gefrieren zu Eis. „Aber … das ist nicht passiert. Oder?"

Leo schüttelt den Kopf. „Definitiv nicht. Das geht auf die Kappe des Titan Hauses."

Ich sehe jedoch Zweifel auf seinem Gesicht. „Würde ein anderes Gesellschaftshaus zu solchen Extremen greifen, nur weil eure Partys besser sind?", frage ich zweifelnd. „Sie würden doch keine Frau *angreifen*, oder?"

Ein Muskel zuckt an Leos Kiefer. „Nun, sie wäre die richtige Wahl, wenn sie sicherstellen wollen, dass wir dauerhaft aus dem Verkehr gezogen und strafrechtlich verfolgt werden."

Er denkt nach. „Oder es könnten die politischen Gegner ihres Vaters sein, die versuchen, ihn schwach aussehen zu lassen." Er schüttelt den Kopf. „Nein, das ergibt keinen Sinn. Es muss ein abgekartetes Spiel sein, um Baron und unser Haus zu belasten."

Er widmet sich wieder seinem Handy und scrollt durch die Videoaufnahmen. „Hier, schau." Er zeigt mir das Video von Anders, der Melinda zu einem Security-Wagen bringt – einem der Elektrowagen ohne Dach, in denen die Campus-Security patrouilliert. Er gibt ihr einen Kuss, bevor er ihr auf die Rückbank hilft, beiseitetritt und zuschaut, wie der Wagen davonfährt. „Hat sie auf dich gewirkt, als wäre sie berauscht?", fragt Leo.

Ich schüttle den Kopf und atme dringend benötigte Luft ein.

Leo hat Beweise. Alles wird gut werden.

Er steht auf und geht zum Empfangsschalter. „Ich würde gerne mit der Person sprechen, die den Melinda Tracy Fall führt", sagt er und zeigt das Display seines Handys. „Ich habe ein Video mit Zeitstempel von Melinda, das zeigt, wie sie unsere Party verlässt."

Baron

Sie befragen mich gefühlte Stunden. Ich bereue meine Entscheidung nicht, meine Mom nicht angerufen zu haben. Wenn ich formell angeklagt werde, wird sie mich wahrscheinlich umbringen, weil ich sie nicht sofort angerufen habe, doch für den Moment kooperiere ich. Um Melindas willen.

Endlich teilt man mir mit, dass es mir freisteht, zu gehen. „Ihre Frau ist hier, um Sie abzuholen", sagt der Detective.

Überraschung ergießt sich wie eine warme Flüssigkeit in meine Brust. „Das ist sie?", frage ich dümmlich.

Lara ist gekommen.

Es ist früher Morgen, was bedeutet, dass sie vermutlich nicht geschlafen hat.

Was bedeutet, dass ihr etwas an mir liegt.

Meine Frau ist hier, um mich abzuholen.

Keine Worte, haben mir jemals mehr bedeutet.

„Verlassen Sie die Stadt nicht", warnt mich der Polizist.

Ich nicke und gehe zur Lobby des kleinen Polizeireviers.

Noch eine Dosis warme Flüssigkeit flutet meine Glieder, als ich sie sehe. Lara springt von einem Stuhl auf, um mir entgegenzukommen. Sie trägt eine petrolfarbene Jogginghose mit einem Markennamen auf einem Bein und ein helles, bauchfreies, rosafarbenes T-Shirt, das sich eng an ihre BH-losen Brüste schmiegt.

„*Malyshka*." Meine Stimme klingt rau. Ich stolpere zu ihr. „Du bist gekommen."

Sie kommt mir auf halbem Weg entgegen und schlingt ihre Arme um mich. Ich packe ihre Taille und hebe sie für eine lange, feste Umarmung vom Boden.

Meine Augen brennen.

Leo steht in der Nähe und Anders kommt aus dem Befragungsraum. Er sieht mitgenommen aus.

„Verschwinden wir von hier", sage ich und wir vier verlassen das Revier.

Als wir sicher in Leos SUV sitzen, sage ich: „Ich weiß nicht, was zum Henker gerade passiert ist. Sie behaupten, dass Melinda auf unserer Party unter Drogen gesetzt und sexuell missbraucht wurde."

Anders sieht aus, als würde er sich gleich übergeben. „Kannst du mich zum Krankenhaus bringen, Leo? Ich muss sie sehen."

Ich nicke. „Ja, ich auch." Ich strecke meine Hand aus und drücke Laras. „Ist das für dich in Ordnung?"

Ihre Brauen heben sich überrascht, doch sie nickt.

„Ich habe ihnen das Video gezeigt, auf dem sie die Party verlässt und eindeutig *nicht unter Drogeneinfluss* ist", informiert uns Leo. „Und ich habe bestätigt, dass ich dich und Anders die ganze Zeit im Haus sah, nachdem sie gegangen war."

„Danke", sage ich leise.

„Ich habe ihnen gesagt, dass ich sämtliche Aufnahmen der Party durchgehen werde, um alle zu finden, in denen Melinda zu sehen ist. Ich kann auch Aufnahmen von Anders im Haus raussuchen, nachdem sie ging, und Lara war dein Alibi."

Ich drehe mich und schaue Lara an. Plötzlich ist mir schlecht.

Sie nickt. „Sie haben mich befragt und ich habe ihnen gesagt, dass wir in der letzten Stunde der Party zusammen waren."

Ich knirsche mit den Zähnen. Eine Sache, die ich mir nie gewünscht hätte, ist, dass meine Frau befragt wird, um meine Geschichte zu bestätigen.

„Sie haben dich befragt? Das tut mir so leid, Lara."

Sie reckt das Kinn. „Ich habe mich freiwillig gemeldet."

Noch eine Woge der Wärme schwappt über mich. Ich hebe ihre Hand an meine Lippen und küsse deren Rücken. „Es tut mir leid", murmle ich erneut.

„Nicht alles unterliegt deiner Kontrolle, Baron." Sie hält meinen Blick ruhig mit ihren blauen Augen und es fühlt sich an, als würde ich einen Salto schlagen. „Du bist nicht für all die schlimmen Dinge verantwortlich, die in der Welt geschehen."

„Ich bin ein Hauptverdächtiger", sagt Anders angespannt auf dem Beifahrersitz. „Sie werden meine DNA auf ihrem gesamten Körper finden. Aber es war einvernehmlich."

„Natürlich war es das", erwidere ich. „Sie wird ihnen das sagen, wenn sie aufwacht."

Er dreht sich zu mir um. „Alter, was, wenn sie sich nicht erinnert? Sie war mit Blutergüssen bedeckt − jeder wird denken, dass ich irgendein abscheulicher Sexualstraftäter bin."

Das ist der Moment, in dem es glasklar wird.

„Das Ganze *war* eine Falle", sage ich und denke beim Sprechen darüber nach. „Alle wissen oder meinen zu wissen, dass wir einen Dungeon haben. Es könnte auch bekannt sein, dass Melinda Tracy ihn letztes Jahr frequentiert hat. Vielleicht sogar, dass sie ihn mit mir aufgesucht hat." Ich werfe meiner Frau einen entschuldigenden Blick zu, doch ihr Gesicht bleibt mitfühlend.

„Also gibt jemand Melinda auf der Party K.O.-Tropfen und ruft Hilfe und die Polizei findet sie unter Drogeneinfluss und mit Blutergüssen bedeckt und voll von der DNA einer Person", beendet Leo meine Ausführungen.

„Genau. Es muss eine Falle sein, sonst wären die Polizisten nicht auf unserer Party erschienen und hätten nach mir gesucht. Ich habe die ganze Nacht kein einziges Wort mit ihr gewechselt", sage ich.

„Was, wenn es der Kerl war, von dem ich dachte, er hätte Lili K.O.-Tropfen verabreicht?", fragt Leo.

Ich schüttle den Kopf. „Er hatte eine Flasche Wodka. Das war ein Zufall. Oder dein Bauchgefühl, das dich gewarnt hat, dass etwas Schlimmes passieren würde."

„Wer hat sie gefunden und Hilfe gerufen?", fragt Lara.

„Ich weiß es nicht. In dem Zeitungsartikel stand nichts darüber, wie sie gefunden wurde", antwortet Leo.

„*Zeitungsartikel?*" Ich fahre mit den Fingern durch meine Haare. „Das ist schnell außer Kontrolle geraten. Fuck."

„Ja", sagt Leo. „Ich habe einen Alarm für Eilmeldungen

der *New York Times* auf meinem Handy. Deshalb wusste ich, dass ich die Sicherheitsaufnahmen durchgehen muss."

„Also wird jetzt die Aufmerksamkeit des ganzen Landes diesem Fall gelten. Selbst wenn sie keine Anklage erheben können, wird der Kanzler vermutlich alles tun, um den Fall aus der Welt zu räumen, einschließlich mich von der Uni zu werfen und unser Haus zu schließen", ächze ich.

„Oder mich", wirft Anders elend ein. „Falls mich dieser Kerl, der für ihren Dad arbeitet, nicht vorher umbringt."

„Hast du ihm die Wahrheit erzählt?", frage ich. „Darüber, was du und Melinda getan habt?"

Leo fährt vor das Krankenhaus, doch keiner von uns steigt aus. Dieses Gespräch muss in der Privatsphäre unseres Fahrzeugs beendet werden.

„Ich ... habe gesagt, dass wir Sex hatten", berichtet Anders. „Aber ich wollte sie nicht bezüglich des Schmerz-Spiels outen. Ich meine, die ganze Welt könnte davon erfahren. Ihr Dad könnte es erfahren. Er wird mich vermutlich umbringen lassen."

„Niemand wird unter meiner Aufsicht umgebracht", knurre ich. Ich kann es wahrscheinlich mit dem Kerl im schwarzen Shirt aufnehmen. Er sieht durchtrainiert aus, aber das bin ich auch.

„Was, wenn sich Melinda nicht daran erinnert, dass wir Sex hatten? Können Erinnerungsverlust und Verwirrung weiter zurückreichen als bis zu dem Moment, in dem sie die Droge genommen hat?"

Kälte breitet sich im Fahrzeug aus, als wir über diese Frage nachdenken.

„Ich weiß es nicht", antworte ich leise. „Allerdings glaube ich, dass Melinda klug genug ist, um die Wahrheit zusammenzusetzen, wenn wir ihr die Fakten präsentieren."

Ich hoffe es. Aber Anders hat vermutlich richtig gehandelt, indem er sie nicht ‚geoutet' hat. Je nach dem, wie wichtig es ihr ist, diesen Teil ihres Lebens geheim zu halten, besteht jedoch die Möglichkeit, dass sie Anders den Wölfen zum Fraß vorwirft, um das zu erreichen.

Das werde ich allerdings nicht zulassen.

„Im besten Fall finden wir die Mistkerle, die das getan haben, und lassen sie dafür bezahlen."

„Und bringen sie vor Gericht", korrigiert Lara. „Ansonsten wirst du deinen Namen nicht reinwaschen."

———

Im Krankenhaus wimmelt es nur so vor Presseleuten und als ich am Empfang nach Melindas Zimmer frage, informiert uns die Rezeptionistin, dass niemandem Informationen über Ms. Tracy anvertraut werden.

„Fuck. Ich werde ihr eine Nachricht schicken. Meine Fresse, was soll ich bloß schreiben?", fragt Anders.

„Sag ihr, dass du gehört hast, was passiert ist, und frag, ob du sie besuchen darfst", rate ich ihm.

Eine vertraute Gestalt in einem engen schwarzen T-Shirt drängt sich durch die Menge und geht durch den Flur.

„Schaut." Ich recke das Kinn. „Ich wette, er weiß, wo Melindas Zimmer ist."

Wir vier gehen durch den Flur und folgen dem Regierungsagenten. Er nimmt die Treppe und ich folge ihm. In der Tür des Erdgeschosses warte ich und lausche darauf, wie viele Stockwerke er erklimmt. Als sich die Tür zum zweiten Stock schließt, bedeute ich meinen Freunden, mir zu folgen.

Im zweiten Stock öffne ich die Tür einen Spaltbreit und spähe nach draußen.

Gabe Tracy steht in der geöffneten Tür eines Krankenhauszimmers und wird von zwei Secret Service Mitgliedern flankiert. Er hört dem Kerl im schwarzen Shirt zu. Sein Handlanger entdeckt mich und sie schauen uns beide an.

Zum Teufel damit. Ich schiebe die Tür des Treppenhauses auf und marschiere mit Laras Hand in meiner raus. Anders und Leo nehmen uns in ihre Mitte.

„Benjamin Baranov und Anders Hansen", sagt Melindas Dad. Sein Gesicht ist finster verzogen. Wer könnte ihm das zum Vorwurf machen, nachdem seine einzige Tochter angegriffen wurde?

Ich vermute, dass er unsere Namen von dem Kerl im schwarzen Shirt erfahren hat. Ich kann nur hoffen, dass er ihm bereits erklärt hat, dass wir vermutlich unschuldig sind.

Meine Mom hat dabei geholfen, dass er gewählt wurde, doch jetzt ist vermutlich nicht der richtige Zeitpunkt, um das zu erwähnen. Er weiß es wahrscheinlich ohnehin.

„Senator Tracy." Ich kann mich nicht entscheiden, ob ich ihm meine Hand reichen soll oder nicht. Ich beschließe, es nicht zu tun, denn er sieht nicht aus, als wäre er in der Stimmung, Hände zu schütteln. „Das ist meine Frau Lara Baranova und mein Mitbewohner Leo Popov."

Der Kerl im schwarzen Shirt beobachtet mich abwägend. Ich vermute, dass ihm kaum etwas entgeht.

„Warum sind Sie hier?" Senator Tracy sieht so müde aus, wie ich mich fühle. Niemand hat letzte Nacht geschlafen.

„Um Melinda zu unterstützen." Ich spähe an ihm vorbei ins Zimmer, doch das Bett ist leer.

„Sie ruht sich aus." Der Senator bedenkt uns alle mit einem harten Blick. Ich realisiere, dass die Secret Service Mitglieder vor der Tür des Nachbarzimmers stehen. Sie muss in diesem Zimmer sein.

Ich erwidere seinen Blick, ohne eine Miene zu verziehen. Er muss wissen, dass ich unschuldig bin und nichts zu verbergen habe. Zumindest nicht hinsichtlich dieses Falls. In anderen Gebieten habe ich eine Menge zu verbergen.

„Kommen Sie in dieses Zimmer." Senator Tracy deutet mit dem Kopf zu dem leeren Zimmer hinter sich und wir folgen ihm. Der Kerl im schwarzen Shirt kommt ebenfalls mit und schließt die Tür hinter uns.

Der Senator richtet seinen finsteren Blick auf Anders. „Habe ich richtig verstanden, dass Sie meine Tochter ... *daten?*"

Anders tritt von einem Fuß auf den anderen. „Ich bin mir nicht sicher, ob ich es so definieren würde, aber ehrlich gesagt, Senator, würde ich meinen linken Hoden hergeben, damit es wahr ist."

Gabe Tracys Augenbrauen schnellen empor.

Anders hat eine Art an sich, die Leute zu entwaffnen, und anscheinend funktioniert sein graphisches Geständnis, denn die Schultern von Melindas Dad sacken herab und er reibt mit einer Hand über sein Gesicht.

„Ich möchte bloß, dass sie wissen, Senator, dass wir denjenigen finden werden, der das Melinda angetan hat, und ihn dafür bezahlen lassen werden", verkünde ich.

„Er meint, dass er denjenigen *vor Gericht bringen* wird", korrigiert Lara mich erneut und drückt meine Hand.

Ich lasse meine Halswirbel knacken. Der Täter wird meine Gewalt erleben. *Dann* werde ich ihn vor Gericht bringen.

„Wissen Sie, wer das getan hat?", fragt Senator Tracy.

„Ich habe ein paar Vermutungen. Und ich habe Ressourcen. Wir werden denjenigen finden."

Der Kerl im schwarzen Shirt beobachtet mich ruhig. Ich erwarte, dass er etwas wie „Überlassen Sie die Detektivarbeit mir" sagt, doch er bleibt stumm, weshalb ich weiterspreche.

„Wer hat sie ins Krankenhaus gebracht? Ihre Zimmergenossin?"

„Die Campus Security", liefert uns der Kerl im schwarzen Shirt unerwartet eine Information.

Leo und ich wechseln einen Blick. Der Sicherheitsbedienstete. Er muss dahinterstecken.

„Der gleiche Kerl, der sie unversehrt beim Baranov Haus abgeholt hat?", fragt Leo.

Keiner der Männer antwortet.

„Wir werden dort ansetzen", sage ich.

„Wollen Sie mir von Ihren Ideen erzählen?", fragt der Senator.

Ich zögere. Ohne Beweise will ich keine Anschuldigungen aussprechen, aber die Schuldgefühle darüber, was Melinda zugestoßen ist, fressen mich bei lebendigem Leib auf. Es ist wegen mir passiert. Wie Valentina war Melinda eine Unschuldige, die ins Bratwa-Kreuzfeuer geraten ist. Ich fahre mit einer Hand über mein Gesicht.

„Senator ... es ist möglich, dass diese ein ausgeklügelter Plan war, damit unser Haus geschlossen wird. Eine prominente Zielperson wie Ihre Tochter zu wählen, stellte sicher, dass Köpfe rollen würden. Ganz zu schweigen davon, dass es eine wahre Flut an Druck und negativer Presse an die Universität gebracht hat. Wissen Sie zufällig, wer die *New York Times* angerufen hat?"

„Wir versuchen noch, das herauszufinden", antwortet Senator Tracy. Er schaut mich finster an. „Ihre Theorie ist also, dass es hier um Sie und Ihr Haus ging?" Spott schwingt in seiner Stimme mit. Als wäre ich ein Narzisst, der die Tragödie seiner Tochter nur auf sich bezieht.

Ich gebe es auf, ihm meine Gedanken zu erklären, und schüttle den Kopf. „Sie haben recht. Ich bin vermutlich nur paranoid."

„Nein, erklären Sie mir Ihre Theorie", verlangt der Kerl im schwarzen Shirt. Sein Rücken lehnt an der Wand und seine Hände sind lose vor seiner Mitte verschränkt. Wer immer er ist, er ist kein gewöhnlicher Secret Service Mitarbeiter. Er gehört definitiv zu einem Spezialteam und besitzt das volle Vertrauen des Senators.

Ich hole tief Luft. „Meine Hoffnung ist, dass niemand

Melinda angegriffen hat und sie nur unter Drogen gesetzt wurde. Die Leute wussten, dass sie unser Haus frequentiert, und es gab möglicherweise Gerüchte, dass sie und ich in der Vergangenheit eine körperliche Beziehung hatten. Ihr während oder kurz nach unserer Party Drogen zu verabreichen, würde einen Shitstorm für mich garantieren. Dass es Anders war, mit dem sie zusammen war, ist nicht besser. Falls Melinda sich nicht mehr daran erinnert, was sie gemeinsam auf der Party getan haben, bevor sie unter Drogen gesetzt wurde, steckt Anders in gewaltigen Schwierigkeiten und unser Haus wird vermutlich geschlossen werden – allermindestens wird uns verboten werden, Partys auszurichten, falls wir nicht komplett geschlossen werden."

Gabe Tracy sieht wütend aus. „Sie wollen mir sagen, dass dies eine Art Schikane zwischen den Häusern ist?"

Ich erwidere seinen Blick direkt. „Ich sage Ihnen, dass ich denjenigen vernichten werde, der dahintersteckt. Niemand verletzt meine Freunde."

Die Mundwinkel des Kerls im schwarzen Shirt zucken kurz und dann wird sein Gesicht wieder ausdruckslos.

„Und Melinda ist Ihre Freundin." Es ist eine Frage, doch seine Stimme hebt sich am Ende nicht.

„Ja, Sir."

„Okay. Folgendes wird geschehen. Sie finden heraus, wer das meiner Tochter angetan hat, und bringen ihn zu mir."

„Ja, Sir."

„Und Sie sollten beten, dass Ihre Geschichten mit Melindas übereinstimmen, wenn sie aufwacht, andernfalls, da haben Sie recht, werde ich Sie alle vernichten." Er wirft uns vieren einen finsteren Blick zu, bevor er mit der Hand auf die Tür deutet. „Und jetzt verschwinden Sie."

KAPITEL NEUNZEHN

Lara

Ich wache um 13:00 Uhr auf. Ich habe Hunger und das Bett ist kalt. Daher steige ich aus dem Bett und schaue mich nach Baron um. Ich höre sein Handy wegen einer Nachricht vibrieren und sehe, dass es auf dem Nachttisch liegt. Er muss noch hier oben sein.

Eine kühle Brise fegt durch den Raum und ich realisiere, dass das Fenster halb geöffnet ist. Als ich dorthin gehe, um es zu schließen, sehe ich Baron in seinem Top und einer Jeans auf dem Dach sitzen. Seine Arme liegen locker auf seinen angezogenen Knien.

Ich stoße das Fenster weit auf und er dreht sich um. „Lara." Sein Blick wirkt gequält.

Ich steige auf das leicht schräge Ziegeldach und er streckt sofort seine Hand aus, um mich zu stützen. „Bist du okay?", fragt er, als ich mich neben ihm niederlasse.

„Ja. Und du?"

Ausnahmsweise gibt er sich nicht aalglatt, kontrolliert und verschlossen. Er holt tief Luft und lässt sie mit einem

Seufzer fahren. Dann nickt er. „Ich bin okay." Seine Worte klingen jedoch bedrückt.

„Was machst du hier draußen?" Ich bereue die dumme Frage sofort. Er wollte offensichtlich allein sein und ich störe ihn.

Er schenkt mir ein schwaches Lächeln. „Ich sonne mich."

„Du trägst ein Oberteil", bemerke ich.

„Das lässt sich ändern." Er greift zwischen seine Schulterblätter und zieht es sich geschmeidig mit einer Bewegung über den Kopf, die so sexy ist, dass meine Eierstöcke drei Eier ausstoßen.

„Machst du dir Sorgen?"

Der starke Anführer kehrt zurück und ich trete mir selbst in den Hintern, weil ich die falsche Frage gestellt habe. Ich will, dass er sich öffnet und verletzlich macht, nicht dass er mich beruhigt.

Er schüttelt den Kopf. „Nein. Ich werde die Mistkerle finden, die das getan haben, und es in Ordnung bringen." Er spricht voller Zuversicht und ich hege keinerlei Zweifel daran, dass er es tun wird.

Ich betrachte die Aussicht. Ich kann verstehen, warum Baron gerne hier rauskommt. Wir sind im zweiten Stock – auf der Höhe der Baumwipfel. Unser Fenster ist vom Campus abgewandt und zeigt die Häuser der Nachbarschaft.

„Kommst du hierher, um nachzudenken?", versuche ich es noch einmal.

Er verschränkt seine Finger mit meinen und hebt meine Fingerknöchel an seine Lippen. „Ja."

„Störe ich dich?" Ich bemühe mich, mir einzureden, dass ich nicht verletzt sein werde, falls er bejaht, doch mein Herz fühlt sich voll und verletzlich an. Als würde es beim kleinsten Pieks platzen.

„Fuck, nein." Er mustert mich. „Du bist das Beste, was mir passiert ist."

Meine Brust zieht sich zusammen, als hätte er gerade ein Band fest um deren Mitte gebunden. Ich will ihm glauben. Es erschüttert mich, wie wichtig mir das ist. Das Atmen fällt mir schwer.

„Als sie mich heute Morgen aus dem Gefängnis rausließen und mir sagten, dass meine Frau auf mich wartet, da ..." Baron verstummt und sein Blick wandert über mein Gesicht. „Ich kann dir nicht sagen, was mir das bedeutet hat. Ich konnte nicht glauben, dass du wegen mir gekommen bist."

„Natürlich bin ich wegen dir gekommen." Ich weiß nicht, warum meine Augen heiß werden. Meine Kehle fühlt sich verstopft an. „Du bist mein Ehemann."

Baron lässt den Kopf kurz zwischen seine Knie fallen, bevor er seine Schulter an meine lehnt. „Ich fühle mich demütig", murmelt er. „Ich will ..." Er verstummt erneut.

Normalerweise ist er so clever und selbstbewusst. Als *Pakhan* seiner Bratwa-Zelle ist er stark, dominant, der Anführer, doch momentan gehört er ganz allein mir.

Mir war nicht bewusst, wie sehr ich das brauchte. Es ist nicht so, als wollte ich, dass er sich demütig fühlt – nun, vielleicht wollte ich das – doch ich sehnte mich danach, ihn wie eine Auster zu knacken. Die weichen Teile unter der harten Schale zu sehen. Ich wollte herausfinden, wie er tickt. Was ihn dazu bringt, seine eigene Freude für alle anderen in seinem Umfeld zu opfern. Was ihn zu so einem leidenschaftlichen Beschützer macht.

Ich berühre sein Gesicht. „Was willst du?", murmle ich.

Er lacht humorlos. „Ich will, dass ich dir wichtig bin." Seine Stimme bricht.

Mein Herz folgt ihrem Beispiel.

Ich werfe ein Bein über seine Taille und setze mich rittlings auf seinen Schoß. „Du bist mir wichtig, Baron", flüstere ich.

Er hält meine Taille fest und lehnt seine Stirn an meine.

„Ich bin verrückt nach dir, Lara. Ich habe aus Pflichtgefühl zugestimmt, dich zu heiraten, doch in dem Moment, in dem ich dir begegnet bin, hat sich das geändert. Du fühlst dich an wie ... jemand, auf den ich mein ganzes Leben gewartet habe."

Tränen brennen in meinen Augen.

„Ich wollte das hier nicht. Das tue ich noch immer nicht. Aber ... du hast meine Schutzwälle überwunden. Ich möchte dich kennenlernen, Baron. Dein wahres Ich."

Er erwidert meinen Blick. Seine braunen Augen wirken dunkel. Ich kann eine leichte Panik in ihnen entdecken. Als wüsste er, dass ich die Burg stürme und es auf seine tiefsten, dunkelsten Geheimnisse abgesehen habe.

„Erzähl es mir", murmle ich.

Echte Panik flammt in seinem Blick auf, doch er überspielt sie: „Was soll ich dir erzählen?"

„Was ist passiert, das dich so gemacht hat. Wen hast du verloren?"

Er atmet erschrocken ein und hält die Luft an.

Ich nehme seinen stoppeligen Kiefer in meine Hände, streichle mit den Daumen zu seinen Ohren und fahre die weichen Haare nach, die seine Koteletten bilden.

„Unsere Haushälterin. Valentina. Und ... Lili hätte sterben können."

Ich verharre ganz reglos und atme kaum. Warte darauf, dass er weiterspricht.

„Es war meine Schuld. Wir verließen unser Gebäude nie ohne Schutz. Mein Dad fuhr uns in einem Panzerwagen zur Schule. Unser Wohngebäude war eine Festung – niemand konnte sie einnehmen." Barons Atem entweicht als kurzes, flaches Keuchen.

Das Trauma dessen, was er mir gleich erzählen wird, beherrscht noch immer sein Nervensystem. Er erlebt das Geschehene nach wie vor, als würde es aktuell geschehen.

„Ich wollte ein Eis." Seine Stimme klingt rau. „Am Strand

war ein Eiscremewagen – ich konnte ihn von unserem Wohnzimmerfenster aus sehen. Ich war zehn Jahre alt – alt genug, um mir selbst ein Eis zu kaufen, aber es war uns verboten, allein rauszugehen, was ich hasste. Ich nervte Valentina, damit sie mich dorthin gehen ließ, und als sie das nicht tat, bat ich sie, mit uns zu dem Eiswagen zu gehen. Ich stiftete Lili dazu an, mir zu helfen, und sie bettelte und flehte und jammerte, bis Valentina zustimmte, mit uns zu dem Wagen zu gehen."

Ich halte den Mund und streichle weiterhin mit den Daumen über seine Schläfen, um seine Ohren und versuche, den gequälten Zustand seines Körpers zu beruhigen, während er die Geschichte erzählt.

„Wir kauften uns ein Eis und waren auf dem Rückweg – wir hatten fast die Vorderseite unseres Gebäudes erreicht – als ein weißer Van an den Gehweg fuhr und drei Kerle heraussprangen. Valentina schrie und nahm Lili in die Arme. Sie befahl mir, zum Gebäude zu rennen, aber ich ..." Er schüttelt den Kopf und sieht verwirrt aus. Als sei er noch immer der zehnjährige Junge, der geschockt auf dem Gehweg steht.

„Ich stand einfach nur da. Wie angewurzelt."

„Das ist eine normale menschliche Reaktion", murmle ich sanft, da ich seinen Redefluss nicht unterbrechen will. Allerdings möchte ich auch nicht, dass er weiterhin glaubt, dass er etwas falsch gemacht hat.

Er schluckt. „Einer von ihnen schoss Valentina in den Kopf. Sie brach auf dem Gehweg zusammen. Die Hälfte ihres Kopfs wurde weggeblasen. Der Kerl packte Lilis Arm, riss ihn aus der Gelenkpfanne und zerrte sie aus Valentinas toten Händen.

Zwei Kerle packten mich. Ich wachte endlich auf und versuchte, zu entkommen, doch es war zu spät. Sie schleiften mich zum Van. Maykl – Alexeis und Feliks' Dad – eilte mit gezückten Pistolen aus dem Gebäude, doch er schoss nicht."

Barons Stirn legt sich in Falten. „Ich brüllte ihn an, dass er schießen soll. Damals konnte ich nicht verstehen, warum er es nicht tat, aber natürlich hatte er Angst, aus Versehen Lili oder mich zu treffen."

Baron hält inne und spricht nicht weiter. Sein Blick ist ins Leere gerichtet, als würde er den Moment erneut erleben.

„Was ist dann passiert?", flüstere ich.

„Sie warfen uns hinten in den Van und fuhren los. Maykl schoss auf einen der Reifen, als sie wegfuhren, doch sie rasten weiter. Es gab eine Verfolgungsjagd. Der Van kippte um – einige Male. Ich wurde eine Weile bewusstlos."

„*Bozhe moi*", hauche ich.

Kurz konzentrieren sich Barons Augen auf mein Gesicht, als hätte ich ihn daran erinnert, dass ich noch da bin. Dass wir uns in der Gegenwart befinden. In einer Zukunft, in der er erwachsen ist. In der er dieses Ereignis überlebt hat.

Er schluckt. „Ich hörte Schüsse von vorne. Der hintere Teil des Vans war von der Fahrerkabine abgetrennt, weshalb ich nicht wusste, was los war. Wir waren im Dunkeln – während der Wagen auf dem Kopf lag. Ein Kerl lag auf mir. Lili schrie und weinte, weil sie Schmerzen hatte. Mein Kopf und Hals taten weh.

Einer der Kerle riss die Hintertüren auf. Er nahm Lili in einen Würgegriff, hielt eine Pistole an ihren Kopf und schrie alle an, dass sie zurücktreten sollen.

Mein Dad und seine Männer waren dort, ließen ihre Waffen jedoch fallen, und ich konnte nicht verstehen warum. Mir wurde bewusst, dass der Kerl, der auf mir lag, bewusstlos war, weshalb ich mir seine Waffe nahm. Ich wusste, wie man sie abfeuerte. Mein Dad hatte mich jahrelang auf die Jagd mitgenommen, was er als Ausrede nutzte, um mir beizubringen, wie man mit Waffen umging.

Lili weinte. Der Kerl schüttelte sie und sagte ihr, dass sie die Klappe halten sollte, sonst würde er sie töten. Ich trat hinter ihn. Mein Dad sagte *schieß nicht*. Mir kam nicht in den Sinn, dass er mich meinte. Ich richtete die Pistole auf den Hinterkopf des Kerls und betätigte den Abzug.

Ich erinnere mich an den entsetzten Gesichtsausdruck meines Dads, als er losrannte, um Lili aufzufangen. Der andere Mann stöhnte hinter mir und begann, aufzustehen. Also drehte ich mich um und schoss ebenfalls auf ihn."

Ich bemühe mich, den Schock zu verbergen, der durch meine Seele schießt. Barons Stimme klingt jetzt stumpf. Als wäre er in dem Moment taub geworden und auch jetzt taub, während er mir davon erzählt.

„Ich verfehlte ihn, weshalb ich auf ihn zuging und weiterschoss. Ich schoss das ganze Magazin leer und feuerte immer weiter, bis Maykl mir die Pistole aus der Hand nahm und mich in eine Umarmung zog."

Tränen bilden sich in meinen Augenwinkeln.

Gospodi, er war nur ein Kind. Er beobachtete, wie seine Nanny starb, und glaubt noch immer, dass es seine Schuld war. Er musste zwei Männer töten, um das Leben seiner Schwester zu retten. Kein Wunder, dass er jetzt versucht, jeden Aspekt seines Lebens zu kontrollieren, um alle zu beschützen, die er liebt.

Ich schlinge meine Arme um ihn und drücke mein Gesicht an seinen Hals. „Es tut mir so leid, Ben. Das hätte dir nicht zustoßen sollen."

Er zieht mich fest an sich und drückt fast die Luft aus meiner Lunge.

„Es war nicht deine Schuld." Ich ziehe mein Gesicht zurück, um ihm in die Augen zu schauen. „Falls du denkst, dass Valentina wegen dir gestorben ist, das stimmt nicht."

Ein Muskel zuckt an Barons Wange. „Ich bin derjenige ..."

„*Nyet*", unterbreche ich ihn. „Du hast diesen Männern nicht gesagt, dass sie kommen und Valentina erschießen sollen. Du hattest nichts damit zu tun. Wäre dein Vater kein

Bratwa Boss, wäre es eine völlig normale Aktivität gewesen, an den Strand zu gehen, um ein Eis zu kaufen. Dir wurde diese Normalität wegen seiner Taten verwehrt, nicht wegen deiner. Nichts davon war deine Schuld."

„Ich hätte Lili töten können." Barons Stimme klingt gepresst.

„Was? Wie?"

„Als ich den Kerl erschoss, der sie festhielt. Seine Pistole hätte losgehen und sie töten können. Deswegen sagte mein Dad *schieß nicht*."

Wut durchströmt mich. „Zum Teufel mit deinem Dad! Hat er dir gesagt, dass du Lili hättest töten können? Du hast Lili *gerettet*. Du hast Lili gerettet, Ben." Ich nutze seinen echten Namen, damit sein jüngeres Selbst mich hört. „Es war die Schuld deines Dads, nicht deine."

Kummer schwappt über Bens Gesicht, aber er nickt. „Nein, er hat die Schuld auf sich genommen. Es war das einzige Mal, dass ich meinen Dad weinen sah."

Meine Augen werden erneut von Tränen geflutet. Dass ich ihm sage, er solle seinem Dad die Schuld geben, ist nutzlos. Sie litten alle. Es war ein geteiltes Familientrauma. Ich umarme ihn wieder. „Ich bin so froh, dass du überlebt hast, Benjamin Baranov."

Baron stößt Luft aus. „Ja?"

Ich nicke und denke nach. In den letzten Wochen ist so viel passiert. Es wirkt, als wäre ein ganzes Leben an uns vorbeigezogen. Ich wurde aus Paris weggeschickt, um einen Fremden zu heiraten, fing an einer neuen Universität an, wurde in eine Zelle aus Bratwa Erben geworfen, erlebte den wildesten Sex meines Lebens und ... verliebte mich.

Hätte mein Dad meine Ehe mit Baron nicht arrangiert, wäre mir all das entgangen. Ich würde diesen unglaublichen jungen Mann nicht kennen, der brillant, stark und auf die schönste Weise beschädigt ist. Ich wüsste nicht, wie es ist, wenn ein Mann wie er mich zum Mittelpunkt seiner Welt macht. Ein Mann, der die Aufmerksamkeit aller in seinem Umfeld auf sich zieht und Berge versetzt, um das Schicksal zu erschaffen, das er begehrt. Ein gefährlicher, gewalttätiger Mann, der mir nie mit Wut begegnet ist, selbst wenn ich ihn provoziert habe. Ein Mann, der sich möglicherweise in einem moralischen Graubereich bewegt, jedoch definitiv einem Kodex folgt.

Ich küsse ihn. „Ja. Ich verliebe mich in meinen Ehemann." Die Worte laut auszusprechen, fühlt sich an, als würde ich an der Spitze einer schwarzen Abfahrt ohne Skistöcke losfahren.

Baron packt meinen Hinterkopf. Seine Augen lodern. Der irrsinnig fokussierte Bratwa Prinz ist jetzt wieder bei mir – jegliches Trauma ist verschwunden. „Ich habe mich in dem Moment in dich verliebt, als du das Flugzeug verlassen hast, *Malyshka*", sagt er. Er küsst mich leidenschaftlich, seine Lippen krachen auf meine und seine Zunge peitscht in meinen Mund. Sein Schwanz wird hart und presst sich an meine Mitte.

„Rein", krächzt er an meinen Lippen und hebt meine Taille an, um mir beim Aufstehen zu helfen. „Ich brauche dich auf einem Bett. Unter mir. Nackt."

Ich lache, als er mir nach oben folgt. „Nicht auf einem Dach?"

Er nimmt meine Hand und führt mich zum Fenster. Er stützt mich, als ich hindurchklettere. „Zu riskant." Er wird plötzlich nüchtern. „Ich werde dich nicht verlieren."

Mein Herz macht in meiner Brust einen Salto. Mein von Tragödien gezeichneter Ehemann wird sich wahrscheinlich immer um meine Sicherheit sorgen.

Die Wahrheit ist, dass ich mich bei ihm vollkommen sicher fühle. Ich hatte zuerst Angst, da ich nicht verstand, warum ich hier bin. Ich bin noch immer sauer auf ihn, weil er es mir nicht erzählt, doch ich glaube, Baron wird mich beschützen, komme was wolle.

„Bei dir bin ich immer sicher", murmle ich.

Baron

Sie verliebt sich in mich.

Mein Herz dehnt sich und singt. Das ist früher passiert, als ich hoffte. Es ist mehr, als ich erwartete. Sobald wir im Zimmer sind, hebe ich sie hoch, fixiere sie an der Wand und küsse sie um den Verstand.

Sie beißt mir in die Unterlippe und zieht daran. „Ich dachte, du hättest auf dem Bett gesagt."

Ich presse die Wölbung meines Schwanzes an ihre Mitte. „Ist das hier zu vanilla? Ich will nicht, dass du mich für langweilig hältst."

Sie lacht und neigt den Kopf nach hinten. „Impossible." Sie spricht das Wort auf Französisch anstatt auf Englisch aus.

„Oh, das ist heiß, *Malyshka*. Sprich Französisch mit mir."

Sie sagt eine Reihe französischer Sätze, als ich sie auf ihre Füße stelle und ihr das Oberteil ausziehe.

„Zieh deine Hose aus", befehle ich, während ich meine aufknöpfe. Mein Top habe ich auf dem Dach vergessen, aber das ist mir egal.

Sie greift nach meiner Jeans. „Ich werde *deine* Hose ausziehen."

Mein Schwanz, der sich bereits gegen den Reißverschluss drängt, wird noch härter. Ich dachte, es wäre heiß, dass sich meine Frau meiner Dominanz unterwirft, doch es gibt nichts Heißeres, als dass sie Sex initiiert.

Sie saugt an ihrer Unterlippe und hält meinen Blick, während sie meinen Reißverschluss nach unten zieht.

Ich atme rau aus, als sie meine Erektion befreit. Sie hakt

die Daumen in den Bund meiner Jeans und Boxershorts und zieht sie meine Beine hinab.

Mein Schwanz ist komplett erigiert und aus der Spitze quellen bereits Lusttropfen.

Lara packt den Ansatz meines Schwanzes und drückt zu, wodurch meine Erektion noch länger wird. Sie hält sie hoch, leckt meine Hoden und saugt sachte zuerst einen in ihren Mund, dann den anderen.

Ich stöhne und der Laut klingt gequält. „Das ist so gut, *Malysh*. Du bringst mich um."

Sie fährt mit der Zunge über die Unterseite meines Schwanzes und wirbelt um die Eichel. Dann nimmt sie mit einer geschmeidigen Bewegung die gesamte Spitze in den Mund und lässt meinen Schwanz gegen ihre Wange gleiten.

„Fuck, Baby. Das ist so gut", lobe ich sie und schiebe meine Finger in ihre Haare. Ich wechsle mich damit ab, ihre Kopfhaut zu massieren und meine Finger zu einer Faust zu ballen und sachte zu ziehen. Daraufhin fängt sie an, um meinen Schwanz herum zu summen.

Die Leine, mit der ich meine Selbstbeherrschung in Zaum halte, beginnt, mir zu entgleiten. Lara tut mehr, als mich umzubringen. Ich bin bereits tot. Für einen Kerl in meinem Alter hatte ich eine Menge Sex – ich fing jung an und habe viel experimentiert – doch nichts lässt sich mit diesem Moment vergleichen.

Es liegt nicht an ihrer Technik, auch wenn die genial ist. Es liegt an Lara. Ihrer Bereitwilligkeit. Ihrem hübschen, großzügigen Herzen. Ihrer Fähigkeit, mir zu vergeben, dass ich sie zu dieser Ehe gezwungen habe. An den Tränen, die sie auf dem Dach für mich vergoss.

Es liegt an dem Wissen, dass unsere Beziehung bestehen wird. Dass wir es schaffen werden. Sie trägt meinen Ring und ich bin dabei, ihr Herz zu gewinnen.

Ich habe auf Thornecroft viel erreicht, würde allerdings

alles für das hier aufgeben. Meine hübsche Frau auf ihren Knien zu meinen Füßen, während sie mich befriedigt.

Ich kontrolliere ihre Bewegungen, ziehe ihren Mund schneller über meinen Schwanz und zwinge sie, mich tiefer aufzunehmen. Ihre Augen weiten sich, aber sie protestiert nicht. Sie hält meine Hüften fest und ihre Nägel bohren sich in meinen Po.

„Nackt", schaffe ich, zu grunzen. Ich bin kurz davor, in ihrer Kehle zu kommen, will jedoch, dass sie mit mir kommt. „Ich brauche dich jetzt nackt." Ich versuche, mit strenger Stimme zu sprechen, sie klingt allerdings bloß verzweifelt.

Zur Hölle, ich *bin* verzweifelt.

Ich muss meine Frau so dringend ficken, dass ich explodieren werde.

Sie ploppt von meinem Schwanz und leckt den Speichel von ihrer Unterlippe.

„Du bist so verdammt heiß." Es ist ein Wunder, dass ich überhaupt noch weiß, wie man spricht. Ich bin mir ziemlich sicher, dass sich all meine Gehirnzellen momentan in meinem Schwanz befinden. „Komm her, *Printsessa*." Ich packe ihre Ellenbogen und ziehe sie auf die Beine, dann schiebe ich ihre Jogginghose nach unten. Sie hat kein Höschen an, was mich um den Verstand bringt. Ich hebe sie hoch und trage sie zum Bett. Ich spreize meine Finger auf ihren nackten Pobacken.

„Jetzt darf ich von dir kosten", verkünde ich. Ich rolle sie auf ihre Seite und ziehe ein Knie über meine Schulter, um in sie zu lecken. Ich liebkose den Innenschenkel ihres anderen Beins, während meine Zunge ihre Falten teilt. Sie ist bereits tropfnass und das Aroma ihres Honigs macht mich verrückt.

Ich lecke meinen Daumen ab und führe ihn an ihren Kitzler, während ich an ihrer köstlichen Pussy lecke und sauge und sie *verschlinge*.

„Dreh dich um", befehle ich, obwohl meine Hand bereits ihre Hüften dreht, sodass sie dem Bett zugewandt ist.

„Magst du es von hinten?" Ich lasse sie flach auf ihrem Bauch liegen, spreize ihre Beine jedoch weit und dringe in sie.

Sie stöhnt ihr Ja.

Ich gleite mühelos in sie; sie ist mehr als bereit, mich aufzunehmen. Während ich mit den Hüften gegen ihre weichen Pobacken schaukle, reibe ich mein Gesicht an ihrem Hals und atme den Buttertoffeeduft ihrer Haare ein.

„Ich liebe es, dich in meinem Bett zu haben", raune ich, obwohl mein Gehirn bereits durcheinander ist, weil ich in ihr bin. „*Unserem* Bett."

„Mmmmh", stöhnt sie zur Antwort.

„Ich liebe es, dich in meinem Haus zu haben. In meinem Leben." Das Geständnis, mit dem ich mich am verletzlichsten mache, entwischt meinem Mund im Sexrausch. „Ich will, dass du bleibst."

Meine Furcht ist offenbart: Ich habe mich bemüht, Lara dazu zu verführen, bei mir zu bleiben. Vielleicht, weil ich das hier nie als etwas Dauerhaftes sah. Oder vielleicht, weil ich noch immer denke, dass sie mit Brash Rostov zusammenkommen wird. Doch es fühlte sich von Anfang an so an, als würde die Uhr ablaufen und ich hätte nur eine bestimmte Zeit mit Lara, bevor es vorbei ist.

„Ich bin hier", erwidert Lara.

Sie hat recht. Sie ist jetzt hier. Ich kann die Zukunft nicht kontrollieren, auch wenn ich das gerne tun würde. Ich kann bloß meine Frau in diesem Moment genießen.

Ich ziehe mich aus ihr zurück, drehe sie auf den Rücken und verlangsame meinen Herzschlag, indem ich an ihren Nippeln sauge und sie zwicke.

„Ich will dein hübsches Gesicht sehen, wenn du kommst", sage ich, als ich wieder in sie dringe. „Drück meinen Schwanz mit deiner Pussy."

Laras innere Muskeln packen mich und ich stöhne.

„Braves Mädchen. Genau so. Zeig mir, wie verdammt eng du sie machen kannst."

Sie spannt ihren Beckenboden in einem pulsierenden Rhythmus an. Sie spannt sich an, wenn ich in sie dringe, und entspannt sich, wenn ich mich zurückziehe.

Ich weiß von meinen Nachforschungen bezüglich des weiblichen Orgasmus, dass es einer Frau beim Kommen helfen kann, wenn sie die inneren Muskeln anspannt. Sie scheint definitiv erregt zu werden, ihre Augen rollen in ihren Kopf und ihr Atem entweicht als leises Schluchzen, vor allem als ich mein Tempo beschleunige.

Meine Selbstbeherrschung hängt am seidenen Faden. Meine Eier haben sich zusammengezogen. Ich bin bereit, zu explodieren.

„Halte jetzt die Luft an", befehle ich ihr.

Sie versucht, sich auf mein Gesicht zu konzentrieren, und runzelt die Stirn.

„Halte die Luft an, bis du kommst."

Sie atmet tief ein, stößt die Luft jedoch sofort aus, als sie vor Wonne schluchzt.

Ich gluckse. „Halte die Luft an, bis du kommst, *Malyshka*." Ich lege meine Hand um ihren Hals. Ich würde ihre Kehle *niemals* zudrücken, um ihr die Luftzufuhr abzuschneiden. Nicht einmal mit ihrer Zustimmung. So werde ich nicht mit ihrem Leben spielen. Doch ich weiß, dass es Frauen antörnt, zu wissen, dass ich die Macht habe, es zu tun.

Sie hört zu atmen auf. Ihr Blick bohrt sich in meinen und wird intensiv. Ich ramme mich härter in sie und hämmere mich mit schnellen Stößen in sie. Ihr Gesicht färbt sich rosa und ihre Augen werden groß. Panik blitzt auf ihrem Gesicht auf, kurz bevor sie kreischt und sich wegen eines Orgasmus verkrampft. Ihre Muskeln packen meinen Schwanz und ich verliere die Kontrolle. Ich pumpe mich noch zweimal in sie und vergrabe mich tief in ihr, um zu kommen. Ich fülle sie mit meinem Samen, dann weiche ich zurück und dringe wieder in sie, was eine weitere Welle an Zuckungen um meinen Schwanz herum auslöst.

Ihre Arme legen sich um meinen Hals und sie hält mich fest, während ihr Atem als Schluchzen entweicht.

„Ich liebe dich", raune ich an ihrem Ohr und knabbere mit den Zähnen an ihrer Ohrmuschel.

Sie erstarrt und ihr Herz hämmert an meinem. „Ich liebe dich auch", flüstert sie.

Das ist der Moment, in dem ich weiß, dass für mich alles vorbei ist. Diese Frau ist in mein Leben marschiert und hat es innerhalb einer Woche völlig auf den Kopf gestellt. Bei ihr fühle ich mich auf eine Weise ganz, wie ich es seit Valentinas Tod nicht mehr getan habe. Ich will nicht, dass sie jemals geht.

Falls Abrasha Rostov versucht, sie mir wieder wegzunehmen, werde ich ihm den Garaus machen.

KAPITEL ZWANZIG

Baron

Nachdem Lara und ich geduscht haben, gehen wir nach unten, wo wir Melinda und Anders kuschelnd auf dem Sofa vorfinden.

Ihr Gesicht ist blass und ihre Augen sind gerötet. Sie sieht irgendwie noch dünner aus als üblich. Schwach, zerbrechlich. Das weckt den Wunsch in mir, jemandem den Kopf abzureißen, weil er ihr wehgetan hat.

Sie sieht mich mit Tränen in den Augen finster an. „Du kannst mich nicht aus deinem Haus verbannen nach dem, was passiert ist."

Meine Fresse. Ich fühle mich schrecklich, weil ich sie so verletzt habe.

„Natürlich nicht." Ich gehe zu ihr und beuge mich nach unten, um sie fest zu umarmen. „Es tut mir so leid, dass dir das zugestoßen ist."

„Ich schätze, du hattest recht", sagt sie mit tränenerstickter Stimme. „Ich habe unerwünschte Aufmerksamkeit auf dein Haus gelenkt."

„Nein. Ich habe das ganz falsch verstanden. Wir hatten

bereits die Aufmerksamkeit und sie haben dich benutzt, um uns eins auszuwischen. Anstatt dich fernzuhalten, hätte ich dich näher holen sollen."

Anders räuspert sich. „Das ist gut, denn sie will jetzt nicht allein sein und ich habe ihr gesagt, sie könne in meinem Zimmer schlafen." Er sieht aus, als hätte er eine ganze Reihe Argumente für mich vorbereitet, falls ich mich weigere, doch es ist eine gute Idee.

Ich brauche sie in der Nähe, damit ich sie beschützen kann. Falls ihr Dad Vizepräsident der Vereinigten Staaten wird und sie ihr den Secret Service auf den Hals hetzen, werde ich mich dann mit diesem Problem auseinandersetzen. Nach heute Morgen vermute ich, dass sie bereits wissen, wer ich bin und was ich hier treibe. Ich bezweifle, dass dem Kerl im schwarzen Shirt viel entgeht.

„Gut", sage ich. „Ich will, dass du hier bist, wo wir dich beschützen können."

Erleichterung fegt über Anders' Gesicht und Melinda lehnt sich wieder in seine Armbeuge.

„Melinda, das ist meine Frau Lara."

Lara umarmt sie ebenfalls. „Es tut mir so leid, dass du angegriffen wurdest."

Der Klang meiner Stimme hat mehrere Hausmitglieder ins Wohnzimmer gelockt. Alex und Leo tauchen auf, genauso wie die Zwillinge.

„Sie wurde nicht vergewaltigt", berichtet Anders leise. „Die Ergebnisse der DNA-Tests zeigen, dass sie nur unter Drogen gesetzt wurde."

Fuck sei Dank. Ich muss nicht herausfinden, wie ich heute eine Leiche entsorgen kann.

Leo meldet sich zu Wort. „Ich habe jede Aufnahme von Melinda auf der Party aufgerufen und niemand scheint ihr nahe gekommen zu sein, zumindest haben wir nichts Dergleichen mit den Kameras aufgezeichnet."

Melinda schüttelt den Kopf. „Nein, ich holte mir nicht einmal einen Drink, während ich hier war. Es hätte also keine Gelegenheit gegeben. Ich brachte meine eigene Wasserflasche mit. Und ich war nur mit Anders zusammen."

Anders hat hinter ihren Schultern einen Arm auf die Sofalehne gelegt und streichelt ihren Hinterkopf.

„Also haben wir den Sicherheitsmann im Verdacht, oder?", frage ich.

„Ja. Ich habe seinen Namen herausgefunden", berichtet Anya. „Gregory Smith. Er ist kein Mitglied des Titan Hauses, aber in der Footballmannschaft."

„Er ist ein Sophomore", erzählt Alex. „Nicht besonders klug. Er hat ein Football-Stipendium."

„Denkst du, du kannst dich in seine Bankkonten hacken?", frage ich. „Vielleicht haben sie ihn bezahlt."

„Das habe ich bereits getan." Anya sieht selbstzufrieden aus. „Es sind in letzter Zeit keine großen Summen auf seinem Konto eingegangen. Aber sie hätten ihn bar bezahlen können."

„Stimmt", sinniere ich.

„Ich habe auch seine Adresse und herausgefunden, dass er allein lebt. Momentan arbeitet er."

„Ach, tatsächlich?" Ich lasse meine Schultern kreisen. „Wer ist für eine kleine Aufklärungsmission zu haben?" Ich schaue Leo an.

„Ich hole meine Dietriche."

Melinda steht vom Sofa auf und Anders folgt ihr. „Ich gehe mit."

„Ich auch", verkündet Lara.

Ich verziehe das Gesicht. „Wir werden das Gesetz brechen, *Malyshka*. Ich will dich da nicht reinziehen."

Laras Mund presst sich zu einem sturen Strich zusammen. „Ich *gehe* mit."

Alle anderen wenden höflich die Blicke ab.

Fuck. Wenn es eines gibt, was ich von meinem Dad gelernt habe, dann, dass man die Familie nicht in die Geschäfte verwickelt. Zu Hause sollte alles sauber sein. Lara ist meine Frau und sollte nicht mit etwas Illegalem beschmutzt werden.

Doch sie ist bereit, sich deswegen mit mir zu streiten, und ich will nicht mehr der Böse sein. Es fühlt sich zu gut an, dass sie ausnahmsweise einmal auf meiner Seite ist.

Ich hole tief Luft und stoße sie aus. „Na schön."

Plötzlich sind alle auf den Beinen und in Bewegung.

„Wartet. Ihr nicht." Ich deute mit der Hand auf den Rest von ihnen.

Alex, Feliks und Phoenix sehen enttäuscht aus, als sie wieder auf das Sofa sinken.

„Was?", fragt Anya gespielt unschuldig. „Ich dachte, der Sexismus hätte geendet. Lara und Melinda gehen mit."

„Ich kann es nicht gebrauchen, dass mir dein Dad in den Arsch tritt, weil ich seine geliebten Töchter in Schwierigkeiten gebracht habe. Anders, du solltest auch hierbleiben. Falls du erwischt wirst, könntest du dein Studentenvisum verlieren."

Anders schnaubt verärgert. „Wann hat mich das jemals aufgehalten? Er hat Melinda angegriffen. Ich bin bis zum bitteren Ende dabei."

„Das sind wir alle", sage ich.

Leo nickt. „Das stimmt."

„Verdammt richtig", stimmt Alex zu.

„Niemand legt sich mit Freunden des Baranov Hauses an", sagt Zoe.

———

Lara

Jetzt, da Baron und ich einer Meinung sind, *liebe* ich es,

ihn in Aktion zu beobachten. Zuvor machte mir sein Können als Anführer einer jungen Bratwa-Zelle Angst. Er war der Feind und es bewies, dass ich einen beachtlichen Gegner hatte. Jetzt bedeutet es, dass ich einen knallharten Partner habe.

Ich meine, wir müssen immer noch einige Dinge klären. Es gefällt mir nicht, ein Bauer in einem Spiel zu sein, das ich nicht verstehe, und ich hasse es, dass Baron mir nicht erzählt, was mein Zweck hier ist. Ich mag den Gedanken nicht, dass meine Familie in Gefahr ist. Zu wissen, dass Barons Vater uns alle mit eisernem Griff festhält.

Doch mein Herz vor Baron zurückzuhalten, war viel schwieriger, als es gehen zu lassen. Jetzt, da er sich mir geöffnet und gesagt hat, dass er mich liebt, fühlt es sich so an, als hätten sich die Tore weit geöffnet, die ihn bisher daran hinderten, meine Du-bist-mir-wichtig-Zone zu betreten. Die Gefühle, die ich für ihn empfinde, sind groß.

Wirklich groß. Tatsächlich scheinen sie minütlich größer zu werden. Ich wusste nicht, dass sich Liebe gleichzeitig so wundervoll und furchterregend anfühlen kann. Es ist, als würde ich im freien Fall von einer Klippe fliegen und darauf vertrauen, dass Baron das Netz aufspannt, um mich am Fuß aufzufangen.

Im Fahrzeug sitze ich neben Baron und wage verstohlene Blicke auf die sehnigen Muskeln seiner Unterarme, während er fährt. Seine Kiefer sind fest zusammengepresst und in seinem Blick liegt Entschlossenheit. Er denkt vermutlich bereits über die nächsten fünf Schritte nach.

Bevor wir aufgebrochen sind, hat er Baseballkappen und eine Schachtel Latexhandschuhe für uns alle geholt.

Ich weiß, dass er nicht wollte, dass ich mitkomme – zu meinem eigenen Schutz. Aber ich werde mir das auf keinen Fall entgehen lassen.

Mir hat es zuvor nicht gefallen, aus seiner Operation

ausgeschlossen zu werden, und ich werde mich von ihm nicht wieder in die Schublade der behüteten Ehefrau stecken lassen. Außerdem will ich unbedingt, dass Melinda Gerechtigkeit erhält. Und ich will Baron in Aktion beobachten – das ist heiß.

Adrenalin durchströmt mich, weil ich Teil ihres Verbrechens bin. Baron fährt vor ein Gebäude mit Studentenapartments und mustert es. Wir beobachten, wie ein Student zu dem Gebäude geht und es mithilfe einer Schlüsselkarte betritt. „Für die Eingangstür braucht man eine Schlüsselkarte wie in einem Wohnheim", brummt er.

„Ich kümmere mich darum." Leo stößt die Tür auf und zieht eine Baseballkappe tief in sein Gesicht. „Wartet, bis ich drin bin." Wir beobachten durch die getönten Scheiben, wie er selbstbewusst zu der Tür des Gebäudes stolziert. Er bleibt in der Nähe eines Pfostens stehen und tut so, als würde er etwas auf seinem Handy lesen. Als jemand aus dem Gebäude kommt, fängt er die Tür ab und schlüpft hindurch. Er stemmt eine Schulter gegen das Glasfenster des Atriums und tut erneut so, als würde er sein Handy betrachten.

„Okay, jetzt ihr zwei." Baron dreht sich, um Anders und Melinda anzuschauen.

Sie schieben sich aus dem Auto und überqueren die Straße. Die automatische Tür schwingt für sie auf, als hätte Leo auf den Rollstuhlknopf gedrückt.

„Gehen wir, *Malysh*." Baron reicht mir eine Baseballkappe, woraufhin ich meine Haare zu einem Dutt drehe und mir die Kappe aufsetze.

Die Tür schwingt auch für uns auf. Baron fährt sich strategisch mit einer Hand über das Gesicht und raunt auf Russisch, dass direkt vor uns eine Kamera ist.

Anders und Melinda sind verschwunden.

„Du nimmst den Aufzug; wir nehmen die Treppe", informiert Baron Leo.

„Bis gleich." Leo scheint hinter uns zu verschwinden, während Baron mich zur Treppe führt. Wir gehen einen Treppenabschnitt hinauf zum ersten Stock, wo wir Anders mit Melinda auf seinen Schultern finden, die ein Stück ausgeleiertes Kaugummi über die Kamera in der Ecke klebt.

Leo ist einer Tür zugewandt und arbeitet mit beiden Händen und seinen Werkzeugen an dem Türgriff. Einen Augenblick später verschwindet er in dem Apartment. Baron und ich folgen ihm, Melinda und Anders sind uns dicht auf den Fersen.

Baron holt zwei Paar Latexhandschuhe aus seiner Tasche und reicht mir eines.

„Richtig. Keine Fingerabdrücke." Ich nehme die Handschuhe und ziehe sie mir über die Hände. Sie sind zu groß und hinterlassen Lücken an den Enden der Gummifinger.

„Fass nichts an, außer du musst es tun", befiehlt er mir.

Ich nicke und gehe durch das unordentliche Studioapartment. Es riecht nach stinkigen Socken und Genitalschutze. Das Semester hat gerade erst angefangen, doch es liegen so viele Krümel auf dem Boden, dass man meinen könnte, sie hätten sich über Jahre angehäuft. Eine Schale, die halb mit Makkaroni und Käse gefüllt ist, steht im Spülbecken.

„Nun, das war leicht." Leo ist auf Händen und Knien und späht unters Bett. „Ich habe das Geld gefunden." Er zieht eine Papiertüte hervor und dreht die Öffnung so, dass wir die Geldbündel darin sehen können.

„Wie viel war es wert, mich unter Drogen zu setzen?", will Melinda wissen, nimmt die Tüte mit ihren übergroßen Handschuhen und öffnet sie. Sie schüttet Geldbündel auf die Küchentheke, um sie zu zählen.

Baron hebt den Mülleimer im Bad hoch und späht hinein, bevor er ihn mir zeigt. Darin liegt die Verpackung einer Spritze und irgendeine Medizin.

„Ist das Rohypnol?", frage ich.

„Ja. Nun, es ist eine Billigmarke", bestätigt Baron. Er holt die benutzte Spritze heraus und hält sie hoch, damit wir anderen sie sehen können. Zu Melinda sagt er: „Du hast es nicht geschluckt. Der Mistkerl hat dir das Zeug gespritzt, damit es schneller wirkt und es so aussieht, als wären dir auf der Party Drogen untergejubelt worden."

Melinda sieht entsetzt aus und ihre Hand fliegt zu ihrem Hals.

„Lass mich nachschauen." Anders beginnt, rasch ihren Körper abzusuchen, und dreht sie im Kreis. Als er bei ihren Schenkeln angelangt, fragt er: „Was ist das?"

Wir eilen alle zu ihnen, um einen winzigen kreisrunden Bluterguss an ihrem Schenkel zu begutachten.

„Den habe ich nicht hinterlassen", sagt Anders.

Melinda errötet, weshalb ich mich frage, welche Blutergüsse er hinterlassen *hat*.

„Wenn dein Dad einen Durchsuchungsbefehl besorgen kann, könnte die Polizei das alles finden. Es reicht vermutlich, um ihn zu überführen." Barons Miene ist völlig neutral. „Möchtest du den legalen Weg gehen oder können wir uns um ihn kümmern?"

„Was werdet ihr mit ihm machen?", fragt Melinda.

„Das Geld nehmen und ihn foltern, bis er verrät, wer ihn dafür bezahlt hat, dass er dir das antut. Dann brechen wir ihm ein Bein." Baron denkt nach und zuckt mit den Achseln. „Oder einen Arm. Etwas, was seine Footballsaison vermasseln wird, damit er sein Stipendium verliert und du ihn hier nie wieder sehen musst."

„Ich nehme Tür Nummer zwei", sagt sie. Es ist wieder etwas Leben in sie gekommen, jetzt, da Rache in Sicht ist. Als wäre die Macht zurückgekehrt, die der Kerl ihr geraubt hat, als er sie unter Drogen setzte.

Baron grinst sie an und kurz hat er etwas Jungenhaftes an sich, bei dem mein Herz schmilzt.

Melinda reicht Baron die Tüte mit Geld. „Es war ihm sechstausend Dollar wert, mich anzugreifen und dir das Ganze anzuhängen."

Baron blickt in die Tüte, macht jedoch keine Anstalten, sie an sich zu nehmen. „Es gehört dir. Du bist diejenige, die davon verletzt wurde."

Sie drückt ihm die Tüte in die Hand. „Betrachte es als meine Miete. Ich wohne jetzt im Baranov Haus."

Baron verschränkt die Arme vor seiner muskulösen Brust und mustert sie. „Okay", sagt er nach einem Moment. „Du bist jetzt eine von uns. Aber wir müssen einen deiner Finger tätowieren."

Melinda wirft Anders einen erschrockenen Blick zu.

Er schüttelt den Kopf. „Er verarscht dich bloß."

„Oh." Sie lacht.

„Nur, wenn du ein Verbrechen begehst", korrigiert Leo.

Melinda lächelt. „Zählt das hier?"

„Möchtest du, dass es zählt?", zieht Anders sie auf.

Baron schlingt seine Arme um mich. „Du bekommst definitiv ein Tattoo." Seine Stimme ist ein leises Knurren, das nur für mich bestimmt ist.

„Ja?" Ich bemerke den verführerischen Vibe und schnurre: „Was ist das Tattoo für einen Einbruch?"

Er hebt meine linke Hand zwischen uns hoch und zieht mir den Handschuh aus. Er dreht den Ehering auf meinem Ringfinger. „Es ist mein Name auf dieser Stelle." Er streift den Knöchel meines vierten Fingers mit den Lippen.

Ich lache heiser. „Dein Name, hm?"

„Mmm hmm. Es kann auf Kyrillisch sein, wenn du möchtest."

„Oh, weil es viel besser ist, den Besitzanspruch in meiner Muttersprache anzubringen?"

Baron lacht, beißt in meinen Fingerknöchel und hält ihn

kurz zwischen den Zähnen fest, bevor er loslässt. „Wenigstens verstehst du, dass du in meinem Besitz bist."

Ein Teil von mir ist noch immer beleidigt, weil das buchstäblich wahr ist, doch mein Körper reagiert so, wie es Baron beabsichtigt. Er wird für ihn heiß, meine Brustwarzen werden hart und meine Pussy verkrampft sich um Luft herum. Mein Körper vergöttert es, von Baron besessen zu werden, auch wenn ich teilweise rebelliere.

„Rede dir das nur ein, Ehemann. Wir werden ja sehen, wer am Ende wen besitzt."

KAPITEL EINUNDZWANZIG

Baron

Wir warten, bis Gregory Smiths Schicht vorbei ist, und zerren ihn auf seinem Heimweg in eine Gasse. Die Ironie, dass ein Mitglied der Campus-Security in einer Gasse angegriffen wird, ist die Kirsche auf meinem Rache-Eisbecher.

Ich habe Alex, Feliks, Leo, Anders und Anya mitgebracht.

Phoenix, Zoe, Lara und Melinda haben sich ausgeklinkt, was gut ist, denn ich will nicht, dass Lara jemals diese Seite von mir sieht. Ich habe versucht, es Anya auszureden, doch sie nannte mich wieder sexistisch und sagte schließlich, dass meine Regeln nicht gelten, weil sie lesbisch ist. Anstatt weiter mit ihr zu streiten, ließ ich sie daher mitkommen. Es wird ihr nicht schaden – sie wird bei uns vollkommen sicher sein.

Feliks hat Gregory in einen Polizeigriff genommen, während Alex und Leo ihn abwechselnd mit der Faust schlagen.

Ich lege mir unter viel Aufhebens ein Paar Schlagringe an.

„Also, wir haben das Geld, die Spritze und das Rohypnol in deinem Apartment gefunden. Törnt es dich an, Frauen Vergewaltigungsdrogen unterzujubeln?"

Der Kerl sackt in Feliks' Griff zusammen, als würde er versuchen, auf die Knie zu sinken. „Nein." Seine Stimme zittert vor Furcht. „Ich vergewaltige keine Frauen. Ich schwöre es. I-i-ich habe Melinda Tracy nicht vergewaltigt. Ich habe ihr nur die Spritze gegeben und sie zum Krankenhaus gebracht. Sie war die ganze Zeit vollkommen sicher."

„Du hast eine andere Definition von *sicher* als ich." Anders hat normalerweise keinen Hang zu Gewalt wie wir Bratwa Erben, doch dieses Mal verhält es sich anders. Er verpasst Gregory einen rechten Haken gegen den Kiefer. „Sie fühlt sich alles andere als sicher, nachdem sie der Kerl, der bezahlt wird, um sie zu beschützen, angegriffen hat." Anders verpasst ihm einen Aufwärtshaken und Gregorys Kopf fliegt nach hinten.

Sein Kopf hängt einen Augenblick nach unten, bevor er sich erholt.

Ich sollte mich besser einmischen, bevor sich Anders vergisst. „Wer hat dich bezahlt? Ich will Namen."

Er schluchzt. „Es waren die Titans. Sie sagten, sie würden mich ins Haus lassen, wenn ich es tue."

Dieses *Svoloch* tat es nicht einmal wegen des Geldes. Er tat es, um in ein gottverdammtes Haus zu kommen. Aus diesem Grund musste ich mein eigenes gründen. Thornecroft ist eine verdammte Jauchegrube aus dem Einfluss des alten Geldadels und Elitismus.

„*Namen*", knurre ich, schlinge meine Finger um seine fleischige Kehle und boxe ihm mit dem Schlagring gegen die Rippen.

Er röchelt vor Schmerz. „Ich sage es dir. Ich erzähle dir alles. Es war ... es waren Ashton Basen und Charlie Daggert", sagt er rasch. „Die beiden haben mich angesprochen."

„Was haben sie dir aufgetragen?"

„Nur, dass ich sie spritzen, zum Krankenhaus bringen und den Leuten dort sagen soll, wo ich sie abgeholt habe."

Gregory keucht. Blut rinnt aus seinem Mundwinkel. „Das war es … das war es! Das war alles. Mehr nicht." Er plappert jetzt.

„Wer hat die *New York Times* angerufen?"

Sein Gesicht ist ausdruckslos und seine Augen groß vor Furcht. Als er den Kopf schüttelt, fliegt Blut aus seinem Mundwinkel. „Keine Ahnung."

Ich schlage ihn erneut und er stöhnt. „Was noch?"

„Das Geld!", ruft er, als würde er nach einer Rettungsleine greifen. „Ich wurde beim Krankenhaus bezahlt. Charlie war dort mit einem anderen Kerl – einem neuen Mitglied. Er war der Kerl mit dem Geld. Kleiner, hässlicher Typ. Aus einem anderen Land." Seine Augen leuchten auf. „Russe! Russe wie du."

Der Kerl ist nicht besonders helle angesichts dessen, dass er erst jetzt dahintergekommen ist, dass wir beide Russen sind.

Ich werfe meinen Freunden einen Blick zu.

„Denis Penkin." Anyas Oberlippe kräuselt sich.

Denis Penkin. Rostovs Spion. Wie zum Henker ist er in das alles involviert?

Die Härchen in meinem Nacken richten sich auf und veranlassen mich dazu, mich umzusehen. Der Kerl im schwarzen Shirt, das Regierungs-Gespenst, lauert in den Schatten am Ende der Gasse.

Nun, er wird uns aufhalten, wenn er das will. Ich denke, solange er sich nicht einmischt, ist das hier noch meine Show.

Anya schlendert in ihrer Shorts und einem Paar Doc Martens vor. „Ich bin dran."

Ich trete zurück und gebe ihr ein Zeichen mit der Hand. „Nur zu."

„Hör mir zu, Gregory Smith. Wenn du jemals wieder eine Frau unter Drogen setzt, werde ich dir persönlich den Schwanz abschneiden und ihn dir in den Arsch rammen. Verstanden?"

Er sieht sie ausdruckslos an, da er offensichtlich keine Angst vor einem fünfzig Kilo schweren, rothaarigen Computergeek hat.

Sie reißt ihr Knie scharf zwischen seinen Beinen hoch und er krümmt sich vornüber. Sein Grunzen ist so gequält, dass alle Männer instinktiv zusammenzucken.

Dann tritt sie zurück. „Du kannst ihm jetzt sein Bein brechen", sagt sie lässig.

„Wartet." Das Gespenst tritt vor. Er ist schwarz gekleidet und hält ein schwarzes Stoffstück in seinen Händen. „Jemand anderes will noch ein Stück von ihm, bevor ihr mit ihm fertig seid." Er zieht eine schwarze Haube über Gregorys Kopf und fesselt seine Hände mit Kabelbinder in seinem Rücken.

„Würdet ihr Jungs ihn bitte in meinen Kofferraum legen?"

Feliks und Alex schauen mich an und ich nicke. „Macht nur."

Er fährt rasch mit seinem Auto rückwärts in die Gasse und öffnet den Kofferraumdeckel. Feliks und Alex werfen Gregory ohne viel Federlesen in den Kofferraum und der Kerl im schwarzen Shirt knallt die Tür zu.

„Der Senator weiß Ihre Sorge um seine Tochter zu schätzen", sagt er zu mir und reicht mir seine Hand.

Ich ergreife sie und er drückt fest zu.

„Falls Sie nach Ihrem Abschluss einen Job brauchen, kontaktieren Sie mich über Melinda. Wir haben Gebrauch für Leute mit Ihren speziellen Fähigkeiten." Er mustert meine Freunde. „Das gilt für Sie alle."

Als er davonfährt, fragt Anya: „Was denkst du, werden sie mit ihm machen?"

„Keine Ahnung", antworte ich. „Aber ich bin mir sicher, er wird kriegen, was er verdient."

KAPITEL ZWEIUNDZWANZIG

Lara

Am Dienstagnachmittag gehe ich zum Thornecroft Buchladen, um einen der Texte abzuholen, die ich für einen Kurs brauche. Dort höre ich plötzlich die leisen Stimmen von Männern, die sich auf Russisch unterhalten. Natürlich drehe ich mich um und schaue nach.

Ist es einer meiner Freunde?

Nein, es ist ein älterer Mann – ein Mann, der wie ein Professor aussieht. Er muss Barons und Lilis Matheprofessor sein – Vasiliev. Der, von dem Baron erzählte, dass er ihn hasst, weil er weiß, dass er zur Bratwa gehört. Er spricht mit Denis.

Ich habe Denis nicht mehr gesehen, seit er das Whisper's End verließ, nachdem mein Ehemann ihn zum Bluten gebracht hatte. Seine Nase ziert ein Pflaster, als wäre sie vor kurzem gebrochen worden. Vermutlich das Werk meines Ehemannes.

Schuldgefühle rumoren in meinem Magen.

Wenigstens war es nur seine Nase. Ich war mir nicht sicher, woher das Blut gekommen war.

Nicht, dass es Barons Gewalt entschuldigt.

Beide schauen mich an und Denis murmelt dem Professor etwas zu, während er mir winkt.

Ich winke mit einem entschuldigenden Blick zurück, was er als Einladung auffasst. Er lässt den Professor stehen und kommt zu mir.

„Hi, Denis", begrüße ich ihn auf Russisch. „Hat dir mein Ehemann das angetan?" Ich verziehe das Gesicht und deute auf meine Nase. „Es tut mir so leid."

Denis' Gesicht ist finster. Der freundliche Welpe ist verschwunden. „Ja. Ich habe ihn nicht angezeigt, um dir einen Gefallen zu tun." Er nimmt meinen Ellenbogen, zieht mich beiseite und senkt den Kopf.

Ich versuche, ihn abzuschütteln. Dass Baron das sieht und wieder gewalttätig wird, ist das Letzte, was ich brauche. „Brauchst du Hilfe? Bist du in Gefahr? Ich glaube, er gehört zur Bratwa. Wusstest du das?"

Ich muss meinen Ellenbogen gewaltsam aus seiner Hand ziehen und trete einen Schritt zurück. „Ja, ich bin eine Bratwa Prinzessin, Denis", informiere ich ihn.

Ich suche in seinem Blick nach Schock, doch es zeichnet sich keiner ab. Stattdessen beugt er sein Gesicht wieder nah zu mir und spricht leise: „Ich habe Kontakte. Ich kann dir helfen, aus dieser Ehe rauszukommen. Du musst nicht bei ihm bleiben."

Gospodi, er klingt genau wie Brash. So wird es den Rest meines Lebens laufen.

Dieser Gedanke ist zu deprimierend, um auch nur darüber nachzudenken, weshalb ich ihn beiseiteschiebe.

Ich bin mit Baron glücklich. Größtenteils. Aber das ist eine Sache zwischen uns beiden und vielleicht unseren Familien. Es geht keinen anderen etwas an.

„Ich brauche deine Hilfe nicht", sage ich bestimmt. „Aber danke für das Angebot."

„Nimm meine Nummer. Ruf mich an, falls du Hilfe brauchst", beharrt er.

Richtig. Als würde es gut für mich ausgehen, die Nummer eines anderen Mannes in meinem Handy zu haben, wenn Baron es herausfindet.

„Nein *danke*." Ich entferne mich und halte die Luft an, bis ich spüre, dass er den Buchladen verlässt.

Ich brauche einige Minuten, um die Anspannung in meinem Magen abzuschütteln.

Als ich bezahle, blicke ich durch die Fenster und sehe Baron vorbeilaufen. Er sieht mich zur gleichen Zeit, bleibt stehen und ein Lächeln breitet sich auf seinem normalerweise ernsten Gesicht aus.

Ich halte einen Finger hoch, um ihm mitzuteilen, dass ich gleich rauskomme, und er geht zur Eingangstür.

Eine leise Stimme spricht hinter mir auf Russisch: „Halten Sie sich von diesem Jungen fern – er ist gefährlich."

Ich wirble herum und entdecke Professor Vasiliev hinter mir in der Schlange.

Bozhe moi, ich habe es satt, dass alle versuchen, mich zu retten. Ich werfe ihm einen verurteilenden Blick zu, als ich mein neues Buch und die Rechnung an mich nehme. „Ja, ich weiß, dass Sie Baron hassen." Ich recke das Kinn. „Er ist mein Ehemann, also werden Sie mich wahrscheinlich auch hassen."

„Nein, nicht Baron", widerspricht er. Er blickt dorthin, wo ich mit Denis stand. „Der andere."

Bevor ich weitere Fragen stellen kann, öffnet sich die Tür. Vasiliev dreht sich abrupt um und geht, bevor Baron durch die Tür kommt.

Ich schlucke und mein Herz schlägt etwas zu schnell.

Was zur Hölle war das?

Warum sollte er sagen, dass Denis gefährlich ist? Das ergibt keinen Sinn. Er muss die beiden verwechselt haben.

„*Privet*." Ich hebe das Gesicht, um Baron anzulächeln und einen Kuss zu geben.

Er küsst mich. „*Privet, Malyshka*."

Ich schwöre, ich spüre, dass uns mindestens ein Drittel der Studenten im Buchladen beobachten.

„Das ist seine Frau", murmelt jemand. Ich höre noch anderen Tratsch um uns herum.

„... arrangierte Ehe ... russische *Mafiya* ..."

Baron ist wirklich berühmt auf diesem Campus.

Und jetzt bin ich das ebenfalls.

Ich habe nichts gegen die Aufmerksamkeit.

Er nimmt mir das neue Buch aus der Hand und die Büchertasche von meiner Schulter und legt einen Arm um mich, während wir das Getuschel hinter uns zurücklassen.

„OMG, so eifersüchtig ... sie sind so süß ..."

„Ja, aber denkst du, es wird halten?"

KAPITEL DREIUNDZWANZIG

Lara

Am Mittwochabend geht Baron mit mir schick essen und macht mich mit einer Hundert-Dollar-Flasche Wein und Hummer beschwipst.

Er zieht mich eng an sich, als wir das Restaurant verlassen. „Ich habe unser erstes Date geliebt."

„So nennen wir das hier also?", necke ich. Ein erstes Date zu haben, nachdem ich bereits alles andere mit diesem Mann getan habe – ich heiratete ihn, hatte wilden und verrückten Sex mit ihm, brach das Gesetz mit ihm und spielte in seinem Dungeon – wirkt lachhaft.

Doch er hat recht. Es fühlt sich wie ein erstes Date an. In meinem Bauch flatterte es aufgeregt, als er mir sagte, dass er mit mir ausgehen würde, und ich spüre auch jetzt dieses Flattern, weil ich mit ihm nach Hause gehe.

Dies ist das erste Date, auf das ich mit ihm gehen *wollte*. Obwohl er zuvor ganz schön rangegangen ist, sorgt seine Aufmerksamkeit nun dafür, dass ich vor Freude förmlich leuchte, denn mir ist wichtig, ob er mich liebt oder nicht.

Wir gelangen zum SUV, wo er mir die Tür öffnet und mir hineinhilft.

Er stützt seinen Arm an den Türrahmen wie er es am ersten Tag tat, als er mich vom Flughafen abholte. Er sieht aus, als wolle er etwas sagen, dann scheint er seine Meinung zu ändern, schließt meine Tür und steigt auf den Fahrersitz.

Als wir zum Campus zurückfahren, wird das Geräusch von Sirenen lauter.

Ich recke den Hals und spähe aus dem Fenster. „Was denkst du, ist da los?", frage ich. „Ist das Rauch?"

„Ich glaube, im Titan Haus ist möglicherweise ein Feuer ausgebrochen, während niemand dort war."

Ich atme scharf ein, als ich realisiere, dass unser Date auch ein öffentliches Alibi für Baron war. Ich denke einen Moment darüber nach. Hasse ich es, dass er die Organisation fertiggemacht hat, die versuchte, meinem Ehemann eine Vergewaltigung anzuhängen, und dazu eine junge Frau angriff?

Nein. Nein, das tue ich nicht.

Ich weiß es auch zu schätzen, dass er sagte, dass niemand dort war. Also hat er niemanden verletzt. Er hat nur Rache verübt. Dass die Partys des Titan Hauses wegen der Baranov Haus Aktivitäten leiden wird dieses Jahr kein Problem mehr sein.

„Nun", sage ich, „das klingt für mich wie Karma."

Baron sieht mich mit einem Hauch von Erleichterung an und mir wird bewusst, dass er sich für meine Reaktion gewappnet hat. Das Flattern setzt wieder ein.

Wir fahren vor das Baranov Haus und parken, doch Baron macht keine Anstalten, auszusteigen.

Er schaltet den Motor aus. „Lara ... ich will deine Frage beantworten. Die, die du mich neulich nachts gefragt hast und der ich ausgewichen bin. Darüber, warum du wirklich hier bist."

Ich wappne mich und mein Puls beschleunigt sich. Was

könnte es sein? Welchen Nutzen könnten sie für mich haben? Oder in welchen Schwierigkeiten steckt mein Dad?

Was zur Hölle ist los und warum bin ich ihre Schachfigur?

„Mein Dad bat mich, dich zu heiraten, um dich zu beschützen."

Ich blinzle ihn an. Das ergibt keinen Sinn. Sein Dad ist die Bedrohung. Derjenige, dessen Drohungen dafür sorgten, dass ich in Gefahr war.

„Ich verstehe nicht."

Baron öffnet den Mund, sieht jedoch an mir vorbei durchs Fenster. Sein Gesicht verwandelt sich zu einem Ausdruck dunkler Wut.

„*Blyad*", flucht er und stößt die Tür auf.

Ich drehe mich und schaue aus dem Fenster. Ich brauche einen Augenblick, bis mein Gehirn versteht, was ich sehe. Oder zumindest bis es das verarbeitet.

Brash Rostov ist hier. Er ist hier und streckt die Hand aus, um meine Tür zu öffnen.

Ich erstarre kurz. Ist er wegen mir hier? Ich erinnere mich daran, dass Baron erzählte, er würde Brash aus dem Internat kennen. Geht es hier um etwas zwischen den beiden?

Meine Tür schwingt auf und ich höre Baron knurren: „Halte dich von meiner Frau fern."

Brash greift ins Auto, öffnet meinen Gurt und küsst mich leicht auf die Wange, als er sich in den Wagen beugt.

Ich zucke verwirrt zurück. „Brash, was machst du hier? Ich habe dir gesagt, dass du nicht kommen sollst."

Baron packt Brashs Schulter und reißt ihn zurück.

Brash wirbelt herum und schlägt nach Baron, der ausweicht und Brash einen linken Haken in den Magen verpasst.

„Keine Bewegung!", dröhnen mehrere Stimmen auf Russisch, als eine Flut aus Männern mit Automatikgewehren die beiden umschwärmen.

„Bozhe moi! Stopp!" Ich springe aus dem Wagen.

Meine Furcht gilt allein Baron, doch ich bin auch wütend auf ihn. Warum muss er so verdammt besitzergreifend sein?

Brashs Oberlippe hebt sich zu einem Knurren, doch er ignoriert Baron und dreht sich zu mir um. „Lara, du kannst diese Ehe vergessen. Du musst dein Studium und dein Apartment und alles, was du in Paris geliebt hast, nicht aufgeben und dein Leben von diesen Verbrechern organisieren lassen."

Es wird eng in meiner Brust. „Brash, ich habe dir gesagt, dass du nicht kommen sollst." Ich versuche, an ihm vorbei zu Baron zu schauen. Brash verstellt mir die Sicht auf Baron. Ich schätze, er denkt, er würde mich beschützen. Das denken sie beide. Es wäre süß, wenn es nicht so dumm wäre. Ich muss nicht gerettet werden.

„Weißt du, warum du ihn heiraten musstest?" Brash deutet verächtlich mit dem Daumen auf Baron.

Ich versuche, wieder Barons Blick aufzufangen, doch er schaut mich nicht an, sondern funkelt Brash nur mörderisch an.

Ich sollte das Brash nicht erklären müssen. Er ist viel zu weit gegangen. „Ich habe dir gesagt, dass unsere Eltern die Ehe arrangierten, als wir noch Kinder waren. Mein Leben findet jetzt bei Baron statt. Ich habe das akzeptiert."

Nun, vielleicht nicht das Leben, aber ich habe Baron akzeptiert.

„Das ist wegen mir passiert", knurrt Brash.

Ich ziehe meine Brauen zusammen. Von all den arroganten, narzisstischen Dingen, die er hätte sagen können, entscheidet er sich dafür.

Allerdings fange ich endlich Barons Blick auf und er sieht fuchsteufelswild aus. Als hätte Brash gerade eine Wahrheit enthüllt, von der er nicht wollte, dass sie ans Licht kommt.

Als ... könnte es wahr sein.

Was wollte er mir erzählen, bevor Brash ankam? Den wahren Grund, warum ich hier bin.

„Du hattest ‚Interesse von einer anderen Partei'." Brash macht Gänsefüßchen um *Interesse von einer anderen Partei*. „*Von mir.*"

„Benji Baranov konnte es nicht ertragen, dass ich seinen Besitz umwerbe. Er wusste, dass ich die Macht habe, diese Verbindung aufzuhalten. Deshalb brachten sie dich fort, bevor du mir von der Ehe erzählen und mich um Hilfe bitten konntest."

Ich wusste nichts von der Ehe, also hätte es nichts zu erzählen gegeben.

Es klingt absurd, doch ich sehe, wie sich die Wahrheit auf Barons Gesicht ausbreitet. Er leugnet es nicht. Er mustert die Gewehre ringsum, als frage er sich, ob er sich aus dieser Situation kämpfen kann.

Es läuft mir eiskalt über den Rücken. Das gleiche Gefühl von Verrat, das ich an dem Tag empfand, als mein Vater bei meinem Apartment erschien, stürmt durch meinen Körper.

„Baron?", frage ich. „Stimmt das?"

Seine Zähne sind zusammengepresst und er atmet durch geblähte Nasenflügel. Er macht das gleiche Gesicht wie in dem Moment, als Lili versuchte, ihn daran zu hindern, den Kerl zu töten, von dem er dachte, er hätte ihr auf der Party Drogen verabreicht. Als wäre er im Kriegermodus und würde alles tun, um zu beschützen, was ihm gehört.

„Baron!", blaffe ich.

Er wendet den Blick nicht von Brash ab, als er mir antwortet: „Nicht *direkt*."

Nicht direkt. Nicht. Direkt.

Was zum Henker?

Kann das wahr sein? Das bedeutet, diese ganze Sache wurde von meinem Vater und Baron gemeinsam organisiert. Mein Dad ließ mich in dem Glauben, dass sein Leben und das meiner Mutter in Gefahr waren, obwohl das alles nur passierte, weil er befürchtete, der Mann, mit dem ich ausging, könne mich vor seinen Machenschaften beschützen. Davor, eine Schachfigur zu sein, und vor seinen dummen Bratwa-Spielchen. Davor, Baron zu heiraten.

Und Baron führte entweder einen Wettkampf mit Brash oder war so besitzergreifend in Bezug auf mich – eine Frau, die er nicht einmal kannte – dass er mich zu sich holen musste. Dass er mich für sich gewinnen musste.

Mir ist schlecht.

Tränen der Wut fluten meine Augen. Ich muss weg – von ihnen allen. Aber vor allem weg von Baron. Ich drehe mich um und renne in meinen Riemchenabsatzschuhen den Gehweg hinab.

„Lara", ruft Brash mir hinterher.

Baron sagt nichts; er steht nur da und sieht aus, als wolle er Brash ermorden. Ich schätze, die Schuldgefühle sind zu viel für ihn. Aus irgendeinem Grund macht mich das noch wütender.

Wie konnte er es wagen, mich zu verführen? Mich zu manipulieren? In dem Wissen, dass er mich den Armen eines anderen Mannes entriss. In dem Wissen, dass mein Vater aus einer Laune heraus meinem Leben in Paris ein Ende setzte und mich glauben ließ, es ginge um Leben und Tod, damit ich hierherkam. Er war Teil dieses ganzen Spiels, das von meinem Vater organisiert wurde. Alle spielten mit meinem Leben, meiner Zuneigung, meiner Realität.

Gospodi!

Wie konnte er es wagen, dafür zu sorgen, dass ich mich in ihn verliebe? Dass es mir wichtig ist, von ihm geliebt zu werden?

Wie kann er es wagen, einfach dazustehen und nichts zu sagen? Zu sagen, *das ist nicht direkt wahr?*

Er ist der größte Verräter von allen.

„Keine Bewegung oder du stirbst", blafft ihn einer der russischen Soldaten auf Russisch an.

Gut. Er kann mir nicht folgen. Ich unterstehe nicht mehr seiner Kontrolle. Ich werde nie wieder von ihm kontrolliert werden. Weder von ihm noch von meinem Vater.

„Lara." Brashs Auto fährt neben mich, als ich über den Gehweg stapfe. Die Beifahrertür schwingt auf, während Brash langsam neben mir herfährt.

Ich will nicht mit Brash zusammen sein. Ich will mit niemandem zusammen sein. Aber ich habe keinen Ort, an den ich gehen kann, wenn ich Brashs Hilfe nicht annehme.

Ich bleibe stehen und er drückt auf die Bremse, um sich mir anzupassen. Wir sehen einander durch die geöffnete Tür an.

Er ist ein gut aussehender Mann – er zieht sich adrett an und trägt eine Rolex an seinem Handgelenk. Er kann charmant und respektvoll sein. Er hat viel Geld und ist mächtig. Es stimmt. Sein Vater hat vermutlich die Macht, mich vor meinem eigenen Vater zu beschützen.

Nicht, dass ich Schutz brauchen sollte.

Dass ich ihn brauche, weckt den Wunsch in mir, aus voller Kehle zu schreien.

Wenn ich jetzt mit Brash mitgehe, kann er mich von hier wegbringen. Ich brauche Raum, um herauszufinden, was ich tun will.

Gegen meinen Willen schaue ich über meine Schulter zu Baron, der vor Baranov Haus auf dem Gras steht und von Männern umringt ist, die ihre Waffen auf ihn richten.

Er blickt mir direkt in die Augen und ich weiß, dass ich recht habe, denn er ist nicht mehr eifersüchtig oder kontrollierend. Er sieht am Boden zerstört aus. Seine Hände sind nicht in der Luft, doch ich kann Schock von seinem erstarrten Körper ablesen. Er weiß, dass er falsch gehandelt hat.

Er weiß, dass er mich verloren hat.

Und das ist der Moment, in dem mein Herz aufbricht und in zwei Hälften auf den Gehweg fällt. Eine Hälfte will noch immer, dass Baron sie aufhebt und alles in Ordnung bringt. Die andere Hälfte will nie wieder mit ihm sprechen.

Ich ziehe den Ring von meinem Finger und schleudere ihn in seine Richtung, bevor ich mich auf den Beifahrersitz des Wagens setze und die Tür zuknalle. Als Brash davonrast, breitet sich eine widerliche Panik in meinem Körper aus wegen des Teils meines Herzens, das ich zuckend auf dem Gehweg zurückgelassen habe.

Ich kneife meine Augen zu und zwinge es gedanklich, zusammen mit all meinen Erinnerungen an meine Zeit mit Baron zu sterben.

Es ist vorbei. Das Ganze hätte nie passieren sollen.

Ich bin fertig mit Benjamin Baranov.

———

Baron

Ich stehe wie angewurzelt auf dem Rasen und starre Brashs Auto hinterher.

Ich hätte das Ganze nicht schlimmer vermasseln können.

Meine einzige Aufgabe bestand darin, meine Frau vor Brash Rostovs Fängen zu beschützen, und ich versagte.

Sie rannte von mir weg und geradewegs in sein Auto. Das Bild ihres geröteten Gesichts, die Augen hell von Tränen, weckt den Wunsch in mir, auf die Knie zu sinken. Dass sie sich verraten fühlte, hätte nicht deutlicher sein können.

Ich kann meine Selbstgeißelung nicht beenden, denn jemand stößt mich mit etwas zu Boden, was vermutlich der Griff einer AK-47 ist, die auf meinen Hinterkopf gerichtet war. Ich lande auf Händen und Knien und mir klingeln die Ohren. Die Männer stürzen sich auf mich. Einer tritt mir in

die Rippen und ein anderer erwischt mich mit seinem Stahl-
kappenstiefel im Gesicht.

Ich versuche nicht, mich zu wehren – ich bin unbewaff-
net. Ich würde nicht überleben. Ich kann mich nur zu einem
Ball krümmen und meinen Kopf mit den Armen schützen.
Die Schläge prasseln auf mich nieder und ich habe das
Gefühl, als würde ich sie verdienen.

Ich verdiene das hier, weil ich Lara verletzt habe.

Allerdings braucht sie mich noch.

Sie ist zwar vor mir weggerannt und freiwillig in Rostovs
Auto gestiegen, aber sie ist nicht sicher bei ihm. Nicht im
Geringsten. Ich muss hier weg, damit ich zu ihr gelangen
kann.

Die Schläge prasseln immer weiter auf mich ein und
meine Ohren beginnen, zu klingeln.

Nein, das ist unser Feueralarm, der schrillt.

Einer meiner Freunde muss ihn angeschaltet haben.
Vermutlich Phoenix.

Ich glukse mit blutigen Lippen, denn das Manöver funktioniert. Nach einigen weiteren Tritten, hören die Männer
auf, mich zu verprügeln, springen in ihre Wagen und rasen in
die Richtung davon, in die Brash gefahren ist.

Ich versuche, mich aufzurappeln, doch stattdessen kommt
das Gras meinem Gesicht entgegen und alles wird schwarz.

KAPITEL VIERUNDZWANZIG

Lara

Ich sehe kaum, in welche Richtung wir fahren, denn meine Tränen lassen alles verschwimmen. Ich komme nicht gegen das Gefühl an, dass ich von meiner Existenz davonfahre.

Doch Baron hat mich reingelegt. Er hat irgendein Spiel mit meinem Dad gespielt und ich kann ihm das nicht verzeihen.

Brash redet, doch ich höre nicht zu. Ich denke bloß immer wieder an Barons Gesichtsausdruck. Die schuldbewusste, wissende Miene. Die Reue.

Ich gehe gedanklich das Gespräch durch, das ich mit meinem Dad in meinem Apartment führte. Denke an Brashs Worte: „Du hattest Interesse von einer anderen Partei."

Es gibt immer noch Teile dieser Geschichte, die nicht zusammenpassen. Wie beispielsweise, warum meine Ehe mit Baron überhaupt arrangiert wurde. Was war so wichtig, dass unsere Familien aneinandergebunden werden mussten, obwohl sein Dad und meiner seit Jahren zusammenarbeiten?

Und wenn es so wichtig war, warum hat er mir nicht

davon erzählt, als ich klein war? Warum hat er gewartet, bis ich Interesse von einer anderen Partei hatte?

Nun, ich kann Antworten auf diese Fragen verlangen, wenn ich nach Paris zurückkehre. Ich habe meinen Dad mit Schweigen gestraft, doch jetzt wünschte ich, ich hätte Antworten von ihm verlangt.

Andererseits hat er auf nichts besonders offen geantwortet.

Lag das daran, dass er mich reinlegte? Dass er mich von der angeblichen Versuchung eines Brash Rostovs entfernte? In der Vergangenheit hinderte er mich nie daran, Männer zu daten.

Er hätte es mir einfach sagen können, wenn er Brash nicht guthieß.

Nichts davon ergibt Sinn.

Ich schrecke aus meinen Gedanken, als Brash die Straße zu der Landebahn entlangfährt, auf der ich vor einer Woche gelandet bin.

„Was machen wir hier?" Ich weiß nicht, wohin ich dachte, dass er mich bringen würde, doch das hier ist eine Überraschung.

„Ich muss dich von den Verbrechern wegbringen, die versuchen, dich zu kontrollieren", sagt Brash, parkt und steigt aus.

Ich bleibe sitzen. Ich wollte zwar von Baron weg, aber Brash handelt in Bezug auf mich und mein Leben gerade genauso anmaßend.

Er öffnet meine Tür und reicht mir eine Hand. „Komm. Du willst zu deinem Leben zurückkehren, oder? Ich kann dich beschützen."

Es fühlt sich falsch an.

Ich wische über meine Augen. „Ich habe meine Sachen nicht. Ich muss packen."

Werde ich Whisper wirklich verlassen? Ich bin sauer auf

Baron, aber ... meine Zeit mit ihm war die beste — und schlimmste — in meinem Leben. Ich war wütend und verängstigt, als ich hier ankam, aber da war Baron. Ich schätze, ich verliebte mich. Fand Freunde. Wurde ein Teil von etwas — freiwillig. Meine Kurse hasse ich auch nicht.

Paris fühlt sich weit weg an. Als wäre die Frau bereits fort, die jenes Leben führte. Sie wurde zu jemand anderem. Das Praktikum und die Karrieremöglichkeiten, die dort auf mich warten, kommen mir viel weniger aufregend vor als das, was auf Thornecroft abläuft.

Ich erinnere mich daran, wie aufregend es war, gestern in das Apartment von Melindas Angreifer einzubrechen. Meinen knallharten Ehemann in Aktion zu beobachten.

Doch nein. Er ist nicht knallhart. Er ist ein kontrollierender Mistkerl, der mich quasi entführte und dann verführte. Er manipulierte mich genau wie mein Dad. Ich kann nicht zulassen, dass Männer mich so behandeln.

„Ich werde dir neue Sachen kaufen, *Milaya*.“

Ich zögere. Das klingt wie ein nettes Angebot, vor allem, weil ich nicht zum Baranov Haus zurückgehen und meine Sachen packen möchte. Doch etwas fühlt sich falsch an.

Brash sagte, er würde mich zu meinem Leben in Paris zurückbringen, doch jetzt wird er mir völlig neue Dinge kaufen? Ist das ein freundliches Angebot, weil er reich ist, oder hat das Ganze etwas Besitzergreifendes an sich — als ... werde ich *mit ihm* zusammen sein?

Denn ich will nicht mit ihm zusammen sein.

Jetzt, da ich gespürt habe, wie es ist, wenn mein Herz in Brand gesteckt wird, ist eindeutig, dass ich rein gar nichts für diesen Mann empfinde.

„Ich habe nicht einmal meinen Reisepass.“

„Den wirst du nicht brauchen. Komm, der Jet steht auf der Startbahn.“

Der Jet steht auf der Startbahn. Als ... hätte er dort auf

uns gewartet? Brash wusste, dass er mich mitnehmen würde? Warum brauche ich meinen Reisepass nicht? Weil er jemanden geschmiert hat? Das hier wird allmählich komisch.

Aber okay. Ja. Von Whisper wegzukommen, ist das Beste. Wenn ich erst wieder in Paris bin, kann ich mir Zeit nehmen, um mit meinem Kummer fertigzuwerden und Klarheit zu gewinnen. Vielleicht werde ich Baron eine Gelegenheit geben, sich zu erklären.

Ich werde definitiv meinen Dad anrufen und einen Streit mit ihm austragen.

Ich erlaube Brash, mich zum Jet zu bringen, und wir schnallen uns an.

Als das Flugzeug über die Startbahn rast, zückt Brash sein Handy und macht einen Anruf.

„Es ist erledigt." Er mustert mich. „Ich habe das Turgeneva Mädel. Bereite die Scheidungspapiere vor. Ich will, dass sie zur Unterschrift vorliegen, sobald wir landen."

Alles in mir hält inne. Mein Herz vergisst, zu schlagen. Meine Atmung erstarrt. Der Kummer weicht aus meinem Körper und wird von Adrenalin ersetzt.

Ich öffne meinen Gurt und springe auf, doch es ist zu spät. Das Flugzeug hebt ab.

„Ah ah." Brash packt mein Handgelenk und reißt mich über seinen Schoß. Er beißt in die Seite meines Halses, als würde er sich für einen Vampir halten.

„*Au!*", kreische ich. Ich weiß nicht, ob er die Haut durchbrochen hat, doch es wird definitiv ein Bluterguss entstehen.

„Du gehst nirgends hin." Sein Griff um mein Handgelenk tut weh. In seiner Stimme schwingt eine irre Freude mit, bei der mir das Blut in den Adern gefriert. „Dein Vater hätte unser anfängliches Angebot nicht ablehnen sollen."

Mein Gehirn setzt aus. Welches Angebot? Wovon spricht er? Ich kämpfe gegen seinen Griff an.

„Als meine Frau wirst du bald lernen, dass ich schnell

bestrafe und nur langsam verzeihe." Er wirft mich von seinem Schoß. Ich schlittere in den Gang und knalle mit der Hüfte gegen meinen Sitz, bevor ich mich abfange. „Jetzt setz dich und schnall dich an, sonst verdienst du dir hier im Flugzeug deine erste Strafe."

―――――

Baron

Ich komme immer wieder zu Bewusstsein und dämmere weg. Ich höre die Stimmen meiner Freunde, während sie sich damit abmühen, mich hochzuheben und ins Haus zu tragen.

Sie ist fort.

Ich habe Lara verloren.

Ich zwinge meine Augen auf und finde mich ausgestreckt auf dem Sofa wieder. All meine Freunde sind um mich herum versammelt. Einige Gesichter sind sorgenvoll verkniffen. Manche sind wütend verzogen.

„Anya", krächze ich und versuche, sie in der Gruppe zu finden.

„Ich bin hier." Sie hebt eine Hand und ich schaffe es, mich auf sie zu konzentrieren.

„Wo ist sie?", krächze ich.

Anya sieht erschrocken aus. Ausnahmsweise hat sie meinen nächsten Befehl nicht vorausgeahnt. „Lara?"

„Ja, Lara!" Ich rapple mich mit Mühe auf und strecke die Arme aus, als mein Sichtfeld schwarz wird.

Phoenix schiebt seine schmale Schulter unter meinen Arm, um mich zu stützen. „Du bist in keinem Zustand, ihr hinterherzujagen."

„Wo ist sie?" Der Klang meiner eigenen Stimme spaltet beinahe meinen Kopf in zwei Hälften. Ich wische Blut von meinem Mund. Einer meiner Backenzähne fühlt sich locker an.

Anya entsperrt mein Handy und mustert das gesprungene Display. Es muss aus meiner Tasche gefallen sein, als Brashs Armee mich zu Boden warf. „Oh Scheiße", flucht sie.

„Was?", donnere ich.

„Sie ist bei der Landebahn."

Whisper hat keinen Verkehrsflughafen, nur die private Landebahn, welche die Reichen nutzen, um mit ihren Privatjets in die und aus der Stadt zu fliegen.

„Bringt mich dorthin." Ich humple zur Tür.

„Baron, für den Fall, dass du es nicht bemerkt hast, sie hatten AK-47er", sagt Zoe. „Wir haben diese Art von Waffen nicht. Und selbst wenn wir sie hätten, kannst du einen derartigen Krieg nicht anfangen, ohne vorher deinen Dad anzurufen."

„Sie hat recht", stimmt Leo leise zu. „Ich bin absolut dafür, dem Mistkerl nachzugehen, aber wir müssen gründlich darüber nachdenken."

Ich sacke gegen die Wand, da das Atmen meinen gebrochenen Rippen wehtut. Meine Augen schließen sich. *Denk nach, Ben. Denk nach.*

Sie haben recht – wir können keinen Krieg anzetteln. Nicht ohne die Unterstützung meines Dads.

Blyad'!

Ich hätte mir Worte einfallen lassen sollen, mit denen ich Lara am Weglaufen hätte hindern können. Warum habe ich es ihr nicht schon früher erzählt – beim Abendessen? Oder auf der Heimfahrt? Dass ich vorhatte, ihr heute Abend alles zu erzählen, macht es eine Million schlimmer, dass ich sie verloren habe. Ich hätte diese schreckliche Szene dort draußen verhindern können, wenn ich nur eine Stunde früher den Mut gehabt hätte, reinen Tisch zu machen. Oder Tage früher. Wochen früher. Ich hätte ihr von Anfang an die Wahrheit sagen sollen.

Jetzt befindet sie sich in den Fängen von Abrasha Rostov

und ich glaube nicht, dass er sie ein zweites Mal entwischen lassen wird.

„Kannst du herausfinden, wohin sie fliegen?" Meine Unterlippe schwillt mit jedem verstreichenden Moment stärker an.

„Ich kann mich nicht einfach mir nichts, dir nichts in die US-Bundesluftfahrtbehörde hacken", beschwert Anya sich mit gerunzelter Stirn.

Zoe zückt ihr Handy. „Vielleicht kann ich jemanden dazu bringen, es mir zu verraten." Sie sucht die Nummer der Landebahn heraus und drückt auf den Anrufknopf, wobei sie den Lautsprecher aktiviert.

„Ja, hier spricht Zoya Novikova", sagt sie mit einem starken russischen Akzent, der genau wie Leos Mom Sasha klingt, wenn sie beschwipst ist. „Mein Freund Abrasha Rostov hat bei Ihnen ein Flugzeug?"

Der Kerl am anderen Ende sagt: „Okay."

„*Da.* Seine Freundin hat ihren Ring in meinem Haus vergessen und ich rufe an, um nachzufragen, ob sie noch dort ist? Habe ich Zeit, ihr den Ring zu bringen?"

„Ah ... ich weiß nichts darüber", sagt der Kerl.

Zoe verdreht die Augen. „Ist der Rostov Jet schon abgeflogen?"

„Rostov? Äh ... ja, er ist jetzt auf der Startbahn."

„Ahhh, ich bin zu spät. Ich werde ihm den Ring per Post schicken. Wissen Sie, ob sie auf dem Weg nach Paris sind? Oder ist es Moskau?"

„Der Rostov Jet? Nein, der ist auf dem Weg nach Istanbul."

Kälte breitet sich in meinem Körper aus.

Er bringt sie nicht nach Paris. Er bringt sie in die Türkei. Die Rostovs haben dort wahrscheinlich ein Haus. Er bringt sie an einen Ort, wo er sie einsperren und mich fernhalten kann.

„Oh, Istanbul, stimmt ja. Oh tja. Ich werde mir die Adresse besorgen. *Spasibo*." Zoe beendet den Anruf.

„Gute Arbeit, Zoe", lobe ich.

Die Eingangstür schwingt auf und Lili stürmt herein. „Oh mein Gott, Baron. Was ist passiert? Leo hat mir geschrieben, dass ich herkommen soll."

Ich mache mir eine mentale Notiz, Leo später eine reinzuhauen, wenn es mir nicht mehr so wehtut, mich zu bewegen. Während ich ihr die kürzeste mögliche Zusammenfassung gebe, macht Leo einen Videoanruf mit seinem Handy und Phoenix bringt einen Eisbeutel für mein Gesicht.

Leos Dad Maxim erscheint auf Leos Display. Sasha, seine Mom, beugt sich mit einem breiten Lächeln ins Bild.

„Leonid! Wie geht es dir?"

„Äh, gut, Mom, aber kann ich eine Minute unter vier Augen mit Papa sprechen?"

„Wenn du versprichst, mich morgen anzurufen."

„Versprochen."

„Okay, ich hab dich lieb." Sasha wirft ein Kusshändchen, während sich Maxim von ihr entfernt.

„Hey, Papa." Er neigt sein Handy, um kurz mein zerschundenes Gesicht zu zeigen, dann dreht er es wieder zu sich. „Können wir eine Videokonferenz mit dir und Onkel Ravil führen?"

Maxim flucht und seine Kamera wackelt, als er aus der Tür seines Penthouses läuft und zu der meiner Eltern marschiert. „War es Rostov?"

„Ja." Leo lehnt sein Handy an die Fensterbank und die Bratwa Erben versammeln sich darum herum. Phoenix und Anders halten sich im Hintergrund, wo sie nicht im Bild sind.

„Okay, gib mir eine Minute, damit du uns die Geschichte nur einmal erzählen musst." Einen Augenblick später ruft er uns per Video vom Schreibtisch meines Vaters an. Maxim, Dima und mein Dad schauen uns an.

Mittlerweile hatte ich Zeit, über alles nachzudenken und verschiedene Szenarien in meinem Kopf durchzuspielen. Ich habe eine unausgereifte Idee, wie wir Lara retten können.

„Bist du okay, Ben?", fragt mein Dad.

Bin ich das? Nicht einmal annähernd. Und es liegt nicht nur daran, dass ich nach Strich und Faden verprügelt wurde. Es liegt daran, dass Lara fort ist. Ich hatte eine Aufgabe – sie zu beschützen – und habe versagt.

Schlimmer als das – ich habe ihr wehgetan. Dabei wollte ich bloß ihre Liebe und ihr Vertrauen gewinnen.

Ich dachte, ich hätte das geschafft, doch mein Fehler zerstörte alles, woran ich so hart gearbeitet hatte.

„Lara ist fort", verkünde ich. Mein Versagen zuzugeben, hat einen bitteren Geschmack. „Brash hatte einen Spion auf Thornecroft, der in einen Angriff auf Gabe Tracys Tochter involviert war. Das sollte mich und Baranov Haus aus dem Verkehr ziehen. Sie setzten sie unter Drogen und brachten sie zu einem Krankenhaus, wo der Spion wahrscheinlich Kontakt zu ihr hatte. Ich vermute, dass sie ihm in ihrem berauschten Zustand etwas verriet, was ich ihr im Vertrauen über meine arrangierte Ehe verraten hatte, nämlich, dass sie so schnell stattfand, weil Lara *Interesse von einer anderen Partei* hatte."

Meine Freunde starren mich alle überrascht an. Sie kannten den Inhalt des Gesprächs nicht, das ich auf dem Rasen mit Melinda geführt hatte – sie hatten es nur durch die Fenster beobachtet.

„Brash benutzte exakt diese Worte – die, die ich bei Melinda verwendet hatte – als er heute Abend auftauchte. Oh, und für den Fall, dass du es nicht wusstest – Adrian erzählte Lara nicht die Wahrheit, weshalb sie hier in dem Glauben erschien, dass unsere Ehe tatsächlich bei der Geburt arrangiert wurde und ich ein Arschloch bin. Eine Vorwarnung wäre nett gewesen. Jedenfalls war Lara verständlicherweise aufgebracht, weil sie manipuliert worden war, und sie ging mit ihm mit."

„Außerdem sind sie mit AK-47ern aufgetaucht, damit Baron ihr nicht nachgehen konnte", wirft Anya ein.

Ich fahre fort: „Er hat sie jetzt und sie fliegen in einem Jet in die Türkei. Ich werde allein hinfliegen, reingehen und sie zurückholen. Könntest du mir ein Flugzeug besorgen?"

Mein Vater starrt mich gelassen an. Wir setzen beide unleserliche Mienen auf, während wir komplizierte Situationen verarbeiten. „Denkst du, sie wird mit dir gehen?"

Der Schmerz darüber, dass ich ihr wehgetan habe, schwappt roh und frisch an die Oberfläche. Werde ich die richtigen Worte finden, damit sie mir vergibt?

Nein, warte. Das ist irrelevant. Ihre Entscheidung, ob sie mich liebt oder nicht, ist weniger wichtig als ihre Sicherheit. Wie ihr Vater würde ich mich jederzeit dazu entscheiden, sie vor Rostov zu schützen und anschließend auf ihre Vergebung zu hoffen.

„Ich werde überzeugend sein", erwidere ich.

Zoe und Lili werfen mir zweifelnde Blicke zu. Sie hören anscheinend die Entschlossenheit in meinem Ton. Die Gewissheit, dass ich Lara zurückbringen werde, egal, ob sie gerettet werden will oder nicht.

„Die Rostovs haben ein Anwesen in Istanbul. Dort werden zehnmal so viele Wachen sein, wie bei euch waren, um sie abzuholen. Wie wirst du die umgehen?", erkundigt sich Maxim.

„Ich werde leise reingehen. Wie bei einer Geheimoperation. Auf diese Weise können wir einen Krieg vermeiden."

Das Gesicht meines Vaters gibt noch immer nichts preis. Er betrachtet mich eine gefühlte Ewigkeit. „Okay", sagt er schließlich. „Sie ist deine Frau. Du solltest derjenige sein, der reingeht."

Erleichterung durchströmt mich. Ich hatte Angst, er würde versuchen, mich zu beschützen, und seine Hilfe zurückhalten, um mich von meinem Vorhaben abzuhalten.

„Du wirst warten, bis Adrian und sein Team als Verstärkung oder zur Exfiltration an Ort und Stelle sind für den Fall, dass es schiefgeht."

Ich nicke. Das ergibt Sinn. Sie können von Moskau schneller dorthin gelangen als ich. „Lass sie nicht ohne mich reingehen."

Mein Dad zögert und nickt schließlich. „Ich werde den Befehl erteilen. Aber ich kann nicht garantieren, dass Adrian ihn befolgen wird. Ein Vater tut alles für sein Kind, einschließlich seinen *Pakhan* missachten."

Richtig. Aus diesem Grund sind Familien in der Bratwa normalerweise verboten. Aber die Schwangerschaft meiner Mutter mit mir änderte alles für die Chicago Bratwa und später für den Moskauer-Arm, den Adrian jetzt leitet.

„Aber dein Plan könnte einen Krieg verhindern. Falls er das nicht tut ...", mein Dad spreizt seine Hände, „ziehen wir in den Krieg. Der Rostov Balg kann meine Schwiegertochter nicht entführen und meinen Sohn angreifen, ohne dass ich zurückschlage."

Ich schlucke und bin dankbar für seine volle Unterstützung.

„Dima wird daran arbeiten, ihre Security zu knacken, und dir alles zur Verfügung stellen, was du brauchst."

„Ich kann helfen", sagt Anya.

Ihr Dad nickt ihr zu. „Wir werden als Team arbeiten."

„Ich gehe mit Baron mit", sagt Leo.

„Nein", widerspreche ich. „Du musst hierbleiben und das Haus beschützen. Vor allem nach dem, was mit den Titans passiert ist."

Mein Dad zieht eine Augenbraue hoch, doch als wir nichts erklären, lässt er das Thema auf sich beruhen.

Leo macht ein finsteres Gesicht, protestiert jedoch nicht mehr.

„Ich werde schauen, wie schnell ich dir ein Flugzeug schicken kann", sagt mein Dad. „Maxim wird eine Liste an Dingen vorbereiten, die Adrian dir mitbringen soll – Waffen und eine Kevlarweste – derlei Dinge. Wir werden uns melden. In der Zwischenzeit ruh dich aus und iss etwas. Du wirst deine Kraft brauchen."

Ich nicke zustimmend, brauche jedoch kein Essen oder Ruhe. Zorn verleiht mir alle Kraft, die ich brauche.

Meine Frau befindet sich in den Fängen eines Psychopathen. Ich könnte momentan die ganze Welt niederbrennen, damit ich sie zurückkriege.

KAPITEL FÜNFUNDZWANZIG

Lara

Ich stecke in großen Schwierigkeiten.

Ich tigere durch das große Schlafzimmer, in das Brash mich gebracht hat. Es ist ein Hauptschlafzimmer mit einem großen King-sized-Bett und einem riesigen Fenster, das einen Obstgarten überblickt. Wir sind nicht in Paris. Wir sind auf dem Anwesen von Brashs Familie in der Türkei.

Die Tür ist abgeschlossen. Falls ich irgendwelche Zweifel hatte, so wurden diese bestätigt. Ich bin seine Gefangene.

Mein Kopf ist benommen, weil ich auf dem Weg hierher kein Auge zugetan habe und es in Illinois 05:00 Uhr wäre.

Es waren nur Brash und seine Handlanger in dem Jet. Es gab niemanden, den ich um Hilfe hätte bitten können. Ich wartete, bis Brash eingeschlafen war, bevor ich versuchte, mein Handy zu benutzen, doch es gab keinen Empfang oder Wifi, um jemandem eine Nachricht zu schicken.

Als wir landeten, nahm er mein Handy aus meiner Handtasche und warf es aus dem Fenster der Limo, die uns abholte.

„Tiefe Atemzüge", murmle ich und bemühe mich, die

Panik in Zaum zu halten. Ich habe das Gefühl, als sei ich die Heldin in einem Horrorfilm, in dem sie plötzlich realisiert, dass nichts so war, wie es wirkte.

Ich bin die Heldin, die zu dumm ist, um zu leben. Warum bin ich mit Brash mitgegangen?

Was hat mich auf den Gedanken gebracht, er sei sicherer als Baron?

Oh, Baron. Wenn ich an ihn denke, fühlt es sich immer noch an, als wäre meine Brust in zwei Hälften gespalten worden.

Ich versuche, das alles zu verstehen. Ich hatte den ganzen Flug zum Nachdenken. Um die Puzzleteile zu betrachten und zu versuchen, sie zusammenzusetzen.

Brash sagte, dass meine arrangierte Ehe zustande kommen musste, weil ich Interesse von einer anderen Partei hatte – ihm. Barons Gesichtsausdruck bestätigte die Wahrheit dieser Aussage. Was hatte Brash im Flugzeug gesagt? *Dein Vater hätte mein ursprüngliches Angebot nicht ablehnen sollen.*

Meinte er damit, dass er angeboten hatte, mich zu heiraten? Nach einigen Dates? Ohne mich zu fragen?

Ich schüttle den Kopf. Das ist so mittelalterlich. Also geht es nicht um Brashs Begehren nach mir. Ich bin die Schachfigur. Vielleicht ist der Plan so offensichtlich, wie er zu sein scheint. Eine arrangierte Ehe, um sich mit meinem Vater zu verbünden. Mich zu entführen, wird ihm allerdings nicht die Kooperation meines Vaters einbringen. Brash hat seine Hand falsch gespielt, wenn er denkt, dass das hier so enden wird, wie er es will. Oder vielleicht ist es ihm mittlerweile egal und es geht nur darum, sich an meinem Vater zu rächen, weil er ihn brüskiert hat.

Allerdings nannte er mich seine Frau.

Er sprach davon, mich zu bestrafen.

Ein ekelerregendes Gefühl schwappt durch mich. Irgendwie weiß ich, dass es nicht die Art verführerischer

Strafe sein wird, die ich durch Barons Hand erlebte. Die Sorte, die ein wenig Schmerz beinhaltet und in Lust für uns beide endet. Falls ich dachte, Baron hätte eine sadistische Ader, so ist die nichts im Vergleich zu der realen Gewalt, die ich in Brash spüre.

Ich lasse mich aufs Bett fallen. Mir brennen Tränen in den Augen, weil es so wehtut, Baron zu vermissen. Aber zum Teufel mit ihm!

Falls unsere Ehe so überstürzt geschlossen oder erzwungen wurde, um Brash daran zu hindern, Anspruch auf mich zu erheben, warum konnte er mir das nicht einfach erzählen?

Noch besser, warum erzählte mein Dad es mir nicht? Er war derjenige, der mich in diese schreckliche Situation brachte, indem er mir die Wahrheit nicht anvertraute. Ich weiß nicht, ob ich ihm jemals verzeihen werde, wenn ich das hier überlebe.

Doch diese Gedanken werden mich hier nicht rausbringen. Ich muss einen klaren Kopf bewahren und mir überlegen, wie ich mit Brash umgehen soll. Ich muss ein Telefon finden, um Baron oder meinen Dad anzurufen. Mein Dad wäre näher an der Türkei, doch ich will Baron. Es ist Baron, nach dem sich mein Körper sehnt. Baron, dessen Gesicht ich schlagen will, weil er sich mit meinem Dad verschwor, ohne mich darüber in Kenntnis zu setzen.

So wie ich Baron kenne, ist es gut möglich, dass er bereits auf dem Weg ist.

Außer er glaubte mir wirklich – dass mein Abgang ein Abschied war. Außer er dachte, ich hätte meine Entscheidung getroffen, und er war Gentleman genug, mich diese treffen zu lassen. Er hat schließlich die Tendenz, die Bedürfnisse aller anderen vor seine eigenen zu stellen.

Würde er mich so leicht gehen lassen?

Bei diesem Gedanken verkrampft sich mein Herz.

Bitte lass mich nicht gehen, Baron. Ich schicke ein stummes Gebet zu dem höheren Wesen, das mir zuhören wird.

Ich höre, wie der Riegel der Tür zurückgeschoben wird, und Brash kommt herein. Ich setze mich im Bett auf. Er trägt ein selbstgefälliges Lächeln im Gesicht, das den Wunsch in mir weckt, ihm gegen die Kehle zu schlagen, doch ich bemühe mich, diese Regung zu verbergen.

Das Problem ist, dass ich nicht besonders gut darin bin, meine Gefühle zu überspielen.

„Hast du dich eingewöhnt, Darling?"

Ich verkneife mir die wütende Erwiderung, die mir auf der Zungenspitze liegt. Tiefe Atemzüge. Tu so, als wärst du freundlich. Oder zumindest bring ihn nicht gegen dich auf.

„Ohne meine Sachen ist es schwer, mich einzugewöhnen."

Da. Das klang nicht zu griesgrämig.

Brash wedelt ablehnend mit einer Hand. „Wir werden dir neue Dinge besorgen. Was brauchst du jetzt? Eine Zahnbürste? Es sind welche unter dem Waschbecken. Shampoo und Seife sind in der Dusche." In seine Augen tritt ein gefährliches Funkeln. „Du brauchst keine Kleider." Er tritt näher und greift nach mir.

Ich will ihm das Knie in die Eier rammen, trete stattdessen jedoch zur Seite und husche zum Fenster.

„Ich würde mir gerne den Obstgarten ansehen." Es ist das Erste, was mir einfällt, und ich nutze es. „Nach draußen zu gehen, hilft dabei, sich an die neue Zeitzone anzupassen. Der Jetlag setzt mir bereits zu", plappere ich.

„Du wirst nach draußen gehen, wenn du es dir verdient hast." Er überwindet die Distanz zwischen uns und presst mich an das Glas, wobei er seine Finger um meine Kehle legt. „Jetzt zieh deine Kleider aus."

Ich umklammere seine Handgelenke und meine Nägel kratzen seine Hand auf. Ich kann nicht atmen. Der Schmerz in meiner gequetschten Luftröhre ist fürchterlich. Sterne tanzen vor meinen Augen und ich beginne, ohnmächtig zu werden. Plötzlich lässt er meine Kehle los und ich keuche und huste, während mein Körper verzweifelt versucht, wieder zu Sauerstoff zu kommen.

Er packt die Vorderseite meiner Bluse, reißt daran und zerfetzt den Stoff.

„Du kannst keinen Sex mit mir haben!", platze ich heraus. Es ist das Einzige, was mir einfällt. „Ich habe meine Periode."

Das stimmt sogar. Ich weiß nicht, ob mich das davor bewahren wird, jetzt vergewaltigt zu werden, aber es ist den Versuch wert.

„Und ich brauche mehr Tampons. Außer du hast auch welche unter dem Waschbecken?"

Uups. Möglicherweise habe ich zu viel Frechheit in meine Stimme gelegt, denn sein Arm fliegt nach hinten und er verpasst mir einen Schlag mit der Rückhand. Schmerz explodiert in meinem Gesicht, mein Körper prallt vom Fenster ab und bricht auf dem Boden zusammen. Zum Glück werde ich bewusstlos.

———

Baron

Ich überprüfe die Munition in beiden Pistolen.

Adrian und sein Team trafen sich mit mir an der privaten Landebahn und scheuchten mich in einen Personentransporter, der mit allem ausgestattet ist, was wir für eine Belagerung brauchen.

Dima und Anya besorgten uns die Adresse des Rostov-Anwesens zusammen mit dem Grundriss. Sie haben sich auch in das Sicherheitssystem gehackt.

Ich sollte warten, bis es dunkel ist, gehe jedoch jetzt rein.

Laras Handy-Tracker ist in der Nähe des Flughafens

offline gegangen, doch die in ihrer Handtasche und in ihren Schuhen zeigen beide, dass sie im Hauptschlafzimmer ist.

Das allein macht mich gewalttätig. Ich kenne Abrasha Rostov. Er foltert die Schwachen zum Spaß. Er wird sich Lara aufzwingen – schreckliche Dinge mit ihr tun. Vielleicht nicht heute Nacht. Vielleicht zeigt er sich noch von seiner besten Seite in dem Versuch, sie zu einer Ehe zu überreden.

Doch ich bezweifle es. Wenn das der Fall wäre, hätte er sie nach Paris zurückgebracht. Aber er brachte sie hierher zu seiner Festung. Sie ist eine Gefangene. Dessen bin ich mir sicher.

Ich muss sie hier rausschaffen, bevor er unaussprechliche Dinge mit ihr tut.

Ich habe die Waffen meiner Wahl erhalten – der Van hat alles. In den Taschen meiner Cargohose stecken zwei Granaten. Ein olivfarbenes Shirt bedeckt meine Kevlarweste und ich trage eine enganliegende Tarnmütze, um meine blonden Haare zu verbergen. Anstelle einer automatischen Waffe wählte ich Revolver mit Schalldämpfern.

Mein Plan sieht noch immer vor, heimlich reinzugehen und sie rauszuholen. Laut Dimas Auskundschaftung sind wir vier zu eins in der Unterzahl.

„Ich werde mit dir reingehen." Adrian fixiert seine eigene Kevlarweste.

„Nein. Ich gehe allein rein. Du kommst nur, falls ich versage."

Adrians Oberlippe kräuselt sich zu einem Knurren. Ich bin mir sicher, dieser Blick bringt Männer dazu, sich vor Furcht in die Hose zu pissen, wenn er sie foltert. Er hat definitiv die Ausstrahlung eines taffen Kerls. Er wirkt grobschlächtig und ist weniger kultiviert als mein Dad und der Rest der Chicago Bratwa. Er hat zwar eine Frau und Tochter, doch es scheint ihn hart gemacht zu haben, einen Verbrecherring in Russland zu leiten. „Das hier ist nicht deine Mission."

„Den Teufel ist sie." So sollte ich nicht mit meinem Schwiegervater sprechen, doch es ist mir egal. „Sie ist meine Frau. Ich werde reingehen und sie rausholen. Hoffentlich ohne einen Krieg zu beginnen."

Adrian schaut mich finster an. Ich bin mir sicher, er versucht, zu entscheiden, ob er mir die Haare von den Eiern reißen soll.

Einer seiner Männer reicht mir ein Funkgerät und ich stecke es mir ins Ohr. „Test."

Dimas Stimme erklingt in meinem Ohr. „Alles ist bereit. Das Sicherheitssystem ist deaktiviert. Ich habe alle Kameras im Blick und kann dir den Weg ins Haus beschreiben."

Ich schwinge die Hintertür des Vans auf und lande sanft auf meinen Füßen. „Ich gehe jetzt los", murmle ich.

„Der Hintereingang befindet sich auf der Ostseite", berichtet Dima.

Ich schmiege mich an die Mauer und gehe nach Osten. Ich warte nicht ab, ob Adrian mir folgt.

„Ich entsperre das Tor dort. Im Wachhäuschen ist ein Wachmann, der auf seinem Handy scrollt."

Das schmiedeeiserne Tor, das Autos daran hindert, das Grundstück zu befahren, entriegelt sich, als ich es erreiche.

Danke, Dima.

Ich packe die Pistole in meiner rechten Hand fester und stoße das Tor mit der Linken gerade so weit auf, dass ich hindurchschlüpfen kann. Ich bleibe in den Schatten und richte meine Waffe auf den Kerl in dem Häuschen, doch er schaut nicht auf.

„Halte dich an die Büsche, bis du zum Haus gelangst. Dann geh nach rechts durch das Tor in den ummauerten Garten. Dort ist eine Sicherheitswache."

Ich schleiche in den Garten und sehe mich um. Ein

kleiner Obstgarten mit Pfaden und Bänken erstreckt sich vor mir. Eine Sicherheitswache patrouilliert auf der gegenüberliegenden Seite.

„Die erste Tür zu deiner Linken. Ich öffne das Schloss jetzt."

Ich behalte die Sicherheitswache im Blick und richte meine Waffe auf sie, während ich durch die geöffnete Tür schlüpfe, aber sie schaut nicht zu mir. Einem Teil von mir tut es beinahe leid. Ich wollte heute Nacht Blut vergießen.

Doch Laras Sicherheit ist das Einzige, was zählt. Bis ich Lara habe, muss ich vorsichtig sein.

„Es sind keine Kameras im Haus, weshalb du jetzt blind reingehst."

„Ich komme ab hier klar", erwidere ich. Ich habe mir den Grundriss eingeprägt. Ich kenne alle Wege, die zum Hauptschlafzimmer führen. In dieser Richtung gibt es eine Treppe.

Ich biege um eine Ecke und finde mich einem bewaffneten Wachmann gegenüber.

Fuck.

Ich erschieße ihn, bevor er reagieren kann. Er bricht als stiller Haufen zusammen. Fuck sei Dank für Schalldämpfer.

Jetzt muss ich schnell machen, bevor ihn jemand entdeckt.

„Ich habe einen Schuss gehört", sagt Adrian. „Berichte."

„Ich habe eine Wache getötet", brumme ich.

Ich finde die Treppe und erklimme sie zwei Stufen auf einmal nehmend. Oben ist noch eine Wache. Eine einzige Kugel beseitigt auch diese.

„Noch eine Wache", berichte ich, bevor Adrian fragt.

Die Tür zum Hauptschlafzimmer befindet sich am Ende des Flurs. Außen ist ein Riegel, als hätte Brash hier zuvor schon Frauen eingesperrt, doch er ist nicht vorgeschoben. Das bedeutet, dass sie entweder nicht dort drin ist oder er bei ihr ist.

Ein Schrei erklingt von drinnen.

Lara.

Adrenalin fährt in meine Glieder. Mein Mund wird von Speichel geflutet wie bei einem Tier, das sich darauf vorbereitet, seinen Feind zu beißen.

„Wo ist sie?", will Adrian durch das Funkgerät in meinem Ohr wissen.

Ich ignoriere ihn und stoße die Tür mit gezückter Pistole auf.

Nein. Fuck nein. Nicht meine Lara.

Gottverdammt!

Die Szene vor mir sollte mich nicht schockieren. Ich rechnete mich etwas Schrecklichem. Zu sehen, wie meine Frau an ihren Handgelenken von einem Haken an der Decke baumelt, löst jedoch einen derart heftigen Zorn in mir aus, dass ich Brash mit bloßen Händen zerreißen könnte. Ich *werde* ihn mit bloßen Händen zerreißen.

Sie trägt nichts außer ihrem Höschen. Auf ihrer Wange und Kehle sind Blutergüsse. Brash deutet mit einem Dolch auf einen ihrer Nippel.

Ihre Augen begegnen meinen und werden groß. „Baron!"

Brash wirbelt herum und entdeckt die Waffe in meiner Hand.

Eine Kugel. Es ist nur eine Kugel nötig, um ihn zu töten. Allerdings nicht, solange Lara hinter ihm ist. Außerdem wäre ein schneller Schuss zu gnädig für dieses Tier.

Diese Gedanken gehen mir im Bruchteil einer Sekunde durch den Kopf, denn ich bin bereits in Bewegung.

Brash hechtet zur Seite, weil er denkt, ich werde ihn erschießen. Ich folge seiner Bewegung mit dem Revolver und sobald er sich von Lara entfernt hat, schieße ich ihm in den Schenkel.

Er schreit und fällt hinter das Bett.

„Berichte!" Anspannung liegt in Adrians Blaffen.

Ich habe keine Zeit, um ihm alles im Detail zu erklären. Ich springe mit einem Satz auf das Bett. Mit dem nächsten Schritt lasse ich mich auf Brashs ausgestrecktem Körper fallen und stampfe in seinen Solarplexus, um ihm die Luft aus der Lunge zu pressen. Meinen nächsten Schritt platziere ich auf seiner Kehle, dann lasse ich mich sinken und setze mich rittlings auf ihn.

Er wehrt sich, doch ich ramme ihm den Lauf der Waffe gegen den Mund und schlage einen Zahn aus. Ich will, dass er mir in die Augen schaut, wenn ich ihn töte.

Er greift nach der Lampe auf dem Nachttisch und schwingt damit nach mir. Ich neige meinen Rücken so, dass ich den Schlag abfangen kann, während ich feuere.

Er gurgelt Blut.

Zu schnell, verdammt.

Ich wollte ihn leiden lassen, weil er Lara angefasst hat. Wegen all der Schmerzen, die er in dieser Welt verursacht hat.

Ich stecke die Waffe in das Holster, schlage ihm ins Gesicht und werde von dem Geräusch seiner brechenden Nase befriedigt. Dann sein Wangenknochen. Ich schlage ihm die Zähne aus.

„Wir kommen rein", verkündet Adrian.

Fuck.

„Ich schalte alle Kameras aus", sagt Dima.

Ich höre das Rat-a-tat-tat von Maschinengewehrfeuer im Obstgarten, was mich in die Realität zurückholt.

Brash ist tot. Ich schüttle mich und lege zwei Finger an seine Kehle, um sicherzugehen.

Ich muss Lara hier rausbringen. Ich wirble herum, eile zu ihr und zücke ein Messer, um sie von dem Seil zu schneiden. „Lara. *Malyshka*. Fuck."

Mir wird bewusst, dass ich das Recht verloren habe, sie

Malyshka zu nennen, doch sie schlingt die Arme um mich und ich will weinen.

KAPITEL SECHSUNDZWANZIG

Lara

Baron drückt mich so fest, dass ich nicht atmen kann, und küsst meine Haare, meine Schläfe und meine Stirn.

„Es tut mir so leid", krächzt er.

Ich klammere mich an ihn, da mich meine Beine noch nicht tragen. Ich will es nicht tun, aber mein Blick kehrt zu Abrasha zurück. Wäre ich eine bessere Person, wäre ich entsetzt darüber, was ich gerade gesehen habe. Mein Ehemann hat einen Mann angeschossen und dann brutal zu Tode geprügelt. Doch ich habe jede Sekunde davon genossen.

Ich habe Baron beobachtet, der mit Blutergüssen bedeckt, jedoch ein echter Badass ist. Er strahlt aus jeder Pore Kompetenz aus.

Ich habe kein einziges Mal daran gezweifelt, dass er den Kampf gewinnen würde.

„Er ist tot", sagt Baron.

Schreie und Schüsse erklingen im Haus.

„Dein Dad ist hier." Baron reißt sich sein T-Shirt über den Kopf und zieht es mir über meinen. Ich schiebe meine Arme durch die Löcher und er steckt mich in seine kugelsichere Weste.

„Komm", sagt er. „Wir müssen gehen." Er nimmt meine Hand und führt mich zur Tür. „Bleib hinter mir."

„Aber du trägst keine Kevlarweste."

Er dreht sich um, Emotionen lodern in seinen Augen und er küsst mich leidenschaftlich.

Ich keuche, als wir uns voneinander lösen. Was war das? Ein Abschiedskuss für den Fall, dass er es nicht überlebt?

„Du sorgst dich", murmelt er.

Mein Herz zieht sich schmerzhaft zusammen. Natürlich sorge ich mich. Ich habe nie aufgehört, mich um ihn zu sorgen. Baron ist der Meine. Ich bin die Seine. Wir gehören zusammen. Ich war mir noch nie in meinem Leben in Bezug auf etwas so sicher.

Ich bin wütend auf ihn, aber mein Herz begann, in dem Moment zu heilen, in dem Baron durch die Tür kam. Sogar als ich ihn verließ, wollte ich nicht, dass unsere Beziehung vorbei ist. Ich war verletzt und wütend, hoffte jedoch, dass er mir folgen würde. Hoffte, dass er einen Weg finden würde, um unsere Beziehung zu reparieren.

Wir haben immer noch ein riesiges Problem zu klären, doch er ist hier. Er ist verflucht sexy mit seinem nackten muskulösen Oberkörper und der Cargohose, an deren Beine jeweils eine Waffe geschnallt ist.

Er reicht mir einen der Revolver und ich entsichere ihn. Baron nickt, als er sieht, dass ich mich mit einer Waffe auskenne, und drückt meinen Oberkörper nach unten, sodass wir uns gebückt vorwärtsbewegen. Wir verlassen das Schlafzimmer und steigen über den Körper einer toten Wache. Baron neigt seinen Körper schützend vor meinen.

Schüsse erklingen aus verschiedenen Richtungen. Ich sah zig Wachen, als wir auf das Anwesen fuhren. Ich bete, dass mein Dad eine Armee mitgebracht hat, denn dieses Gebäude wird wie eine Festung verteidigt. Wir gelangen an den Fuß der Treppe, wo noch eine tote Wache liegt. Ich trete mit meinem nackten Fuß direkt auf ihren Brustkorb. Ich trage nichts außer Barons T-Shirt, die Kevlarweste und mein Höschen, habe jedoch eine Waffe und bin bei dem mächtigsten Mann, den ich kenne.

Und damit meine ich nicht meinen Vater.

All die Furcht, die Brash in mir auslöste, ist jetzt zu Macht geworden. Ich hebe die Waffe, bereit, sie abzufeuern. Ich plane, Baron zu beschützen, während er mich beschützt.

Er ist mein Ehemann. Wir wurden für einander gemacht.

Ich habe mich in dem Moment in dich verliebt, als du das Flugzeug verlassen hast, Malyshka.

Er wusste es von Anfang an. Ich wusste es erst, als ich dachte, unsere Beziehung wäre zu Ende. Manchmal muss das Schlimmste passieren, damit die Dinge glasklar werden.

Wir biegen um eine Ecke und Baron schreckt zurück. Kugeln von Maschinengewehren schlagen genau dort im Boden ein, wo wir noch vor einem Augenblick standen.

Baron presst mich an die Wand und schmeißt seinen Körper vor meinen, während er seine Waffe zum Schießen bereithält.

Als die Schüsse aufhören, erklingen zwei Schüsse und ich höre das Geräusch eines Körpers, der zu Boden fällt.

„Sauber", ruft mein Vater auf Russisch.

Baron lässt mich los und wir biegen beide um die Ecke.

Zwei Männer liegen tot vor den Füßen meines Vaters. Er winkt uns zu sich und wir joggen durch den Flur.

Er zieht mich in eine kurze einarmige Umarmung und deutet mit dem Kinn in Barons Richtung. „Bring sie hier raus."

„Komm." Baron nimmt meine Hand und zerrt mich durch eine Tür in den Obstgarten. Ich höre Schüsse aus dem Haus kommen. Zwei Wachen liegen tot im Garten.

Wir rennen durch ein Tor, eine Hecke entlang und durch ein größeres Tor, durch das wir das Anwesen verlassen.

Baron rennt weiter und führt mich zu einem weißen Van.

Ich erkenne in dem Fahrer einen der Männer meines Vaters, als er aussteigt.

Baron zieht die Hintertür auf und wir steigen ein. „Lara ist in Sicherheit", berichtet er und ich realisiere, dass er ein Funkgerät in seinem Ohr trägt.

„Bringt sie dort weg", höre ich die Stimme meines Vaters.

„*Da*." Der Fahrer knallt die Tür zu.

Baron packt meine Hüften, schiebt mich zu einem Sitz und geht vor mir in die Hocke. Sein besorgter Blick wandert schneller als seine Fingerspitzen über mich, während er mich untersucht. Beim Anblick der Blutergüsse auf meinem Gesicht und Hals schneidet er eine Grimasse. „Hat er ..." Sein fest zusammengepresster Mund und die Gefahr in seinen Augen sprechen von Mord.

„Nein. Ich habe ihm gesagt, dass er das nicht tun kann, weil ich meine Periode habe."

Ich beobachte, wie etwas in Baron zerbricht, bevor sein Gesicht wieder zu dem des abgehärteten Ritters wird.

Der Van fährt los, doch Baron balanciert mühelos auf seinen Fußballen. Er nimmt das Funkgerät aus seinem Ohr und drückt auf einen winzigen Knopf. Das Licht an dem Gerät erlischt.

„Anatoli Rostov − Brashs Vater − rief deinen Dad an, nachdem ihr angefangen hattet, miteinander auszugehen, und schlug eine Vereinigung eurer zwei Familien vor." Baron beginnt die Geschichte ohne Vorwarnung. Als hätte er Zeit gehabt, über all die Dinge nachzudenken, die er mir hätte erzählen sollen, und wolle alles sofort in Ordnung bringen.

Er hockt noch immer vor mir, seine Hände ruhen leicht auf meinen Hüften und seine Augen sind auf meine geheftet.

„Dein Dad fürchtete um deine Sicherheit und sagte ihm,

dass das unmöglich wäre, weil deine Ehe mit mir schon bei deiner Geburt arrangiert wurde. Rostov verstand, dass dein Dad mit seiner Zelle nicht in der Lage wäre, gegen meinen Vater und die amerikanische Bratwa zu kämpfen."

Ich blinzle und verarbeite den Schwall an Informationen. Setze die Puzzleteile in diesem neuen Kontext anders zusammen.

„Dein Dad rief sofort meinen Vater an und fragte, ob ich gewillt wäre, dich zu heiraten und zu deinem Schutz in die Vereinigten Staaten zu bringen. Ich sagte *selbstverständlich*."

Ich kämpfe gegen den plötzlichen Drang an, zu weinen. Natürlich hat Baron zugestimmt. Er stellt immer den Schutz der Schwächeren vor seine eigenen Bedürfnisse.

„Ich kannte Brash aus dem Internat." Barons Gesicht verdüstert sich wieder zu Gewitterwolken. „Ich habe seine psychopathischen Tendenzen gesehen. Ich wurde rausgeworfen, weil ich ihn für eine bestrafte.

Dein Vater machte sich Sorgen um seine Familie, doch ich war wegen Brash besorgt und dem, was er dir antun würde, wenn er die Kontrolle über dein Leben hätte."

Tränen brennen in meinen Augen. Warum hatte mein Dad es mir nicht einfach erzählt?

„Ich dachte, du wüsstest, dass alles nur eine Farce ist. Doch also du stinksauer ankamst und mich für den Feind hieltest, wurde mir bewusst, dass er dir nicht die Wahrheit gesagt hatte."

Oh Gott. Baron war die ganze Zeit der Held gewesen. Und ich hatte ihn wie den Feind behandelt. Und er hatte es hingenommen. All meine Wut und Rebellionen. Er hatte sie hingenommen, ohne sich zu verteidigen. Ohne sich verletzt zu zeigen. Er akzeptierte meine fehlende Dankbarkeit einfach völlig stoisch. Mit absoluter Anmut.

„Ich dachte, dein Dad hätte es dir aus einem Grund nicht erzählt. Deine Emotionen waren sehr offensichtlich. Ich weiß nicht, wie gut du lügen kannst, aber ich vermute, nicht besonders gut."

Obwohl ich wütend auf meinen Dad bin, hat Baron wahrscheinlich recht. Ich bin eine schreckliche Lügnerin und kann meine Gefühle nicht verbergen.

„Er wollte nicht, dass die Rostovs herausfanden, dass es eine Farce war. Doch das taten sie. Brash schickte einen Spion nach Thornecroft – Denis."

Ich starre ihn mit offenem Mund und großen Augen an. Denis? *Gospodi!* Kein Wunder, dass Baron ihn nicht in meiner Nähe haben wollte.

„Er hatte seine Finger bei dem Angriff auf Melinda im Spiel. Er war im Krankenhaus, als sie eingeliefert wurde, und ich glaube, er sprach mit ihr, während sie unter Drogen war. Ich hatte ihr erzählt, dass wir eine arrangierte Ehe führen. Außerdem sagte ich etwas, was ich nicht hätte sagen sollen – dass unsere Eheschließung beschleunigt wurde, weil es Interesse von einer anderen Partei gab. Mehr brauchte Brash nicht, um zu realisieren, dass es bei deiner Abreise um ihn ging, und um zu glauben, dass er eine Chance hatte, dich zu überzeugen, mit ihm zu gehen."

Ich habe ein Dutzend Fragen und es gibt eine Menge Dinge, die mir wichtiger sein sollten, doch mein Gehirn bleibt an Melinda und der Tatsache hängen, dass er ihr von uns erzählte.

Meine Lippen zittern, als ich frage: „Warst du mit Melinda zusammen?" Ich muss es wissen. Während er so ehrlich zu mir ist und mir alles erzählt, muss ich in Erfahrung bringen, ob sie seine Freundin ist. Oder ob sie es *war*. Ich muss wissen, was sie ihm bedeutete.

Liebe stürmt Barons Gesicht. Seine Augen werden sanft. Er packt meine Hüften fester und mit einem besitzergreifenden Griff. „*Malyshka*, nein. Melinda ist eine Masochistin, die Schmerz nutzt, um mit dem Stress ihrer Typ-A-Persönlichkeit zurechtzukommen. Ich bereitete ihr früher diese Schmerzen. Als sie auftauchte und das auch dieses Jahr wollte, erzählte ich ihr, dass ich verheiratet bin und sie nicht mehr im Haus willkommen ist wegen der prüfenden Blicke, die die hohe politische Stellung ihres Vaters auf unser Haus lenken würde. Außerdem wusste ich, dass Anders auf sie steht."

Ich nicke, doch meine Augen schwimmen in Tränen. Baron hat mich hinsichtlich einer so großen Sache getäuscht. Ich schätze, ich muss wissen, was real ist. Ob *wir* real sind.

„Es tut mir leid, dass ich dich verletzt habe. Das wollte ich nie tun. Ich werde dich nie wieder anlügen. Das verspreche ich. Ich habe dir zuvor schon gesagt, dass ich mich in dem Moment in dich verliebte, als du das Flugzeug verließt. Es stimmt. Ich willigte aus Pflichtgefühl ein, dich zu heiraten, doch sowie ich dir begegnete, änderte sich alles."

Ich starre ihn an. Ich will es glauben. Ich will es so sehr glauben. Doch ich bin mir nicht sicher.

„Ich hatte gedacht, wir würden bloß eine Scheinehe führen. Um den Schein zu wahren. Wir würden getrennte Schlafzimmer haben. Ich würde dich dein Ding machen lassen und du würdest mich meines machen lassen. Die Begegnung mit dir fühlte sich allerdings wie Schicksal an. Und dann war mir egal, welche Methode das Schicksal benutzt hatte, um uns zusammenzubringen. Ich würde ein Geschenk wie dich nicht einfach gehen lassen."

Tränen laufen über meine Wange und ich atme schluchzend ein. Ich schlage mir eine Hand vor den Mund, um den Schluchzer zurückzuhalten.

„Es tut mir so verdammt leid, dass ich dir wehgetan habe, Lara. Bitte vergib mir."

In seinem Blick liegt eine Frage, doch bevor ich antworten kann, sagt er: „Brash ist tot, aber ich gebe dich nicht auf." Ein wild entschlossener Ausdruck legt sich auf sein Gesicht.

„Ich will nicht, dass du mich aufgibst", würge ich hervor.

„Oh, Baby. *Malyshka.*" Er erhebt sich leicht, um mein Gesicht zu umfassen. „Ich liebe dich so sehr."

„Ich liebe dich, Baron." Ich schlinge die Arme um ihn und stoße ihn zu Boden. Er nimmt mich mit sich und zieht meinen Körper über seinen, sodass er seine Arme um mich schlingen kann.

„Heirate mich, Lara", murmelt er.

Ich lächle. „Wir sind bereits verheiratet. Oder war das auch eine Lüge?"

Baron rollt uns auf unsere Seiten, sodass wir uns Nase an Nase gegenüberliegen. „Keine Lüge. Wir sind verheiratet. Du bist die Meine. Aber ich will es noch einmal tun. Nenn mich einen modernen Kerl, aber ich will, dass meine Braut mich freiwillig heiratet. Einvernehmliche Hochzeiten sind gerade der letzte Schrei."

„Du willst die Hochzeit mit dem weißen Kleid?", necke ich ihn, da ich mich daran erinnere, was er an dem Tag unserer Hochzeit zu mir sagte.

Wir werden die Zeremonie später wiederholen. Du bekommst den Ring, den du möchtest. Und das Kleid, das du aussuchst. Blumen. All deine Freunde und Familie, damit sie mit uns feiern können.

Er küsst meinen Nasenrücken. „Ich will alles mit dir. Eine Zeit, in der wir einander richtig daten. Eine Hochzeit. Irre Liebe. Ich will all deine Geheimnisse kennen. Dein bester Freund sein." Er schluckt. „Der Vater deiner Kinder sein."

„Du willst Kinder?" Plötzlich werde ich in den Weltraum katapultiert. Unter meinen Füßen ist keine Erde mehr. Keine Schwerkraft. Nur Sterne, die in allen Richtungen funkeln.

Er nickt und blickt suchend in mein Gesicht. Er sieht aus, als würde er die Luft anhalten.

Ich sehe sie – eine Zukunft mit Benjamin Baranov. Die

Zukunft, die ich mir nie vorgestellt habe. Eine echte Ehe mit meiner wahren Liebe und Kindern. Die Art von Liebe, die meine Eltern haben. Ben wäre ein unglaublicher Vater. Er würde Berge versetzen, um sicherzustellen, dass seine Kinder alles haben, was sie jemals brauchen könnten. Er würde sein Leben opfern, um sie zu beschützen und für ihr Glück zu sorgen. Genau so, wie er es für mich tun würde.

„Ja", flüstere ich.

Ein jungenhaftes Grinsen breitet sich auf Barons Gesicht aus. „Ja?"

Ich lache. „Hast du gedacht, ich würde Nein sagen?"

Schmerz umwölkt seine Augen. „Ich war mir nicht sicher. Ich hatte Angst, ich hätte dich für immer verloren." Seine Brauen ziehen sich zusammen. „Nicht an Brash – ich hätte niemals zugelassen, dass dich dieser Mann bekommt. Aber nachdem ich dich befreit hätte ..." Er atmet aus. „Ich wusste nicht, ob du mir vergeben würdest. Du wurdest von deinem Dad und mir heftig getäuscht. Das ist eine Menge, zu vergeben und vergessen."

Ein Band legt sich fest um meine Kehle.

„Ganz zu schweigen davon, dass du ein Leben in Paris hattest. Wenn du dorthin zurückkehren willst, werde ich ..." Er schluckt und ich kann praktisch die schnellen Kalkulationen sehen, die er in seinem brillanten Gehirn anstellt.

„Ich werde mir etwas überlegen. Ich werde dorthin ziehen, um mit dir zusammen zu sein. Leo kann das Baranov Haus leiten. Du bist diejenige, die zählt."

Es wird eng in meiner Brust. Er würde alles für mich aufgeben. Alles, was er sich aufgebaut hat – ein ganzes Königreich. Leute, für deren Schutz er sich verantwortlich fühlt. Seine Unternehmen.

„Ich will Baranov Haus nicht verlassen."

Ich realisiere, dass das stimmt. Selbst, als ich vor Baron wegrannte, wusste ich, dass ich zurückkehren würde. Ich wusste, dass ich dorthin gehörte. Baranov Haus mit seinen lebhaften Bewohnern ist jetzt mein Zuhause.

Ich brauchte in jenem Moment meinen Freiraum, wollte jedoch, dass er für mich kämpfte. Dass er alles in Ordnung brachte. Dass er mich überzeugte, zurückzukommen und an seiner Seite zu regieren.

Ich liebe diesen Mann. In einer winzigen Zeitspanne ist er mein Ein und Alles geworden. Meine Gegenwart und ja, ich kann sie jetzt sehen – meine Zukunft.

Freude entzündet sich auf Barons Gesicht und er küsst mich stürmisch. „Ich liebe dich, Lara."

Seine Lippen fühlen sich anders an.

Als er den Kuss beendet, berühre ich sie leicht mit den Fingerspitzen. Seine Unterlippe ist aufgeplatzt und geschwollen. „Wie hast du das erhalten?"

Baron schüttelt abweisend den Kopf, als wolle er nicht, dass ich mir deswegen Sorgen mache. „Brashs Männer. Nachdem du gingst."

Wut steigt in meiner Kehle auf. Während Brash mich zum Flughafen fuhr, ließ er meinen Ehemann von seinen Männern verprügeln. Ich wünschte, ich hätte ihn selbst töten können. Brash war das reine Böse. Wieso hatte ich das nicht gesehen?

Baron sieht meinen Kummer und streicht mir die Haare aus dem Gesicht. „Es ist jetzt vorbei."

„*Er* ist vorbei", sage ich. „Wir fangen erst an."

KAPITEL SIEBENUNDZWANZIG

Lara

Ich wache in meinem Kinderzimmer auf und mein Kopf ruht auf Barons Schulter. Wir landeten gestern Nacht in Moskau – oder vielleicht war es heute Morgen. Ich habe keine Ahnung, wie lange ich geschlafen habe. Ich weiß nur, dass sich Barons Arme um mich anspannten und er mir leise ins Ohr flüsterte, bis ich mich entspannte und wieder einschlief, wann immer ich aufwachte, weil Adrenalin durch meinen Körper rauschte. Er murmelte, dass es vorbei war. Dass ich in Sicherheit war. Dass er nie zulassen würde, dass mir etwas zustößt.

Du bist die Meine, Lara Baranova, und ich werde niemandem erlauben, dich anzufassen, war das Letzte, was er vor einigen Stunden murmelte.

Er schläft noch, was ungewöhnlich für ihn ist. Ich schätze, wir brauchten beide die Ruhe. Ich ziehe die Decke vorsichtig zurück, um aus dem Bett zu schlüpfen, und keuche, als ich den Zustand von Barons Körper sehe. Er trägt nur seine Boxershorts – wir waren zu erschöpft für Sex, als wir ankamen – und seine Rippen sind mit schwarzen, blauen und grünen Blutergüssen bedeckt.

Gospodi, er hat vermutlich gebrochene Rippen. Und er war in diesem Zustand, als er zu meiner Rettung kam! Das Wort *Held* kann das Ausmaß dessen, was Baron ist, nicht vollständig ausdrücken. Er ist ein Ritter. Nein, ein Prinz. *Mein* Prinz.

Ich dusche und ziehe die Kleider an, die noch von meinem letzten Besuch in den Schubladen liegen. Dann gehe ich ins Wohnzimmer, um Mom zu suchen. Ich sah sie, als wir reinkamen, war zu dem Zeitpunkt jedoch völlig neben der Spur. Ich brauche noch eine Umarmung.

Mein Vater besitzt drei verschiedene Anwesen in Russland. Unser Haus in Moskau ist ein riesiges Penthouse mit glänzenden Hartholzböden, die mit flauschigen Teppichen bedeckt sind. Die Decken sind gewölbt und das Penthouse ist mit großen Fenstern und Oberlichtern gefüllt, weil meine Mutter helle Räume mag.

Ich finde sie in ihrer Töpferei, doch sie sitzt nicht an der Töpferscheibe. Sie steht vor dem bodentiefen Fenster mit einer Tasse Tee in den Händen und schaut nach draußen. Es ist eine Tasse, die sie getöpfert hat, und der Tee riecht nach Minze. Mein Vater steht hinter ihr und hat seine tätowierten Arme von hinten um sie gelegt. Ihr Kopf ruht an seiner Brust.

„Lara, *Lyubimaya*." Das Gesicht meiner Mom hellt sich auf, als sie mich sieht. Sie stellt ihre Teetasse ab und breitet die Arme weit aus.

„Mama. Papa." Meine Kehle schnürt sich zu. Obwohl meine Entführung nicht lange andauerte, fühlt es sich trotzdem wie ein Wunder an, wieder zu Hause bei den Leuten zu sein, die ich liebe.

Meine Eltern nehmen mich in ihre Mitte, umarmen mich fest und ich sauge ihre Liebe auf. Ich wurde zu einer starken, unabhängigen Frau, die in einem anderen Land studierte, weil ich wusste, dass sie mir immer den Rücken stärken würden.

„Ich bin sauer auf dich", informiere ich meinen Dad, meine Stimme klingt jedoch tränenerstickt.

„Ich bedaure ... einige Dinge." Die Stimme meines Dads ist barsch wie immer.

„Du hättest mir sagen sollen, dass Brash die Gefahr darstellt und nicht Baron. Dann wäre ich niemals mit ihm mitgegangen."

„Ja, er hätte es dir sagen sollen", stimmt meine Mom zu.

Ich hole tief Luft, um ihn weiter zu schimpfen, doch mein Ehemann kommt mit nacktem Oberkörper, zerzausten Haaren und in der gleichen Cargohose, die er bei unserer Ankunft trug, herein. Er bleibt in der Tür stehen und sieht unsicher aus.

Das ist der Moment, in dem ich realisiere, dass es keine Rolle spielt.

Mein Dad tat das, was er seiner Meinung nach tun musste, um mich zu schützen. Ich könnte mir den Mund fusselig reden, dass er bessere Entscheidungen hätte treffen sollen, doch hätte er das getan ... hätte ich jetzt nicht diesen umwerfenden Mann in meinem Leben. Hätte ich gedacht, dass er nur ein netter Kerl ist, der mir einen Gefallen tut, hätte ich vielleicht auf getrennte Schlafzimmer bestanden in dem Wissen, dass er diesen Wunsch ehren würde. Ich hätte mich nicht Hals über Kopf in den Kerl verliebt, den ich für den Feind hielt.

Ich wäre nicht wahnsinnig in meinen sexy Prinzen verliebt.

Also bedaure ich nichts. Und wenn *ich* nichts bedaure, kann ich wohl schlecht meinem Dad Vorwürfe machen.

„Wir heiraten", verkünde ich.

Meine Eltern entlassen mich aus ihrer Umarmung und meine Mom klatscht vor Freude die Hände zusammen. „Du und Benjamin? Seid ihr nicht schon verheiratet? Oh, ich freue mich so!" Sie schlingt die Arme wieder um mich. „Ich wollte ihn schon immer für dich, *Lyubimaya*. Ihr wart beste Freunde, als ihr Kleinkinder wart."

Hm. Ich stelle mir vor, wie meine Mom schon seit unserem Sandkastenalter unsere Ehe plante. Ich komme nicht umhin, mich zu fragen, ob ihr Wunsch für mich seinen Weg in den Äther fand und an Quantenverschränkungen zog, damit er sich Jahre später auf diese Weise manifestierte – indem mein Vater mir befahl, Baron zu heiraten, um mich zu beschützen, und Baron den Sog des Schicksals in dem Moment spürte, in dem er mir begegnete. In der Zwischenzeit hatte ich keine Ahnung von all der Magie, die sich um mich herum verschwor, bis es beinahe zu spät war.

Meine Mom dreht sich um und zieht auch Baron in eine Umarmung.

„Sei vorsichtig, ich glaube, seine Rippen sind gebrochen", warne ich.

„Das sehe ich", erwidert meine Mom. „Wir können sie sofort röntgen lassen."

„Nicht nötig", grunzt Baron.

Mein Dad packt Barons Hand zu einem wortlosen, ernsten Handschlag. Ich vermute, dass er unsere Beziehung gutheißt.

Es sollte mir egal sein – vor allem nach den Machenschaften, mit denen mein Dad meine Ehe arrangierte, doch ich bin glücklich. Meine Eltern heißen meine Wahl gut.

Mein Dad hält noch immer Barons Hand fest und packt mit der anderen Barons Schulter. „Benjamin." Es ist ein Bratwa-Bro-Moment. Der Ton meines Vaters klingt wahnsinnig bedeutungsvoll.

Baron schaut ihm in die Augen und wartet ruhig. Mein Vater hat jeden Kerl eingeschüchtert, mit dem ich ausgegangen bin, bei Baron wird das jedoch nie möglich sein.

„*Spasibo, moy brat.*" Danke, mein Bruder.

Baron neigt den Kopf. „Es war mir eine Ehre."

Meine Mom strahlt ihn an. „So und was höre ich da, dass ihr heiraten wollt?"

Mein Dad lässt Baron los, woraufhin ich in den Schutz von Barons Arm schlüpfe und mich an seine Seite kuschle. „Baron will eine echte Hochzeit." Ich schaue zu ihm auf und er küsst mich auf den Scheitel. „Mit einer willigen Braut."

Die Augen meiner Mom funkeln verschmitzt, wie es bei ihr üblich ist. „Und du bist jetzt willig?"

„Das bin ich."

„Ich freue mich so sehr. Für euch beide. Es hat mir nicht gefallen, dass du ihn für den Feind hieltest, obwohl er derjenige war, der versuchte, dir zu helfen. Aber dein Vater hielt es für die sicherste Lösung." Sie schaut meinen Dad finster an.

Mein Dad schweigt.

„Aber am Ende hat sich alles ergeben", fährt meine Mom fort. „Die Liebe ist chaotisch. Sie ist unangenehm. Sie fördert unsere tiefsten Bedürfnisse und unsere schlimmsten Ängste zu Tage. Doch am Ende heilt sie uns."

„Wow. Du solltest das für die Hochzeitsrede aufschreiben." Ich lache. „Ach, das erinnert mich an etwas. Du wolltest mir erzählen, wie ihr beide euch verliebt habt." Ich deute zwischen ihr und meinem Dad hin und her.

„*Nyet*", sagt mein Dad.

„Sie kommt damit klar", widerspricht meine Mom. „Nach dem, was sie gerade durchgemacht hat, wird sie verstehen, wie die Umstände sogar die schlimmsten Feinde zu Liebhabern machen können." Sie wirft Baron einen schelmischen Blick zu. „Die Ehe deiner Eltern begann ebenfalls als Entführung."

Baron ist normalerweise gut darin, sich keine Reaktionen anmerken zu lassen, doch ich kann spüren, wie sein Körper erstarrt, als er das verarbeitet.

„Ich kann es nicht erwarten, Lucy anzurufen. Wir können die Hochzeit gemeinsam planen. Denkst du, sie wird in Chicago stattfinden?"

„*Da*", antwortet mein Vater, obwohl die Frage nicht an ihn gerichtet war. „Ich will, dass du wieder nach Chicago ziehst. Es wird hier möglicherweise zu gefährlich werden nach dem, was in der Türkei passiert ist."

Meine Mom nickt.

„Es tut mir leid." Ich höre das Gewicht der Verantwortung in Barons Stimme und will es ihm nehmen. „Ich habe versucht, einen Krieg zu vermeiden, aber ... er musste sterben."

„Das musste er", sagt mein Vater bloß. „Und wir haben hinter dir sauber gemacht. Anatoli Rostov wird nie mit Sicherheit wissen, wer es getan hat. Also kann ich nicht fliehen, ansonsten wird es offensichtlich. Aber Kat muss in Sicherheit sein und sie wird im Kreml bei deinem Vater sicher sein."

„Im Kreml?", frage ich verständnislos.

„Das ist der Name, den die Nachbarn unserem Gebäude in Chicago gegeben haben", erklärt Baron. „Weil dort so viele Russen wohnen."

„Ah. So wie die Studenten auf Thornecroft das Baranov Haus das Gulag nennen."

„Genau." Ich sehe ein Lächeln über Barons Gesicht huschen und in seinen Blick tritt Begehren, als hätte er noch einen Ausflug in den Dungeon mit mir geplant.

Meine Brustwarzen werden hart.

„Perfekt!" Meine Mom klatscht in die Hände. „Ich darf eine Hochzeit planen. Ihr zwei werdet zum Gulag zurückkehren." Sie schaut zu meinem Dad auf. „Ich mag es allerdings nicht, von dir getrennt zu sein", sagt sie sanft.

Bedauern und Sehnsucht schwappen über sein Gesicht

und ich sehe diese tiefe, stets leidenschaftliche Liebe der beiden.

Die Art von Liebe, die ich gefunden habe.

Mit dem Mann, dem ich mein Leben anvertraue.

Und mein Herz.

Und meine Seele.

KAPITEL ACHTUNDZWANZIG

Baron

Am Sonntagnachmittag stehe ich am Grill im Garten des Baranov Hauses und wende Frikadellen und Bratwürste. Melinda sitzt auf Anders' Schoß auf dem Gartensofa. Alex, Feliks und Phoenix spielen mit einigen anderen Hausmitgliedern Frisbee.

Zoe benimmt sich wie die Gastgeberin und bringt alle Beilagen, Teller und Besteck nach draußen. Anya spielt DJ.

Lara und ich kehrten vor einer Woche nach Thornecroft zurück. Wir verbrachten die Woche damit, uns von unseren Blutergüssen zu erholen und den versäumten Lehrstoff aufzuholen. Heute beschloss ich jedoch, dass es an der Zeit für eine Hausparty war, und lud alle zu einer Nachmittagsgrillparty ein.

Meine hübsche Frau reicht mir ein Bier aus der Kühlbox und ich gebe ihr einen Kuss. Wir waren die ganze Woche quasi in den Flitterwochen, begannen unsere Beziehung von vorne und verliebten uns noch mehr ineinander. Sie ist mit allen im Haus befreundet und wird mit jedem Tag ausgelassener und spontaner.

Die Atmosphäre im Haus ist fröhlicher denn je. Oder vielleicht liegt das nur an mir. *Ich* fühle mich fröhlicher denn je. Ich habe immer noch eine ernste Seite. Ich weiß, dass ich für die Sicherheit, das Wohlbefinden und den finanziellen Wohlstand von allen hier verantwortlich bin, doch das Gefühl, dass meine Seele eingesperrt ist – die Furcht, einen Moment wegzuschauen und etwas zu verpassen – ist verschwunden.

Lara zog die Klinge aus meinem Herzen – die, die ich mir selbst in den Körper rammte, nachdem ich beobachtete, wie Valentina starb – und sie flickte es. Die Wunde ist noch da und wund, aber ich habe nicht mehr das Gefühl, als würde ich jede Nacht beim Schlafen um mein Überleben kämpfen.

„Hey Bro." Lili kommt mit einem Kerl nach draußen und umarmt mich. „Das ist Carlos", stellt sie den hoch gewachsenen, schlaksigen, blonden Typen in Fußballshorts und einem T-Shirt vor, auf dem Manchester United steht. Sie halten Händchen.

„Carlos." Ich versuche, bedrohlich zu wirken, um diesem Kerl zu zeigen, dass er meine kleine Schwester gut behandeln soll, doch mein Herz ist nicht bei der Sache.

„Sei nett", befiehlt mir Lara auf Russisch, als sie hinter mich tritt und eine Hand in die Mitte meines Rückens legt. Ich liebe es. Ihre beiläufigen Berührungen und dass sie mir Befehle gibt. Dass sie wirklich meine Frau ist.

Leo denkt anscheinend, dass ich nachlässig bin, denn er schlendert herbei und mustert den Typen finster.

„Ist das Essen fertig?", erkundigt sich Lili.

„In zehn Minuten." Ich schleudere eine Frikadelle in die Luft und fange sie mit meinem Pfannenwender auf, bevor ich sie auf den Grill lege. Ich gebe vor Lara an.

„Leo hat Bloody Marys gemacht", informiert Lara sie. „Und es gibt auch Mimosas."

„Sie ist noch nicht einundzwanzig", knurrt Leo, der Carlos

nach wie vor finster anschaut. „Und ich vermute, dass er es auch nicht ist."

Lili verdreht die Augen.

Angesichts dessen, dass die Zwillinge Alkohol trinken, obwohl sie noch nicht volljährig sind, ist es merkwürdig, dass Leo sich deswegen wie ein Arschloch aufführt, doch ich mische mich nicht ein.

„Wie laufen die Kurse?", frage ich und fühle mich schuldig, weil ich mich nicht öfter nach ihrem Alltag erkunde. Lara zu verlieren, hat mir jedoch vor Augen geführt, dass ich nicht alle ständig beschützen kann, selbst wenn ich alles mikromanage. Vielleicht muss ich Lili erlauben, frei zu sein, damit sie ihre eigenen Fehler machen kann. „Macht dir Vasiliev immer noch Probleme?"

Lara keucht hinter mir. „Vasiliev!"

„Was?"

„Er warnte mich vor Denis."

Ich drehe mich um und schenke ihr meine ganze Aufmerksamkeit. „Was? Wann?"

„In der Woche, in der Brash auftauchte. An dem Montag, an dem ich im Buchladen war. Weißt du noch? Du hast mich dort gefunden?"

Ich bin bereit, Denis die Zunge auszureißen. Ich suchte nach ihm, als wir zur Uni zurückkehrten, doch er ist anscheinend verschwunden. Gemäß Anyas Nachforschungen hat er in der letzten Woche an keinen Kursen teilgenommen.

Ich nicke. „Ja." Ich bin argwöhnisch und mein ganzer Körper ist in Habachtstellung.

„Nun, Denis hatte versucht, im Buchladen mit mir zu sprechen. Er sagte im Grunde genommen das Gleiche, was Brash mir am Handy angeboten hatte – dass er mir helfen könnte, von dir loszukommen, falls ich Hilfe brauchte."

Meine Oberlippe hebt sich zu einem Knurren. Wenn ich ein Löwe wäre, würde ich meine tödlichen Fangzähne zeigen.

„Und was dann?" In meiner Stimme liegt eine derart starke Drohung, dass Lara leicht zurückschreckt, bevor sie die Hand ausstreckt, sie um meinen Unterarm legt und mir versichert, dass sie noch hier ist. Sie ist noch die Meine.

„Dann ging ich und als ich an der Kasse bezahlte, trat Vasiliev in der Schlange hinter mich. Ich hatte dir gerade durch das Fenster gewunken und er sagte mir, dass ich aufpassen solle, weil du gefährlich bist."

Ich knurre noch mehr.

„Und deshalb blaffte ich ihn an und sagte *Ja, ich weiß, dass Sie Baron hassen.* Und dann sagte er, *nicht Baron, der andere.*"

Meine Brauen schnellen empor. Was weiß Vasiliev über diesen Oligarchen *Mudak*? „Er warnte dich vor ihm? Interessant. Ich sah sie miteinander reden und dachte, sie würden vielleicht zusammenarbeiten. Aber es klingt eher so, als hätten sie Vasiliev unter ihrer Fuchtel."

Ich speichere das als Information für zukünftige Ereignisse ab. Es könnte ein interessantes Druckmittel werden, falls ich es jemals brauche. Oder es könnte etwas sein, was ich ihm gegen eine Gebühr anbiete, um ihn rauszuholen.

Die Türklingel schellt durch Leos Handy und er wirft einen Blick auf das Display. Seine Augen weiten sich leicht und er begegnet meinem Blick. Es ist Kanzler Ogden.

Ich rolle mit den Schultern. Ich habe das erwartet, nachdem das Titan Haus abbrannte. „Nun, ich habe ihn eingeladen. Das Fleisch ist fertig."

Einen Augenblick später führt Leo den Präsidenten der Thornecroft Universität in den Garten.

Zoe sieht ihn und schüttet ihre Bloody Mary in einen Blumentopf.

Er ist Anfang sechzig, bewegt sich jedoch mit der gleichen verstohlenen Eleganz wie Gabe Tracys Sondereinheitskerl. Er ist extrem fit – wir begegnen uns häufig morgens beim Joggen und er wirkt wachsam, als würde er alles in seinem Umfeld wahrnehmen.

„Benjamin." Er reicht mir seine Hand ohne ein Lächeln.

Ich ergreife sie. „Kanzler Ogden." Ich lächle auch nicht. Wir sind uns schon einmal begegnet, als ich darum bat, das Baranov Haus der Universität zu spenden, um es zu einem offiziellen Gesellschaftshaus zu machen. „Sie kommen gerade rechtzeitig zu unserer Grillparty." Ich reiche ihm einen Teller.

Er nimmt ihn entgegen, was mich überrascht. Ich schiebe eine Frikadelle auf das Brötchen, das er auf dem Teller öffnet, und er bedient sich bei den einfachen, jedoch schmackhaften Beilagen, die Emma für uns gemacht hat – Kartoffelsalat, Wassermelone und geschnittenes Gemüse mit Hummus.

„Das ist meine Frau Lara", stelle ich sie vor.

„Lara, das ist Kanzler Ogden. Er ist der *Pakhan* von Thornecroft." Ich schenke ihr ein schwaches Lächeln, weil ich das russische Wort für Bratwa Boss benutze.

Ich warte, aber er beginnt kein Gespräch, weshalb ich die Hausmitglieder bediene und mir anschließend selbst einen Teller fülle.

„Setzen Sie sich. Sie sind wahrscheinlich nicht wegen des Burgers gekommen."

Wir lassen uns nebeneinander auf einem der gepolsterten Gartensofas nieder. Er strahlt Befragungs-Vibes aus – er begegnet mir mit dem gleichen Schweigen, das mir auf dem Polizeirevier entgegenschlug und von dem sie zu hoffen scheinen, dass man es mit Geplapper füllt.

Doch so ein Kerl bin ich nicht.

Der Kanzler isst das Essen auf seinem Teller auf, bevor er zu mir sagt: „Also, das Titan Haus steckte hinter dem Angriff auf Ms. Tracy."

„Taten sie das?" Ich stelle mich dumm.

Melinda schaut zu uns, als sie ihren Namen hört und ihr Lächeln verblasst. Ich will dem Kanzler eine reinhauen, weil er sie daran erinnert hat. Anders sagt, dass sie angespannter denn je ist, obwohl ich finde, dass sie besser aussieht, jetzt, da sie ihn auf ihrer Seite hat.

„Ich kann verstehen, dass Sie dafür Rache nehmen wollten. Dass Sie eine Botschaft senden wollten, dass man sich mit Ihrem Haus nicht anlegen sollte."

Bei diesem Besuch geht es also definitiv um das Feuer. Ich stellte sicher, dass alle im Haus ein Alibi für diese Nacht hatten. Die Bombe hatte einen Timer, den Leo von der Bibliothek aus aktivierte, wo ihn mindestens ein Dutzend Leute beim Lernen sahen. Er plante das Ganze für einen Zeitpunkt, in dem alle Bewohner des Hauses bei der Aufnahme eines neuen Mitglieds waren, und aktivierte sogar zuerst den Feueralarm, bevor er die Bombe zündete, nur um auf Nummer Sicher zu gehen.

„Der Feuerwehrchef sagte, der Alarm ging los, bevor das Feuer ausbrach, was seltsam ist."

Ich beiße von einer Essiggurke ab und nicke höflich, jedoch desinteressiert.

„Ich akzeptiere keine Gewalt auf diesem Campus. Ich habe mich verpflichtet, für die Sicherheit aller Studenten hier zu sorgen. Es ist einer der Gründe, aus denen Leute wie Gabe Tracy, Sultan Khalid al-Nasir und Mitglieder der russischen *Mafiya* ihre Kinder hierherschicken."

Ich spanne mich an. Das fühlt sich an wie damals auf dem Internat. Wird er mich gleich rauswerfen?

Er stellt den leeren Teller auf den breiten quadratischen Schiefertisch vor sich und legt die Hände auf seine Knie. „Also endet es hier. Ich habe den Jungs des Titan Hauses gesagt, wenn ich von weiteren Kriegen zwischen den Häusern höre, entziehe ich ihnen ihre Genehmigung. Das Gleiche gilt für Sie. Verstanden?"

„Die Botschaft ist angekommen", erwidere ich lässig und

stehe auf, als er es tut. „Danke, dass Sie vorbeigekommen sind." Ich strecke meine Hand aus.

Er packt sie wie ein Schraubstock und schaut mir in die Augen. Sein blau-grauer Blick bohrt ein Loch in meinen. „Ich weiß, was hier vor sich geht, Benjamin."

Mein Herz setzt einen Schlag aus.

„Sie verhalten sich ruhig und sind vorsichtig, was der Grund dafür ist, dass Sie damit davonkommen. Doch sobald Sie negative Aufmerksamkeit auf diese Universität lenken, ist es vorbei."

Ich begegne dieser milden Drohung mit Schweigen und er lässt meine Hand los. „Danke für den Burger. Genießen Sie Ihre Grillparty. Ich finde selbst hinaus."

„Sie können gerne jederzeit vorbeikommen, Kanzler", rufe ich ihm hinterher.

KAPITEL NEUNUNDZWANZIG

Lara

Ich drehe mich, um mich in dem Ganzkörperspiegel in unserem begehbaren Kleiderschrank zu betrachten.

Ähm ... wow. Dieses Outfit ist viel. Aber ich kann das tragen.

Heute Nachmittag lieh ich mir Barons Range Rover und Zoe, Anya und ich fuhren zur nächsten Stadt, wo es ein Einkaufszentrum mit einem Victoria's Secret Laden gibt. Ich kaufte ein weinrotes Bustier, das im Rücken geschnürt wird, und einen dazu passenden Stringtanga. Aktuell trage ich dazu noch ein Paar schwarzer Stilettos, die vorne offen sind.

Ich habe noch nie so etwas getragen. Ich fühle mich heiß und verdorben und bereit, mir den Hintern versohlen zu lassen.

Jetzt muss ich nur noch meinen Ehemann finden.

Als ich nach meinem Bademantel greife, öffnet sich die Tür zu unserem Schlafzimmer und Baron spricht gerade mit jemandem über Facetime. „Sie ist hier, falls du ihr die Optionen zeigen will..."

Ich erstarre.

Er erstarrt und seine Augen werden groß. Sein Mund klappt auf.

Meine Brustwarzen werden hart wegen der Art und Weise, auf die er mich mustert.

„Äh, tatsächlich ist sie momentan beschäftigt, Mom. Wir rufen dich später an, okay? Bye!" Er beendet den Anruf, ohne den Blick von mir abzuwenden.

„Heilige Scheiße." Er wirft das Handy auf die Kommode und stolziert zu mir. „Was passiert hier drin ohne mich?"

Ein Kribbeln setzt zwischen meinen Beinen ein. Ein aufgeregtes Pochen, weil er mir so nah ist.

Ich lächle. „Nichts passiert *ohne* dich. Das hier passiert *für* dich. Ich wollte nach unten kommen und dich in den Dungeon locken."

Er hebt mich mit seinem Unterarm unter meinem Po hoch und trägt mich in die Tiefen des Schranks. „Oh nein. Auf keinen Fall gehst du in diesem Aufzug nach unten. Niemand sieht meine Frau in diesem Outfit außer mir."

Mein Rücken trifft auf eine innere Schrankwand. Er presst mich dagegen und zieht meine Beine um sich, sodass ich seine Hüften umschließe.

Ich lache erneut. „Ich wollte einen Bademantel tragen."

„Einen *Bademantel?*" Er zieht seinen geöffneten Mund über mein entblößtes Schlüsselbein zu meiner Schulter. „Nein. Auf keinen Fall. Ne, ne. Es wird dich auch niemand in einem Bademantel sehen." Er nimmt den winzigen bebänderten Träger zwischen die Zähne und zieht ihn meine Schulter hinab. „Dann werden sie sich bloß vorstellen, dass du darunter nackt bist. *Ich* bin der einzige Kerl, der sich vorstellen darf, wie du nackt aussiehst."

„Ich bin mir nicht sicher, ob du kontrollieren kannst, was sich andere Leute vorstellen."

Er reibt die Wölbung seines Schwanzes über die Stelle

zwischen meinen Beinen. „Ich habe *alle* Kontrolle. Ich bin der verdammte *Prinz* der Kontrolle", behauptet er.

Hitze durchströmt meinen Körper. Mein Kitzler pulsiert mit einem langsamen Pochen. Ich liebe es, wenn er so intensiv wird.

Er hebt mich etwas höher, um meine Brustwarze mit den Lippen zu umschließen, die er entblößte, als er den Träger mit den Zähnen nach unten zog. Seine Zunge wirbelt zuerst um sie herum, dann saugt er heftig daran.

Ich keuche, da es gleichzeitig in meiner Mitte zieht.

„Also gefällt es dir?" Ich hasche nach einem Kompliment, obwohl offensichtlich ist, dass er von dem Outfit begeistert ist.

„Ob es mir gefällt?", knurrt er und reißt das Mieder zu meiner Taille hinab. „Ich *liebe* es."

Er stellt mich plötzlich auf die Füße, wirbelt mich herum und drückt meine Hände an die Wand. „Du siehst so heiß aus, *Malyshka*." Er schiebt einen Finger unter den Bund meines Höschens direkt über meinem Po und folgt dem String bis zu meiner Pospalte. „Ich verliere den Verstand." Er verpasst meiner rechten Pobacke einen leichten Klaps.

„Ich muss dich jetzt ficken", sagt er plötzlich und tritt meine Füße weit auseinander. „Ansonsten werde ich dir dieses hübsche Ding vom Körper reißen und du wirst traurig sein, dass ich dein hübsches neues Outfit ruiniert habe."

Er schlägt auf meine linke Pobacke. „Das ist ein *neues* Outfit, oder?"

Ich liebe den Hauch eifersüchtiger Paranoia in seiner Stimme. „Es ist neu", keuche ich, als er meine Taille packt und meinen Po nach hinten zieht. „Ich habe es für dich gekauft."

„Du bringst mich um." Er zieht den String mit einer Hand zwischen meinen Pobacken hervor und zur Seite, bevor er mit der anderen Hand zwischen meine Beine schlägt.

Ich bin feucht für ihn, meine Säfte fließen, meine Schamlippen sind prall und geschwollen.

Er vergräbt sein Gesicht in meinen Haaren und presst seine Lippen an meinen Hals. „*Malyshka*, ich liebe es, wie feucht deine Pussy für mich wird." Ich höre das Ratschen eines Reißverschlusses.

Dass er über meine Säfte spricht, sorgt dafür, dass noch mehr Erregung aus mir fließt.

Er reibt seine Schwanzspitze an meiner Spalte und ich stöhne.

„Bieg deinen Rücken für mich durch", befiehlt er.

Ich tue wie geheißen und er stößt in mich.

„So ist's richtig. Genau so, Baby. Nimm es wie ein braves Mädchen hin." Er dringt weiter in mich. Wie immer ist sein Dom-Talk streng, doch er achtet auf mich und macht langsam. Vergewissert sich, dass ich bereit bin, ihn aufzunehmen.

Ich liebe es. Ich fühle mich sexy und hübsch und vollkommen beansprucht von ihm. Er gibt mir das Gefühl, als wäre ich das Zentrum des Universums, und nichts könnte mich dazu bringen, meine Position aufzugeben.

„Du hast dieses sexy Outfit für mich gekauft, *Malyshka*?" Er füllt mich, zieht sich zurück und füllt mich wieder.

Ich habe jetzt die Fähigkeit verloren, Worte zu formen, weshalb ich bloß stöhne. „Mh hmm."

„Wusstest du, was es mit mir anstellen würde?" Er packt meine Hüften und stößt schneller in mich.

Ich stöhne jetzt.

„Hmm?"

„Mmm ..."

Er beginnt, sich härter in mich zu rammen, und zwingt mich, meine Arme anzuspannen, damit ich nicht gegen die Wand gestoßen werde. „Du bist so ein braves Mädchen. Ich werde dich heute Nacht nach allen Regeln der Kunst belohnen, Baby."

Er verlangsamt seine Bewegungen, legt seinen Unterarm um meine Taille und drückt seine Hüften fest gegen meine, um nach oben zu stoßen. Ich gehe bei jedem Stoß auf die Zehenspitzen, dann senkt mich die Schwerkraft wieder fest auf seinen Schwanz.

Ich stöhne, weil es sich unglaublich anfühlt.

„Gefällt dir das, Schönheit? Gefällt es dir, meinen Schwanz zu reiten, bis du kommst?"

„Ja", stöhne ich.

Er bewegt mich schneller und nimmt mich auf einen himmlischen Ritt mit. Mir ist schwindlig vor Lust und ich bin nicht mehr in der Lage, mich aufrechtzuhalten, doch es spielt keine Rolle, weil Baron mich hat. Er hat die Kontrolle über meinen Körper und er wird mich nicht wegrutschen lassen. Er wird mich nicht fallen lassen.

Ich glaube das jetzt aus ganzem Herzen. Zuvor verstand und beurteilte ich ihn falsch, jetzt werde ich jedoch nie wieder an ihm zweifeln. Er ist wahnsinnig zuverlässig. Er ist mehr als ein Fels – er ist ein Berg.

„Baron", stöhne ich. „Ja."

„Du bist so umwerfend. Du bist unglaublich." Er fährt fort, mich zu loben, während er mich in die Besinnungslosigkeit fickt. „Ich werde kommen", warnt er. „Du solltest besser auf meinem Schwanz kommen. Wirst du mit mir kommen?"

Sein Dirty Talk bringt mich bereits zum Orgasmus. Meine inneren Muskeln fangen an, sich zu verkrampfen. Er rammt sich noch einige Male in mich und verharrt so, während ich seinen Schwanz bei meinem Orgasmus drücke und melke.

„Braves Mädchen", keucht er an meinem Ohr. „Du bist so ein verdammt braves Mädchen."

Noch ein Orgasmus bebt durch mich hindurch und pulsiert um seinen Schwanz herum.

„Ich bin so verliebt in dich", murmelt er und knabbert an meiner Ohrmuschel.

Ich blinzle Tränen zurück, denn dieser Moment fühlt sich perfekt an.

So stellte ich mir das Ganze zwar nicht vor, als ich das Outfit anzog, doch es war ehrlich und roh und absolut perfekt.

„Ich liebe dich auch", erwidere ich.

Er zieht sich zurück, hebt mich hoch und trägt mich zum Bett. „Denk nicht, dass ich dich in diesem heißen Outfit nicht die ganze Nacht lang wachhalten werde", warnt er und wirft mich auf die Mitte der Matratze.

Ich lache, greife nach ihm und ziehe ihn auf mich. „Dann zeig mal, was du draufhast."

EPILOG

Lara

„Das ist die Stelle." Barons Stimme klingt erstickt vor Emotionen.

Das silberne Mondlicht bringt das Wasser zum Schimmern. Wir stehen am Uferweg des Lake Michigan, einen halben Block vom Kreml entfernt. Es ist beinahe Mitternacht am Weihnachtsabend. Der eisige Wind, der vom See herbeiweht, peitscht uns ins Gesicht, doch das stört mich nicht. Ich bin Russin – mir ist warm in meiner Wolljacke. Und ich bin noch warm von Barons Bett.

Baron umklammert die blutroten Rosen in seiner Hand und quetscht die Stängel so fest, dass seine Fingerknöchel weiß hervortreten.

Wir machten Liebe und unterhielten uns im Bett, als ich ihn bat, mir zu zeigen, wo es passiert war. Er erstarrte, als würde er bei der Vorstellung innerlich sterben, weshalb ich vorschlug, es sofort zu tun. Heute Nacht. Wir gingen zum Eckladen, um Rosen zu kaufen, und jetzt sind wir hier.

Ich hoffe, dass Valentinas Tod weniger Einfluss auf ihn haben wird, je öfter er darüber spricht.

Ich schlinge die Arme von der Seite um ihn und drücke ihn.

„Ich ehre Valentina, weil sie ihr Leben gab, um deines zu beschützen", sage ich. Meine Stimme zittert, obwohl ich die Frau nicht kannte. Ich kann spüren, wie sehr sie die Kinder liebte und wie sehr die Kinder sie liebten.

„Ich ehre Valentina, weil sie ihr Leben gab, um unseres zu beschützen", wiederholt Baron, wobei es die Worte kaum aus seiner Kehle schaffen.

„Es war nicht deine Schuld." Ich werde das so oft sagen, bis er mir glaubt. „Nichts davon war deine Schuld. Du warst bloß ein Kind. Nur schreckliche Leute erschießen eine unschuldige Frau, die sich um unschuldige Kinder kümmert."

Ich hasse den heimgesuchten Ausdruck in Barons Augen. Ich will ihn umarmen, bis der Ausdruck verschwindet. Ich will ihn küssen und alles vergessen lassen. Doch bei diesem Moment geht es nicht darum, alles zu vergessen. Es geht darum, sich zu erinnern. Valentina zu ehren. Eine Mini-Gedenkfeier abzuhalten.

Ich ziehe die Rosen vorsichtig aus seinen Fingern und lege sie mitten auf den Gehweg. Morgen werden sie ein nette Weihnachtsüberraschung für den sein, der hier am Morgen spazieren geht.

„Danke, Valentina. Wir lieben dich. Wir vermissen dich." Natürlich erinnere ich mich nicht einmal an sie, aber ich versuche, auszusprechen, was Baron möglicherweise noch nicht in Worte gepackt hat.

Baron gibt einen erstickten Laut von sich.

„Es ist okay, zu weinen", sage ich. „Deine Tränen sind ein Tribut an sie. Und indem du sie fließen lässt, ehrst du sie und das Kind, das unter dem litt, was hier passierte."

Ich weiß nicht einmal, woher diese Weisheit kommt, doch ich nehme sie einfach an. Ich denke, die Worte, die ich spreche, sind nicht das Wichtigste, sondern dass wir diesen

Augenblick teilen. Dass Baron mit seinem Kummer und seinen Qualen nicht mehr allein ist. Dass er weiß, dass ich hier bin und er jederzeit mit mir reden kann, wenn er es braucht.

Baron schlingt seine kräftigen Arme um mich und schluchzt. Ich halte ihn und stelle mir vor, dass ich auch das Kind in ihm halte, das sich die Welt auf seine Schultern lud.

Es dauert nur wenige Augenblicke. Er erlaubt sich, den angestauten Kummer dieser traumatischen Momente ziehen zu lassen, die sich vor Jahren ereigneten. Und dann drückt er mich immer fester.

„Ich liebe dich so sehr", murmelt er in meine Haare. „Ich liebe dich mehr als den Mond am Nachthimmel. Mehr als die Sonne am kältesten Tag. *Du* bist die Sonne, die in mein Leben kam und mich wärmte." Er lacht rau. „Ich bin ein schrecklicher Dichter, aber ich meine jedes verdammte Wort ernst."

Ich hebe mein Gesicht zu seinem. „Ich liebe dich mehr als den Mond und den Nachthimmel und die Sonne am kältesten Tag. Du bist mein Krieger. Mein Verteidiger. Mein Beschützer. Mein Liebhaber. Mein Mann. Ich bin so dankbar, dass wir einander gefunden haben. Und ich glaube jetzt ans Schicksal. Ich glaube, dass das hier vorherbestimmt war. Ich glaube, dass du für mich bestimmt bist und wir für einander bestimmt sind."

Wir werden in einer Woche heiraten, das hier fühlt sich jedoch wie unser wahres Ehegelübde an. Die Worte, die wir direkt aus unseren Seelen in das Herz des jeweils anderen sprechen. Die Worte, die uns für immer aneinanderbinden – nicht in einer rechtlich anerkannten Ehe, sondern in einer spirituellen.

Baron nimmt meine Hand und beginnt, über den Sand zum Wasser zu rennen. Ich lache und renne mit ihm. Jeder Moment mit ihm fühlt sich wie ein Neuanfang an. Dieser

Moment. Der, den wir gerade erlebt haben. Und jeder
zukünftige Moment.

Wir rennen am Wasser entlang und meine Lunge
verkrampft sich in der eisigen Luft. Mein Lachen ist eine
Gabe für die Götter:

*Danke für dieses Geschenk von einem Mann. Helft ihm, zu
heilen. Segnet diese Vereinigung*, bete ich.

———

Baron

Ich stehe in einem Smoking am Ende des Gangs und habe
die Hände vor mir verschränkt. Ich stehe nicht vor einem
Altar, weil wir nicht in einer Kirche heiraten. Ein weißer
Satinstreifen, der mit Rosenblütenblättern bedeckt ist, ziert
den Gang zwischen den Stühlen, die für unsere Gäste aufge-
stellt wurden. Leo steht als mein Trauzeuge an meiner Seite.
Neben ihm sind Alex, Feliks, Phoenix und Anders als meine
Groomsmen. Auf der Seite der Braut stehen Zoe, Anya und
Lili, Melinda sowie Laras Cousins Darya und Niko.

Wir beschlossen, an Silvester zu heiraten, da wir die
Winterferien in Chicago verbrachten. Anders flog kurz nach
Weihnachten von Norwegen ein. Laras Mom Kat zog kurz,
nachdem wir sie zuletzt gesehen hatten, in den Kreml, wo
mein Dad sie beschützen konnte. Adrian kam vor zwei
Wochen an, weshalb Weihnachten dieses Jahr eine festliche
Angelegenheit war. Unsere gesamte Bratwa Familie aus Los
Angeles kam – Laras Tante Nadia und ihr berühmter Onkel
Flynn aus der Band The Storytellers sowie ihre zwei Cousins,
die hier vorne stehen. Oleg und Flynns Schwester Story und
ihre drei Kinder kamen ebenfalls. Pavel, Kayla und ihre
Tochter Mila, die sagt, dass sie nächstes Semester möglicher-
weise von der USC nach Thornecroft wechseln wird.

Wir hatten hier eine unglaubliche Woche – die jüngere

Generation kam sich näher, während unsere Eltern ihr Ding taten.

Meine Eltern lieben Lara. Sie erzählte mir, dass es zwar keinen Ehepakt gab, ihre Mom sich jedoch immer im Stillen gewünscht hatte, dass sie mit mir zusammenkommt. Und anscheinend hatte meine Mom das ebenfalls getan. Sie haben jedenfalls die Hochzeit des Jahrhunderts für uns geplant. Sie ist nicht groß – die Gäste bestehen hauptsächlich aus unserer Bratwa Familie mit der Ausnahme von Gabe Tracy und einigen anderen politischen Gästen, die meine Eltern zu Geschäftszwecken einluden – doch es wurden keine Kosten und Mühen gescheut.

Meine Mom bezahlte ein Vermögen, um ein Fünf-Sterne-‚Rooftop'-Restaurant im Stadtzentrum für die Nacht zu mieten. Es ist nicht wirklich auf dem Dach, denn das wäre zu kalt, aber wir sind im obersten Stockwerk eines Hochhauses im Stadtzentrum. Es verfügt über bodentiefe Fenster an drei Wänden und bietet eine Aussicht auf den Lake Michigan und Chicago. Ihre übliche moderne amerikanische Küche ist zum Niederknien, aber für den heutigen Abend haben sie ein Menü zusammengestellt, das russisch angehaucht ist.

Frische hellrosa- und pfirsichfarbene Rosen zieren den Raum und überall funkeln Lichterketten.

Die fünfköpfige Band, die meine Mom für die Hochzeit anheuerte, stimmt den Hochzeitsmarsch an und ein Kloß steigt in meiner Kehle auf.

Vor fünf Monaten war eine Ehe nicht einmal im Reich der Möglichkeiten. Ich war nicht einmal daran interessiert, eine Freundin zu haben. Ich hatte mich mit Haut und Haaren meiner Mission verschrieben, alles im Baranov Haus zu kontrollieren, um die Leute zu beschützen.

Jetzt realisiere ich, dass das nicht möglich ist. Es passieren Dinge, die sich unserer Kontrolle entziehen. Und wenn das geschieht, ist es nicht zwangsläufig meine Schuld.

Ich arbeite noch an dieser Einstellung, aber Lara erinnert mich jedes Mal daran, wenn sie sieht, dass ich emotional dichtmache. Am Weihnachtsabend bat sie mich, ihr die Stelle zu zeigen, an der Valentina ermordet wurde, und wir legten dort Rosen ab. Seitdem spürte ich, wie eine Last von mir abfiel. In meiner Brust war stets ein gewisser Druck, der nun rausgelassen wurde.

Meine Braut erscheint in der gewölbten Tür und mir stockt der Atem. Ihre Haare fallen in sanften Wellen über ihren Rücken. An einer Tiara ist der Schleier befestigt, der über ihre dunklen Locken fließt – durchsichtiger Tüll, der von ihrer Krone bis zur Mitte ihres Rückens schwebt.

Ihr Kleid ist unglaublich. Trägerlos, vorne kurz und hinten fällt es in seiner vollen Länge zu Boden. Ihre Brüste wölben sich leicht aus dem mit Kristallen und Perlen besetzten Mieder, ihre Taille wird betont und ihre Beine überwältigen mich bei jedem Schritt, den sie macht. Sie sieht wie eine topmodische Märchenprinzessin aus. Ich hätte nicht gedacht, dass es möglich ist, doch ich verliebe mich noch heftiger in sie.

Ich schwöre, jeden Tag verliebe ich mich mehr in diese Frau. Ihre Sanftheit und ihre Kraft. Ihren Mut und ihre Verletzlichkeit. Ihre Zuversicht und ihr Beharren, meine Partnerin zu sein – in allen Aspekten meines Lebens. Wir verstecken uns nicht voreinander.

Ich liebe es, dass ich durch und mit ihrer Liebe mehr über mich gelernt habe und gewachsen bin. Ich liebe es, dass wir uns auf Augenhöhe begegnen. Ich liebe es, dass ich ihre Mikro-Emotionen sehen kann und sie nicht vor der Vielzahl ihrer Gefühle zurückschreckt. Dass sie versucht, mich dazu zu bringen, zu meinen zu stehen.

Ich vergöttere, dass ich ihren Körper wie eine köstliche Karte lesen kann. Dass sie sich mir unterwirft und mir vertraut. Mich respektiert. Dass wir uns jeweils am Körper des anderen erfreuen und die Grenzen zwischen Lust und Schmerz genießen, die ich ihr zeige. Ich liebe es, dass unser gemeinsames Leben eine große Erkundung ist, bei der ich manchmal in meiner Wachsamkeit nachlassen kann.

Sie hält hellrosa- und pfirsichfarbene Rosen als Brautstrauß in den Händen.

Die Gäste stehen alle auf, um zu beobachten, wie sie durch den Gang schwebt, ihr Blick ist jedoch auf mich geheftet. Ihre Liebe schimmert in ihren Augen – ihre Entscheidung ist eindeutig. Ein winziges, wissendes Lächeln umspielt ihre Lippen. Was immer sie auf meinem Gesicht sieht, bestätigt bestimmt, was sie mir bedeutet. Und sie weiß, dass sie mich erledigt.

Meine Ehefrau, meine hübsche Ehefrau, heiratet mich dieses Mal wirklich. Sie ist mehr als willig.

Mein Bratwa Onkel Nikolai leitet die Zeremonie. Ich bat ihn darum, weil er die Sorte Mann ist, der Raum schaffen kann. Er hat eine ruhige, akzeptierende Ausstrahlung, wegen der er immer einer meiner Lieblinge war. Da es keine echte Hochzeit ist, spielt es keine Rolle, dass es keinen Pfarrer oder Richter gibt.

„Wir sind heute hier versammelt, um die Vereinigung zwischen zweien von uns zu feiern – Benjamin Baranov und Lara Turgeneva", sagt er. „Wie viele von euch Anwesenden erinnere ich mich an die Geburten der beiden. Ich erinnere mich daran, wie sie als Kleinkinder miteinander spielten. Ihre Mütter planten lachend ihre zukünftige Hochzeit. Und jetzt, Jahre später, durch viele Wendungen des Schicksals, sind diese dahingesagten Worte Realität geworden."

Meine Kehle schnürt sich zu.

Ich kann nicht warten. Ich greife nach Lara, nehme ihr den Strauß aus der Hand und werfe ihn hinter mich, bevor ich meine Hand an die Seite ihres Gesichts lege und sie um den Verstand küsse.

Die Gäste brechen in Gelächter und Jubelrufe aus.

„Oh ... okay." Nikolai spielt mit und tut so, als wäre er bestürzt. „Sieht so aus, als würden wir einige Schritte überspringen. Das ist okay. Es ergibt Sinn. Ihr seid bereits rechtlich verheiratet. Wozu braucht ihr mich überhaupt?"

„Sorry." Ich beende den Kuss und reibe meine Lippen aufeinander. „Mir geht's jetzt gut."

Unsere Gäste lachen wieder.

Ich fühle mich besser, nachdem ich Lara berührt habe. All die Emotionen, die sich anstauten, als sie durch den Gang lief, waren zu viel für meinen Körper. Sie mussten raus.

„Okay, klasse. Dann machen wir weiter." Nikolai nimmt den Strauß von Leo entgegen, der ihn aufgefangen hat. „Nur zur Information, eigentlich soll die Braut den Strauß werfen, nicht der Bräutigam."

Noch mehr Gelächter.

Ich nehme die Blumen entgegen und drücke sie Lara in die Hände. Ihr Lächeln ist strahlend. Ich grinse sie an und sauge das Licht auf, das ihr Gesicht ausstrahlt.

„Wie wäre es damit, wenn wir einen kleinen Ringtausch vornehmen?", schlägt Nikolai vor. „Kannst du den abwarten oder musst du sie wieder küssen?"

Nun, er hat gefragt. Daher umfasse ich ihr Gesicht und küsse sie erneut. Der Strauß wird zwischen uns zerquetscht.

„Blumen!", ruft Lili.

Lara wirft den Strauß über ihre Schulter und ich höre die Gäste lachen und jubeln, während ich meine hübsche Braut küsse.

Als wir uns dieses Mal voneinander lösen, fühle ich mich *viel* besser.

„Okay, dann lasst uns die Ringe tauschen. Lili, gib den Strauß zurück. Ich werde mich beeilen und zusehen, dass wir diese Zeremonie hinter uns bringen, damit die Party beginnen kann. Oder vielleicht gehen die beiden geradewegs in die Flitterwochen – ich bin mir nicht sicher", scherzt Nikolai.

Das Ganze ist zu einer Comedy-Show geworden und alle sind nun bereit, bei jeder Bemerkung zu lachen.

Die Leichtigkeit am heutigen Abend ist bemerkenswert anders als die ernsten Töne meiner gesamten Existenz. Meiner späten Kindheit. Meiner College-Erfahrungen. Mein Herz fühlt sich an, als wären ihm Flügel gewachsen.

„Schnell, sprich mir nach, Ben, *ich gebe dir diesen Ring als Symbol meiner Liebe und Hingabe heute, morgen und für immer.*"

Noch mehr Gelächter.

Ich nehme Leo das Ringkästchen ab und hole den Ring heraus, den Lara und ich gemeinsam ausgesucht haben. Es ist ein Morganit im Smaragdschliff, der von kleinen Diamanten gerahmt wird. „Lara, meine Partnerin, meine Frau, meine beste Freundin – ich gebe dir diesen Ring als Symbol meiner Liebe und Hingabe heute, morgen und für immer."

Da wir alles verkehrtherum tun, trägt sie noch immer den schlichten Ring, den Lili uns für unsere erste Hochzeit kaufte, weshalb ich diesen Ring, der eher im Stil eines Verlobungsrings ist, davor schiebe.

In Laras Augen schimmern Tränen und ihre Lippen zittern.

Sie wiederholt den Spruch und schiebt den Ring, den Lili damals für mich kaufte, wieder auf meinen Finger. Ich hing zu sehr an dem Ring und dem, was er symbolisiert – den Anfang dessen, was zu einer wunderschönen Ehe wurde – und wollte daher nichts Anderes.

„Benjamin und Lara, hier vor euren Freunden und eurer Familie erkläre ich euch durch diesen uralten Ritus, der ein Band erschafft und bedeutungsvoller ist als jedes Gesetz, zu Mann und Frau."

Unsere Gäste applaudieren.

„Du darfst die Braut küssen – *noch einmal!*"

Ich küsse Lara zum dritten Mal, bevor ich sie hochhebe und durch den Gang trage, während unsere Gäste in Jubelschreie ausbrechen und die Band eine feierliche Melodie anstimmt. Unsere Groomsmen und Brautjungfern tanzen hinter uns durch den Gang.

Zum Teufel mit dem Abendessen – wir sind bereit, die Party zu eröffnen. Und ausnahmsweise habe ich mal nicht das Sagen.

————

Danke, dass du *Prinz der Kontrolle* gelesen hast! Falls dir das Buch gefallen hat, würde es mir sehr viel bedeuten, wenn du eine Rezension hinterlässt und/oder auf Social Media darüber schreibst. Deine Empfehlungen helfen Indie-Autoren, neue Leser zu erreichen, und halten die Marketingkosten klein.

Um über die Veröffentlichung des **nächsten Bratwa Erben Buchs** informiert zu werden und einen **Bonus-Epilog** darüber zu lesen, was in der Nacht passierte, in der Lara und Ben ihre Eltern damit konfrontierten, wie deren Ehen begannen, klicke hier und abonniere Renees Newsletter. Falls du bereits ein Abonnent bist, klicke einfach auf den Button am Ende jedes Newsletters, der dich zu den Bonus-Geschichten führt.

Um Lucys und Ravils Geschichte zu lesen, schau dir *Der Direktor* an.

Um Kats und Adrians Geschichte zu lesen, schau dir *Der Reiniger* an.

CHICAGO BRATWA

Der Direktor

Lucy

Ich stehe mit erhobenem Haupt da, halte meine Gerichtssaal-Statur aufrecht, bis die Türen zugleiten. So ist es einfacher, meine Haltung auch aufrechtzuerhalten, wenn die Türen auf meiner Etage aufgleiten und ich mit selbstbewusstem Gang zum Schreibtisch der Sekretärinnen schreite.

„Der erste Termin?" Für gewöhnlich kenne ich meine Termine, ohne dass man mich erinnern muss. Ich gehöre eigentlich zu der Sorte Mensch mit dem sprichwörtlichen Elefantengedächtnis, aber die Hormone bringen auch mein Erinnerungsvermögen durcheinander. Ich fühle mich wie benebelt.

Und ich hasse es, wie verletzlich und machtlos ich mich dadurch fühle.

„Der erste Termin ist Adrian Turgenev, der junge Mann, der für Brandstiftung in der Sofafabrik am elften angeklagt ist", informiert mich Lacey, die Sekretärin.

Stimmt. Russische *mafija*, oder Bratwa, wie sie es nennen.

Der Klient wurde von Paolo Tacone an mich verwiesen, einer meiner Klienten aus der italienischen Gangsterfamilie.

Lustig, stecken die Russen und die Italiener jetzt unter einer Decke? Ist auch egal. Über die tatsächlichen Einzelheiten ihrer Geschäfte Bescheid zu wissen, ist nicht meine Aufgabe.

Es ist nur meine Aufgabe, sie anhand der von den Strafverfolgungsbehörden zusammengesammelten Fakten zu verteidigen.

Ich muss zugeben, dass mir bei der Vorstellung, mich mit den Russen einzulassen, ein leichtes Kribbeln der Vorahnung den Rücken hinunterläuft. Nicht, weil ich mich den Leuten, die ich verteidige, moralisch überlegen fühlen würde. Man kann kein Strafverteidiger sein und auf diesem hohen Ross sitzen.

Sondern nur seinetwegen.

Master R, der sexy russische Kriminelle, den ich am letzten Valentinstag in Washington D.C. getroffen habe.

Dem unbeabsichtigten Samenspender für mein Abenteuer als alleinerziehende Mutter.

Aber das ist in Washington D.C. passiert. Vermutlich absolut keine Verbindung zu der Zelle hier in Chicago.

Ich schließe mein Büro auf und suche die Akte von Adrian Turgenev heraus, um die Notizen durchzuschauen, die mir die Sekretärin zu dem Fall gemacht hat. Ich setze mich an meinem Schreibtisch, dann schlüpfe ich aus den acht Zentimeter hohen Absatzschuhen, die in meine geschwollenen Füße schneiden.

Herr im Himmel. Schwanger sein ist wirklich nichts für Weicheier. Vor allem nicht mit fünfunddreißig.

„Lucy. Habe ich richtig gehört, dass du eine neue kriminelle Vereinigung repräsentierst?"

Ich versuche, meine Augen nicht zu Schlitzen zu verengen, als Dick Thompson, einer der Partner in der Firma meines Dads, in mein Büro kommt. Ich kenne ihn, seit ich ein kleines Mädchen war, und muss hart dafür kämpfen, dass er mich nicht immer noch wie ein Kind behandelt.

„Du hast richtig gehört." Ich ziehe eine Augenbraue hoch, um ihn zu fragen, worauf er hinauswill.

Er schüttelt den Kopf. „Ich weiß nicht, ob das eine gute Idee ist. Wir haben damals lange darüber diskutiert, ob es clever ist, die Tacones zu repräsentieren, als dein Vater der Anwalt für Don Santo, oder wie auch immer er hieß, war. Wir können nicht zulassen, dass diese Firma durch einen schlechten Ruf ruiniert wird."

Ich kann mich daran erinnern. Ich habe hier in den Sommer- und Winterferien gejobbt, seit ich sechzehn Jahre alt war. Ich kann mich auch daran erinnern, was mein Vater damals gesagt hat.

„Diese Firma ist bekannt dafür, Mörder und Kriminelle zu verteidigen. Organisiertes Verbrechen bietet schlicht und einfach die Garantie für wiederkehrende Aufträge." Ich wackele mit den Augenbrauen und grinse ihn kühl an.

Das hat nichts mit moralischer Überlegenheit oder einem hohen Ross zu tun. Es hat damit zu tun, dass Dick ein Depp ist. Er provoziert mich absichtlich. Hat er schon immer getan. Ich musste doppelt so hart arbeiten, um zu beweisen, dass ich die Stelle in der Firma verdiene, sowohl weil ich eine Frau bin, aber auch, weil mein Vater mir zur Stelle verholfen hat. Und jetzt findet hinter meinem Rücken irgendeine Schmähkampagne wegen der Partnerschaft statt. Dick sammelt Beweismaterial gegen mich. Oder vielleicht gegen meinen Dad. Vermutlich gegen uns beide.

Wir werden sehen.

Als Frau in einer halsabschneiderischen Branche und in einer der halsabschneiderischsten Firmen überhaupt warte ich nur darauf, dass sich jeden Moment ein Dolch in meinen Rücken bohrt.

Mein Telefon klingelt.

„Das wird er sein. Ich habe zu tun", flöte ich Dick zu, während ich meine Füße zurück in die Pumps zwänge und den Hörer abnehme.

„Mr. Turgenev und Mr. Baranov sind hier."

„Schicken Sie sie bitte herein."

Ich stehe auf und gehe um meinen Schreibtisch herum, bereit, ihnen die Hände zu schütteln, wenn sie hereinkommen.

Ich hätte darauf vorbereitet sein sollen.

Ich hatte dieses nagende Gefühl. Trotzdem, als die Tür aufgeht und ich das attraktive, brutale Gesicht des Mannes erblicke, der dort steht, gerät der Boden unter mir ins Wanken, kippt und meine Welt wird für einen Augenblick dunkel.

Er ist es. *Master R.* Mein Partner aus dem Black Light, dem BDSM-Club in D.C.

Der Vater meines Kindes.

~~~~~

NIEMAND NIMMT SICH, WAS MIR GEHÖRT.

Die hübsche Anwältin hat mit etwas verschwiegen.

Ein Baby, das sie seit dem Valentinstag in sich trägt.

Seit der Nacht, als wir von einem Roulette-Rad zufällig zusammengebracht wurden.

Sie hat mich nie kontaktiert. Wollte mich im Dunkeln darüber lassen.

Jetzt wird sie herausfinden, was passiert, wenn man einen Bratwa-Boss verärgert.

Eine Bestrafung ist angebracht. Arrest bis zur Geburt.

Und ich werde diese Zeit nutzen, ihre Unterwerfung zu gewinnen.

Weil ich nicht nur vorhabe, das Baby zu behalten—

Ich will die Mutter zu meiner Braut machen.

Und es wäre für uns beide so viel besser, wenn sie gewillt wäre.

- Der Direktor -

Der Reiniger

Adrian

Ich hole mein Handy hervor und studiere das Foto, das Dima mir geschickt hat, vergleiche es mit der jungen Frau an der Bushaltestelle.

Das Mädchen auf dem Foto passt hundertprozentig. Auf dem Bild ist sie natürlich ein paar Jahre jünger und trägt eine etwas konservativere Uniform, einschließlich Blazer und Krawatte, und wirkt so jung und unschuldig wie diese Version hier anzüglich wirkt.

Der Bus kommt angefahren und ich überquere die Straße, bleibe etwas zurück, bis sie eingestiegen ist, dann steige ich ebenfalls ein und lasse mich auf einen Sitz ganz vorn beim Fahrer sinken. Ich ziehe meine Wollmütze tiefer in die Stirn. Sie sitzt hinter mir, aber ich kann ihre Reflexion in der Windschutzscheibe sehen.

Sie hat einen schmalen, goldenen Nasenring und steckt sich Kopfhörer in die Ohren, dann scrollt sie durch ihr Handy. Sie hat mich nicht bemerkt, was gut ist, denn ich habe nicht vor, sie heute Nacht schon zu schnappen.

Das Frachtschiff, auf dem ich ihre Überfahrt nach Amerika arrangiert habe, wird erst in ein paar Tagen anlegen. Im Augenblick behalte ich sie nur im Auge. Vermutlich ist das nicht mein cleverster Zug, denn ich habe keinerlei Übung in Unauffälligkeit, wenn es um Stalking geht. Ich will sie nicht auf meine Anwesenheit aufmerksam machen. Aber ich will sie auch nicht verlieren. Seit mittlerweile einem Jahr suche ich nach ihrem Vater. Seit er mir durchs Netz gegangen ist, nachdem ich seine Bude voller Sexsklavinnen abgefackelt habe, die er als Sofafabrik getarnt hatte.

Als Dima, mein Bratwa-Bruder und der beste Hacker von ganz Russland, mir erzählt hat, er hätte herausgefunden, dass Poval eine Tochter hat, musste ich diese Chance einfach ergreifen.

Ich werde ihr nichts tun. Nicht so, wie Poval Nadia etwas angetan hat.

Aber ich werde verdammt noch mal sicherstellen, dass er das glaubt. Ich will, dass er leidet und glaubt, ich würde jede einzelne Demütigung und jedes Trauma an seiner Tochter wiederholen, die er meiner Schwester zugefügt hat.

Der Bus stoppt an mehreren Haltestellen und schließlich steigt Kateryna aus. Ich warte ein paar Sekunden, bis sich die Türen schon schließen, dann stürze ich auf die Vordertür zu, dass der Busfahrer laut flucht und die sich schließende Tür wieder öffnet.

~~~~~

ICH HABE DIE TOCHTER DES GANGSTER-BOSSES GEFANGENGENOMMEN

Sie wird den Preis für die Sünde ihres Vaters bezahlen.

Ich werde meine wunderschöne Gefangene benutzen, um ihn zu schnappen.

Um ihn leiden zu lassen. Ihn glauben zu lassen, ich würde ihr so wehtun, wie er meiner Schwester wehgetan hat.

Und wenn ich mit seiner Folter fertig bin, werde ich ihm einen Handel anbieten: Ihr Leben für seins.

Ich bin ihm einen langsamen, schmerzvollen Tod schuldig. Die Rache ist mein Recht.

Aber Kateryna ist stark, auf eine Weise, die ich nicht erwartet habe.

Gebrochen, bevor ich sie je erblickt habe, ist sie eine willige Beteiligte meiner Folter.

Sie wendet das Blatt, verführt mich mit ihrem Lachen.

Ihrem wilden, verrückten Hunger nach Schmerzen und Lust.

Jetzt muss ich wählen: Sie behalten und auf meine Rache verzichten.

Oder meinen Feind und die Frau zerstören, die ich zu lieben gelernt habe.

- Der Reiniger -

BÜCHER VON RENEE ROSE

Chicago Bratwa

Der Direktor

Gefährliches Vorspiel

Der Mittelsmann

Bessessen

Der Vollstrecker

Der Soldat

Der Hacker

Der Buchmacher

Der Reiniger

Der Torwächter

Unterwelt von Las Vegas

King of Diamonds

Mafia Daddy

Jack of Spades

Ace of Hearts

Joker's Wild

His Queen of Clubs

Dead Man's Hand

Wild Card

Bratwa Erben Reihe

Prinz der Kontrolle

Master Me

Ihr Königlicher Master

Ja, Herr Doktor

Ihr Marine Master

Ihr Russischer Gebieter

Ihre Zwillingsmaster

Ihr Brandmeister

Ihr Küchenmeister

Ihr Hollywood Master

Ihr Bad Boy Master

Mafia Männer Reihe

Reiz mich nicht

Verführe mich nicht

Zwing mich nicht

Mountain Men

Held

Rebell

Krieger

Sündhaftes Chicago

Sündenpfuhl

Verwurzelt in Sünde

Yacht Kings

Rache

Wolf Ranch

ungezähmt

ungestüm

ungezügelt

unzivilisiert

ungebremst

unbändig

unkontrolliert

unerschrocken

unbeugsam

Two Marks

ungebärdig - Buch 1 (gratis)

versucht

begehrt

verzaubert

Wolf Ridge High

Alpha Bully

Alpha Knight

Step Alpha

Alpha King

Alpha Varsity

Bad Boy Alphas

Alphas Versuchung

Alphas Gefahr

Alphas Preis

Alphas Herausforderung

Alphas Besessenheit

Alphas Verlangen

Alphas Krieg

Alphas Aufgabe

Alphas Fluch

Alphas Geheimnis

Alphas Beute

Alphas Blut

Alphas Sonne

Alphas Mond

Alphas Schwur

Alphas Rache

Alphas Feuer

Alphas Rettung

Alphas Befehl

The Werewolves of Wall Street Serie

Der große böse Boss: Mitternacht

Der große böse Boss: Mondverrückt

Der große böse Boss: Markiert

Der große böse Boss: Miteinander

Der große böse Bully

Mitternacht Doms

Alphas Blut von Renee Rose & Lee Savino

Seine gefangene Sterbliche von Renee Rose & Lee Savino

Sklaven des Sturm von Renee Rose, Casey McKay und Katherine Deane

Die Meister von Zandia

Seine irdische Dienerin

Seine irdische Gefangene

Seine irdische Gefährtin

Seine irdische Rebellin

Seine irdische Frau

Ihr Gefährte und Meister

Zandianisches Haustier

Sein irdischer Besitz

Zandianische Bräute

Eine Nach md den Zandianern

Von den Zandianern gekauft

Von den Zandianer beherrscht

Das Licht der Zandianer

Festgehalten vom Zandianer

Vom Zandianer beansprucht

Vom Zandianer gestohlen

ÜBER RENEE ROSE

USA TODAY Bestseller-Autorin RENEE ROSE liebt dominante, verbalerotische Alpha-Helden! Sie hat bereits über eine Million Exemplare ihrer erotischen Liebesromane mit unterschiedlichen Abstufungen verruchter sexueller Vorlieben und Erotik verkauft. Ihre Bücher wurden außerdem in *USA Todays Happily Ever After* und *Popsugar* vorgestellt. 2013 wurde sie von *Eroticon USA* zum nächsten *Top Erotic Author* ernannt und freut sich ebenfalls über die Auszeichnungen Spunky and Sassy's *Favorite Sci-Fi and Anthology Autor*, und The Romance Reviews *Best Historical Romance*. Bereits fünfmal gelang ihr eine Platzierung in der USA-Today-Bestsellerliste mit verschiedenen literarischen Werken.

Besuchen Sie ihren Blog unter www.reneeroseromance.com

www.ingramcontent.com/pod-product-compliance
Lightning Source LLC
Chambersburg PA
CBHW071754110726
47908CB00006B/1795